Barbara Zeman
Beteigeuze

Barbara Zeman

Beteigeuze

Roman

dtv

Die Arbeit der Autorin an diesem Buch wurde gefördert durch das Künstlerhaus Edenkoben, das Literaturforum Schwaz, die Theodor Kery Stiftung, das Österreichische Kulturforum Rom, das Land Burgenland, Literar Mechana sowie durch das Österreichische Bundesministerium für Kunst, Kultur, öffentlichen Dienst und Sport (BMKÖS).

Die Zitate auf Seite 9 und Seite 17 stammen aus: Lydia Tschukowskaja, *Untertauchen*. Deutsch von Swetlana Geier. Copyright deutschsprachige Ausgabe © 2015 Dörlemann Verlag AG, Zürich.

Der auf Seite 38 zitierte Songtext stammt von: © Teho Teardo & Blixa Bargeld, *Buntmetalldiebe*, Album: Still Smiling, Specula Records/Audioglobe (Rough Trade), 2013.

© 2024 dtv Verlagsgesellschaft mbH & Co. KG, München
Gesetzt aus der Garamond
Satz: Fotosatz Amann, Memmingen
Druck und Bindung: CPI books GmbH, Ulm
Printed in Germany · ISBN 978-3-423-28415-8

Prolog

Am Semmering gelbe Blumen. In Tarvis rote.

Bei Udine schläft Josef ein, ich mach ein Foto. Verschränkte Arme. Augen tief liegend und seine Wangen sind schmal, im Schlaf sah Josef immer schon aus wie ein Toter.

Spätabends erreichen wir Venedig.

Es hat geregnet und vor dem Regen muss es heiß gewesen sein, die Luft hängt zwischen den Häusern.

Pfützen. Schuppig glänzende Kanäle.

Ich hab die Schlangenschuhe mitgebracht, aber ich hab sie nicht an.

Der Platz liegt da im weißen Licht, da steht ein Bus. Linea ottanta. Es ist der Letzte. Spätabends im frühen September.

Ich steig ein. Josef kauft Zigaretten am Zeitungsstand. Und Josef telefoniert.

Wir fahren. Mit der Beleuchtung draußen stimmt etwas nicht, fast alle Lampen ausgefallen. Die Straße führt fort vom Wasser, ins Hinterland, biegt in den Süden und linker Hand, da muss irgendwann wieder Lagune sein, bei Chioggia. An einer steinernen Brücke müssen wir raus, können uns kaum mehr erinnern, wir waren vor zwei Jahren hier, wissen nur noch, der Bus bleibt stehen, wenn man ein Zeichen gibt. Alles ist finster. Wir sehen nicht Wasser, nicht Land, und wo ist der Himmel.

Abseits der Nacht sind wir.

Ich press die Stirn an die Scheibe. Meine Haare leuchten und mein Gesicht leuchtet, irgendwo dahinter ein krüppeliges Bäumchen, noch eines, am hellsten meine Maske, die scheint wie ein kleiner schiefer Mond. Tut mir schon hinter den Ohren weh, aber nicht so sehr wie der Rücken, in dem sitzt seit kurzer Zeit ein Stechen. Bei der Frauenärztin: Das Ultraschallgerät ist in mich eingeführt, *schmaler, stabförmiger Schallkopf*, vaginale Sonografie, die Ärztin sagt, *da ist etwas*, und ich zucke zusammen. Ein Myom, an der Außenseite der Gebärmutterwand. Drei Zentimeter, kugelrund. *Häufigster gutartiger Tumor, kann einzeln vorkommen, oft in größerer Zahl. 25 Prozent der Frauen nach dem dreißigsten Lebensjahr sind betroffen.* Auch meine Mutter hat zwei davon.

Seit dem Erschrecken Rückenschmerz. Links unten. Drei Zentimeter. Kugelrund. Aber ich denk nicht dran, werf einen Blick aus dem Fenster und fall dabei doch nur in meine Augen, ich schlag sie nieder und beobachte, wie Josefs Spiegelbild mit dem meinen verwächst. Der Bus hält, es wird mit jeder Station stiller, schließlich sind wir allein. Josef folgt mit Google Maps der Fahrt, rechts oben rotes Handyleuchten, Akku schwach, ich leg den Kopf zurück und zähl die Lichter, die kreisrund in den Busgang eingelassen sind.

Josef berührt meinen kleinen Finger, Lagune, busspiegelnder Untergrund, aus dem an manchen Stellen Pfähle ragen, oder sinds spitze Flossen, dicht bewohnt ist dieses laue Wasser, ein Zappeln und Spritzen von glitschenden Körpern, *Aal, Meeräschen, Wolfsbarsch und Goldbrasse* leben laut Wikipedia in den Fischgründen der Lagune, *ebenso wie Vögel, Säugetiere und Reptilien.*

Mitternacht, wir steigen aus.
   Laternenlicht.
   Ich seh die Sterne nicht.

Wir warten auf den Vermieter in einem Café am Platz.
   Rote Stühle, die wackeln. In der Speisekarte ein Zettel über die Schutzheiligen des Orts, *Felice,* der Glückliche, und *Fortunato,* der Glückliche.
   An der Ecke sind die Toten angeschlagen, schauen von weißen winzigen Plakaten mit runzeligen Gesichtern, es sind viel mehr als vor drei Jahren.

In Wien ist unsere Wohnung dunkelblau, am Meer ist sie orange.
   Wir haben das schlechte Wetter verpasst, aber die Reste des Regens sind noch nicht aus den Zimmern verschwunden.
   Ein Vorhang bewegt sich langsam.
   Im Schlafzimmer ein riesiger Schrank voll schwankender Haken.

Im Wohnzimmer Vitrinenkästen, darunter senkt sich der Boden schief zur Küche ab. Ein großer runder Tisch steht in der Mitte, den rücken wir weg. Der Boden vibriert und die Scheiben klirren, im Sommer war ein Erdbeben in Wien. Ein Zittern ist seitdem in unsren blauen Wänden drinnen und ich schrecke hoch und ich sag, *Josef, etwas ist.*

Und Josef entgegnet aus dem Schlafzimmer: *Es ist nichts.*

Josef sitzt am Balkon in dem Stuhl aus Plastik, er möchte sitzen und rauchen und mit geschlossenen Augen schauen. Vielleicht später *Böse Geister* lesen.

Er ist müde. Wochenlang atemlos Pläne gezeichnet. Ausstellungsarchitektur für eine Künstlerin, die eine Ratte mit schraubendurchbohrtem Köpfchen zeigen wird. Hundsgroß vergrößert, mumifiziert. Auch ausgestellt werden Fliegen, die auf gelblich klebendem Papier verendeten, winzige und große gepelzte, gläserne Flügel, rötliche Flecken, dazwischen kleine Schatten, kauernd wie Menschen.

Ich hab sein rosa Blumenhemd, das er nicht mehr trägt, zum Schlafen an. Braune und gelbe Blättchen fallen darauf in bauchigen Strichen.

An der Wohnzimmerwand ein Bild von drei Pyramiden, über denen ein Auge schwebt.

Ich hab das Schneebuch mitgebracht, aus der Bibliothek, Nummer 979 144.

Tschukowskaja, *Untertauchen*.

Es beginnt im Februar 1949.

Eine Frau auf der Fahrt zu einem Haus, in dem Schriftstellerinnen ein paar Wochen lang zur Erholung wohnen. Alles ist friedlich und alles hat Ohren.

»So, hier ist Ihr Litwinowka«, sagte der Fahrer und ließ noch einmal den Wald und den violetten Schnee vor meinen Augen scharf in die Kurve gehen.

Violetter Schnee.

An ein paar Stellen ausradierte Bleistiftspuren. Manche Seiten schlagen sich von alleine auf. 183, die zweite Satzhälfte unterstrichen: *und dann begann ich, die Menschen verstohlen zu beobachten.*

Josef schläft.

Ich putze die Zähne.

Mach mir die Augenbrauen dunkel.

Such den Lippenstift, ich nehm nicht viel, nur ein wenig rotorange Farbe. Auf dem Handy seh ich nebenbei ein Video der Brände an. Lesbos. Kreta.

Knisternde Trockenheit. Flammengirlanden am Boden, eine neben der andren, so ziehen sie den Berg hinan, nichts ist zu steil, sie springen auf die tiefsten Äste.

Ich leg das Handy wieder weg. *Lady Danger* heißt der Lippenstift.

Rückenschmerzen links unten.

Vorgestern war ich deswegen bei der Osteopathin. Ich stehe mit bloßen Füßen in der Praxis, sie betastet meinen Rücken, sagt, *Ihr Körper ist hervorragend organisiert*, und als ich liege, legt sie mir die Hände auf den Bauch. Der Schmerz verschwindet.

Ein paar Stunden später kehrt er wieder zurück.

Ich verlasse die Wohnung.

Ich hab die Schlangenschuhe mitgenommen. Aber ich zieh sie nicht an.

Venedig ist erbaut auf 127 Inseln, weiß nicht, wie viele unter Chioggia liegen. Es steht auf Pfählen, Klein-Venedig. Sandsteinmauern, Ziegeldächer.

Chioggia wird durchteilt von einem Kanal, der Vena. Neun Brücken führen über sie hinweg.

Ich schau in ihre Wellen.

Letzten Winter bin ich vierzig Jahre alt geworden, und irgendwie ists mir egal. An einem Frosttag melde ich mich zur Gesundenuntersuchung an.

Blutabnahme.

Ich kann den Arm nicht ausstrecken vor Angst. Die Ärztin lockt mich, *Sie haben wunderschöne Venen*, es dauert Minuten, bis ich ihr die Hand hinlege.

Sie streichelt meine Finger.

Ich bin fast nackt. Der Schlauch dreht sich wie ein roter Reif um meinen Arm, ganz warm.

Und Josef hält mich fest.

Ich beuge mich hinunter zum Kanal.

Das Wasser grünlich hell. Ich schau in die Wellen, Welle heißt onda, *onda heißt Welle*, sag ich mir laut.

Es ist mir schwindelig, helles Flimmern wie durchsichtiger Schnee. Bevor ich falle, knie ich mich hin.

Ich schließe die Augen, seh, es ist Winter.

Als ich die Augen öffne, steht ein Kellner neben mir, mit langer weißer Schürze.

Ich kauere an der Vena, vor den Tischen eines Restaurants. Der Kellner sieht mich fragend an, ich bestelle *una Coca Cola per favore*. Er schenkt sie kunstvoll ein Glas. Stellt es neben mir am Boden ab. Kehrt noch einmal zurück, bringt mir ein muschelförmiges Stück Biskuit.

Dort am Wasser auf dem Stein sitze ich und esse und trinke vor vornehm gedeckten Tischen. Es geht schon besser.

Ich kaufe Salz, Thymian, Zwiebeln, Knoblauch, gesprenkelte Bohnen, bittren Salat. Dieser Ort ist berühmt für *Radicchio Rosso, auch »la rosa di Chioggia« genannt, und Karotten.*

An der Kasse lauf ich nochmal zurück, hab die Seife vergessen.

Josef ist wach und wirft mir den Schlüssel aus dem Fenster zu.

Ich lauf die Treppe hoch, ich bin gleich da, Josef liebt mich nicht und Josef liebt mich und Josef liebt mich nicht und er liebt mich doch, Strähnchen für Strähnchen pflück ich ihm die Haare vom Kopf.

Ich schließe auf, Josef in der Küche. Brät einen Fisch.

Ich nehm seine Hände, leg seine Arme um mich. So umarmt er mich.

Durch die Altstadt gehen wir über lange Brücken in die Meerstadt.

Ich denke an die Russin, die auf einem überdimensionalen Eis am Stiel einschlief und aufs offene Meer getrieben wurde. Als man sie fand, nach über einem Tag und einer Nacht, war sie unterkühlt, sonst unversehrt. Es war ein Foto von ihr abgebildet. Am Ende des Artikels stand die Empfehlung, niemals Meerwasser zu trinken, auch nicht bei größtem Durst. Trinkt man es doch, verdurstet man schneller.

Ein schmaler Weg führt an den Strand, gepflastert mit s-förmigen Steinen. Rosa Oleander.

Ich möchte über brennenden Sand zum Wasser rennen, ich möchte, dass es nach Sonnencreme riecht, aber der Sand ist so dunkel und kalt.

Wir lesen.

Nach zwei Stunden geht Josef. Er vergisst sein Buch. Ich schlag die erste Seite auf.

Ich lese: *Es war aber dort auf dem Berg eine große Herde Säue auf der Weide. Und sie baten ihn, daß er ihnen erlaube, in die Säue zu fahren. Und er erlaubte es ihnen. Da fuhren die bösen Geister von dem Menschen aus und fuhren in die Säue; und die Herde stürmte den Abhang hinunter in den See und ersoff.*

Es nieselt. Ich wandere den Strand entlang.

Er besteht aus zweiunddreißig nummerierten Teilen. Jeder bewacht von einem leeren Turm.

Ich beginne bei Nummer elf. Senioren mit Regenhäuten in großen Gruppen.

Links von mir das Meer, rechts Techno aus einem Café. Bald die Ausläufer des Campingplatzes, ein viktorianisches Haus steht einzeln in den Dünen.

Das schau ich kaum an, ich geh dort, wo sich die Wellen dünn über den Sand hinstrecken. Der ist so glatt und glänzt glasiert; wo immer ich meinen Fuß aufsetze, spür ich ihn nachgeben und wegrinnen unter den Sohlen. Salzwind zupft an meinen Haaren.

Ich steh am Waschbecken mit blassem Gesicht.

Färb mir mit *Lady Danger* die Lippen, geb auch ein bisschen auf die Wangen. Purpurfarben ist das nicht. Eher wie Feuer.

Ich möchte zu Josef gehen. Josef hat die schönsten Augen. Ich möchte mit meinem roten Mund auf seinen Lippen sein. Und Josef hat die schönsten Hände, die nehm ich in meine Hände, an der Schwelle zum Balkon.

Ich fühl mich aufgeregt.

Schau Josef an. Steh nah vor ihm.

Und ich küss ihn nicht und er küsst mich nicht und ich küss ihn und er dreht sich weg. Sein Mund ist ein bisschen rot vom Lippenstift.

Seine Hände, unruhig, bewegen sich zu den Taschen seiner Hosen, dort sind die Streichhölzer und die Zigaretten. *Josef,* sage ich, *ist etwas.*

Josef lächelt mich an, ich sag, *sag doch,* und Josef schüttelt den Kopf, schaut verlegen auf die Asche überall am Boden.

Wir waren schon einmal hier, da waren wir glücklich.

Ich schrecke auf aus dem Schlaf.

Die Kleiderhaken klingen im Schrank.

Von nirgendwo sonst ein Laut, auch nicht, als ich das Fenster öffne.

Eine Stille in den Gassen, makellos, atemlos.

Ich seh die Sterne nicht.

Das Leintuch scheint so sandbankhell. Ich denk an den Ort, wo ich geboren bin. Vor Jahrmillionen lag er am Meeresgrund. *Paratethys, Pannon-See,* Korallenriffe, Riesenhaie, das Schwarze Meer ein karger Rest. Ich kann daheim mit bloßen Fingern allerlei Skelette aus der hellen Erde lösen.

Josef ruft auf der Straße meinen Namen. Ein zweites Mal.

Ich werf den Schlüssel aus dem Fenster und gleich hör ich seine Schritte auf der Treppe, er geht sehr schnell, draußen, im Halbdunkel, ist ihm eingefallen, wie er seinen Artikel beginnen wird. Der gläserne Pool der Josephine Baker, ein Abglanz ihrer Nacktheit ist immer noch im Wasser drin, auch wenn sie nicht mehr schwimmt, und ich hör schon nichts mehr, weil ich in einen tiefen Traum gefallen bin.

Baustellen, Mischmaschinen, Ziegel. Etwas ist eingestürzt, etwas ist morsch geworden, etwas wird repariert. Das letzte Acqua alta stieg höher als alle andren. In einem Fischerdörfchen kamen zwei ums Leben, sie sind in den Strom geraten, erzählt man uns.

In der Autowerkstatt reparieren sie ein Boot. Maria in Blau faltet die Hände hoch über dem Motor. Dahinter beginnt die Lagune.

Wir fahren nach Venedig.

Mit dem Schiff über dunkles, faltiges Wasser.

Dort scharren die Fischer nach den Venusmuscheln, kratzen mit Fangkörben den Lagunenboden ab, *sie gedeihen besonders in den von Industrieabwasser verschmutzten und erwärmten Gewässern von Chioggia.* So verschwindet der Bewuchs, der den Grund zusammenhält. Die Strömung nimmt die Sedimente mit ins Meer. Die südliche Lagune wird immer tiefer. Die im Norden trocknet aus, *laguna morta*, von den Gezeiten unberührt.

Es gibt Fischgründe, *valli da pesca*.

Und Marschland. *Barene* voller Süßgräser: *Schilf, Strandflieder, Salzschwaden.*

Die *Velme*, Untiefen, sind dagegen kaum bewachsen: Sie tauchen nur bei tiefsten Wasserständen auf.

Die Lagune ist rau, von Strömungen durchzogen. Unter ihrer Oberfläche passiert etwas.
 Die Sonne leuchtet grell über dem dunklen Wasser, ich halt mir die Hand vor die Augen.
 Wir fahren nach Venedig.

Die Möwen stehen reglos auf den Pfählen. Ich mach ein Video davon und noch eines.
 Ich frier. Das Leinenhemd ist viel zu dünn. Klammer Stoff, der salzig kratzt, als wär ich ins Wasser gefallen und nur langsam wieder getrocknet.

Ich hab von den Winterschiffbrüchen am Mittelmeer gelesen. Griechische Winde, Stöße vom Mistral. *Abgeknickte Masten, zerbrochene Rahen, Verlust von 300 Galeerensklaven.* 1569 erlässt Venedig das Verbot, das offene Meer zwischen 15. November und 20. Jänner zu befahren. Vier Jahre später: Die Kanäle frieren zu.
 Entstand da ein Eisweg zum Inselchen Murano hin? Meine Großmutter hat mir einmal von dort eine Glaskugel mitgebracht, als ich noch klein war, darin lauter rote Kreise, wie Blüten waren die, und es fällt mir ein, dass ich als Kind dachte, Wasser friert zu Eis und Eis erstarrt weiter zu Glas.

Am Meer ist nicht viel los.
 Rote Boje. Segelboot. Acht Möwen.
 Heute ist der wärmste Tag.
 Ich bin beim Wasser. Josef liest am Strand.

Am Himmel Wolkenschleier wie Gespenster. Ich schau sie an.

Der Sand wird bleich in der Sonne.

Im Strandcafé trink ich Orangensaft.

Der Himmel blendet gelblich. Ich seh das Glas nicht, werf es um. Ein Kellner bringt eine Serviette. Seine Schürze stechend weiß.

Ich blättre im Buch von Lydia Tschukowskaja, mit klebrigen Händen. *Heute steht er,* der Wald, *in überkrustetem diamantenem Schnee.*

Die Buchstaben kommen mir beweglich vor, kleine schwarze Partikelchen, die niemand hält, sie schwirren mir vor Augen wie Fliegen, nur hundertmal kleiner noch.

Ich schau in die Sonne, sie ist ganz rot umrahmt, und als ich nichts mehr seh, steh ich auf mit einem Sirren in den Ohren und die Zikaden sind still, wahrscheinlich schon erfroren, und ich weiß, es ist Winter.

Da werd ich Beteigeuze wiedersehen.

Arabisch يد الجوزاء, *Hand der Riesin*, ursprünglich falsch als *Achsel der Riesin* übersetzt.

Linke Schulter des Sternbilds Orion.

Halb so kühl wie die Sonne. Zehntausendmal heller als sie.

Beteigeuze leuchtet rot.

Aber nicht jetzt.

Man sieht ihn erst im späten Herbst.

Der Strand klingt hohl unter jedem meiner Schritte.

Menschen sitzen um ein Feuer, sie tragen Felle, haben Fackeln bei sich, die brennen, und sie tanzen, *im Wirbelwind,* ich halt die Luft an, als ich vorübergeh. Ich flüstere, *und sie fliehen, und sie jagen,* ich geh rasch, *hört ihr, wie sie kläglich schrein,* setz vorsichtig meine Schritte, will mich nicht stechen an spitzzähnigen Fischmäulchen, die im Sand stecken, und ich seh wieder den Schlauch wie einen schönen roten Reif um meinen Arm, und Asche stäubt, ein Trommler steht auf und sieht mich an, hinter ihm wehen rote Flammen, schwarzer Rauch wie in Australien, Kalifornien, wie in Sizilien, auch Griechenland, die Wälder brennen immer noch und da ist niemand mehr auf allen zweiunddreißig Stränden. Bald wird es dunkel sein.

Josef ruft an, wo ich denn sei, er ist gleich da, hat mich gesucht. Ich steck das Handy wieder ein und drehe ich mich zum Wasser um und der Himmel ist still und das Meer ist still und aufgeraut, wie schuppig, und es kommt mir so vor, als hörte ich etwas vom Wasser her, einen schwebenden Ton, geh schneller, durch tiefen Sand wie gelben Schnee, vielleicht wars nur ein leises Lied vom Technostrand, weit hinter mir ist Josef. Ich hör ihn meinen Namen rufen, aber ich dreh mich nicht um, ich seh seinen Hals vor mir, der ist so glatt und duftet. Die Männer sind jetzt gleich bei ihm, bestimmt, und ich geh schneller, die sieht er nicht, er sieht nur mich, er schaut zu mir, das spüre ich, ich weiß, er winkt, und schaue nicht, da ist das

Meer, ein graues Tuch, es streckt sich. Die Wellen rollen sich um meine Füße aus, schon Algen an meinen Waden, wie viele Haie sind da zwischen mir und dem Horizont, wie viele Ertrunkene, wie viele Kanister sind versunken, über und über mit Muscheln bedeckt.

Ich leg zwei Finger an die Lippen. Ein Pfiff. So ist es still. Die Hunde bellen nicht, ihr leises Knurren verbläst der Wind. Und von den Trommlern Schläge, fest, dann klirrend wie auf Stein fallende Messer. Schreie. Ich geh schneller. Möcht nichts hören, nicht auf Josef horchen, will alles übertönen.

Ich wate durch das schwere Wasser, beginne zu laufen, das Meer ist undurchsichtig und mein Hemd ist durchsichtig, weiße Streifen, graue Streifen, immer tiefer lauf ich in dieses Wasser hinein, das aufschäumt und fortfliegt in kleinen durchsichtigen Perlen, und ich nehm die Arme zu Hilfe, das Meer, es rollt und rennt gegen mich an, will mich wieder zurück, hinaus, aufs Land drücken, aber ich kämpfe mich weiter und bleibe erst stehen, weil da ein Schild aus dem Wasser ragt.

Limite acque sicure, Gefahr zu ertrinken.

Und der Himmel ist still und das Meer ist still, nur mein Atem geht laut, und als ich mich umdrehe, schwankt der Boden ein bisschen unter dem Gewicht des Meeres und dem von mir.

I

Vier Spuren für Autos, zwei Schienenpaare Straßenbahn: Die Schwedenbrücke verbindet Leopoldstadt und ersten Bezirk, vielleicht sechzig, siebzig Meter lang ist sie. An ihrem Rand geh ich, berühre das Geländer sacht bei jedem zehnten Schritt. *Bereits im Mittelalter befand sich an dieser Stelle die Schlagbrücke.* Auf ihr wurde Tier geschlachtet, *Blut rann direkt in den darunter fließenden Donauarm.* Wieder wisch ich mir die Haare aus dem Gesicht, der Wind hat zehnmal mehr Hände als ich. Die Schöße von meinem Mantel flattern grau. Kalt ist es hier, oft liegt im Winter noch Schnee im zweiten Bezirk, wenn rund um den Stephansdom alles längst geschmolzen ist. Ich stecke die Hände in die Taschen, meine Finger so klamm, in der linken halt ich Josefs Schlüssel. Er hat sie heut Morgen stecken lassen, an der Außenseite der Tür, und ich hab es nur entdeckt, weil sie das Nachbarskind von außen immerzu auf- und abgeschlossen hat. Ich geh schnell, beinah ists Laufen, um elf muss Josef fort. Zehn Minuten noch.

Ich halt den Mantel fest am Kragen. Ein Geburtstagsgeschenk meiner Tante, war auch ihr liebster Mantel, solang sie ihn noch trug; sie hat ihn in den späten Achtzigern in Nanterre gekauft. Beinahe Paris, aber nicht Paris, Vorort am westlichen Ufer der

Seine. Citroën, Fiat. Schokolade. War immer kommunistisch regiert, Ausnahme: unter den Nazis nicht. In einem Kaufhaus, *x-beliebig*, so hat sie es bestimmt hundertmal beschrieben, da hat sie diesen Mantel gesehen, und ich stelle mir vor, wie sie da ging, unter hohen Platanen, die Haare ein gutes Stück kürzer noch als jetzt, und sie duftete nach *Pour Monsieur* von *Chanel*, wie immer, die Teleskoptasche hatte sie über der Schulter und in der Hand bestimmt keine Zigarette, weil sie raucht auch heute noch ausschließlich mit übereinandergeschlagenen Beinen im Sitzen. Ich seh sie stehen bleiben, ein paar graue Mäntel hängen dort an der Stange, wie sie nach einem Ärmel greift, den Stoff zwischen die Finger nimmt und reibt, seine Festigkeit prüft mit dieser winzigen Geste, fast gleich der, mit der sie in der Bar nach der Rechnung verlangt. Sie schlüpft hinein. Der Schnitt gerade, so unscheinbar wie Knöpfe, Gürtel, Stoff. Gabardine. Ein unendlich unauffälliger Mantel, schöner als jeder andre. Letztes Jahr hat sie sich einen neuen gekauft, sein Grau nichts als Grau, nirgendwo vom Tragen helle Schatten. An meinem vierzigsten Geburtstag schob sie mir ein in Papier eingeschlagenes Päckchen hin. Im Volksgarten. Der Rosenstrauch neben uns war *Ricky und Taufik* gewidmet. Linde lebt inzwischen wieder in Wien, was für einen Blick sie kriegt, wenn sie in ihrer Seidengassenwohnung an den makellos rechteckigen Fenstern steht, die sich so anstrengungslos öffnen und wieder schließen lassen, anders als die in Nanterre, die sie ab Juni nicht mehr zubekam, ganz wild ist der. Vor den Scheiben die gänzlich missratene Topografie Wiens, insbesondere der bedauerliche Zustand der Hügel im siebten Wiener Gemeindebezirk.

Unter mir unruhiges, wellenloses Wasser. Donaukanal, einst *Wiener Arm* genannt. Vor mir der Zebrastreifen über den Ring, führt wie eine Planke in die schwere Stadt, die hier wie immer schon seit Stunden auf mich gewartet hat.

Mein Handy läutet, Melodie: *The Universe*. Anruferin: *Arbeit*. Möcht nicht abheben, tus dann doch, bin erst seit drei Tagen eingestellt. Die Stimme einer Frau. Vielleicht die von Milana, sie hat mich angelernt, oder ist es Irene, ich kann es nicht erkennen, die Straßenbahn quietscht so nah an mir vorbei, ich soll etwas zählen, bin nicht sicher, ob ich richtig verstehe.

Moment, sag ich, und: *Wann?*, frag ich.

Sofort, sagt die Stimme, die jetzt ganz anders klingt, viel ungeduldiger und rauer, so als stünden zwei Frauen über das Telefon geneigt, die einander abwechseln beim Sprechen.

Ja, sag ich und lege auf, ganz zögerlich.

Gegenüber: *Hotel Capricorno,* ich schau das Schild fest an, wie einen Anker.

Die Front des Hotels besteht aus rechteckigen Balkonen, da wachsen in rechteckigen Trögen grüne Halme, die zitternd blühen, *Rohrkolbengewächse (Typhaceae). Diese Sumpf- oder Wasserpflanzen sind praktisch weltweit verbreitet.* Und als ich an dem

Hotel vorübergehe, da springt die Unruhe der Gräser herunter auf mich.

Ein Hinterhof. *Seilerstättengarage.* Buchstaben, schwarz und schlank, darunter ein Stollen im Zwielicht, in dem Autos parken, ich zähl sie nicht. Im angrenzenden Glasverschlag: der Betreiber der Garage mit seinem Gehilfen, wie Zwillinge in dunkelblauem Drillich. Der Betreiber reglos, lauernd, wann sich das nächste Geschäft auftut; der Gehilfe rastlos, wischt sich mechanisch mit dem Handrücken über die Nase, nur wenn sich ein Auto durch die Einfahrt schiebt, geht er diesem fröhlich entgegen, plötzlich konzentriert. Vor der Garage im Hinterhof, da stehen auf Pflastersteinen, die sich wölben: Josef und ich. Über uns am Wohnhaus weiß gestrichene Pawlatschen. *Aus der tschechischen Sprache ins österreichische Deutsch aufgenommen; pavlač, für umlaufenden Laubengang.* Das Treppenhaus befindet sich nicht im Inneren, der Mauer des Hauses ist es aufgesetzt. Hölzern. *Nach dem Brand des Ringtheaters 1881 untersagt (unzureichende Fluchtmöglichkeiten).*

Hier, sag ich zu Josef und gebe ihm die Schlüssel, die klimpern.

Er nimmt sie und hält meine Hand fest, eine Sekunde lang. Ich steck sie wieder in die Tasche. Fremd kommt sie mir vor, so kalt, wie ein Gegenstand, den ich verlieren kann.

Josef hängt zwei Finger in meinen Gürtel, zieht sacht daran. Der ist so fest geschnürt, bewegt sich keinen Millimeter. Ich spüre, in seinem Kopf sammeln sich verschiedene Gedanken, die er nicht aussprechen wird, polierte Worte, auf denen ich gut ausrutschen kann, oder einbrechen wie auf dünnem Eis. Ein Auto knirscht an uns vorbei und ich schau zum Gehilfen, der rennt, *Grüß Gott*, reißt die Tür auf, am Gürtel trägt er eine Waffe.

Der Betreiber betrachtet uns unverhohlen, wie ein Paar im Fernsehen, das sich vielleicht gleich küssen oder doch streiten wird, ich spür jetzt meinen Rücken wieder, ein Stechen, links unten, kugelrund, und plötzlich denk ich mir entschlossen, ich will fort, will hier nicht mehr sein, in der trügerischen Wärme dieses benzingetränkten Hinterhofs, nicht mehr warten unter weiß gefärbelten Pawlatschen, auf dass Josefs Schweigen endet. Ich küss ihn ungeduldig auf die Wange, *Bis später,* murmle ich und geh durchs Tor, es steht zu allen Tageszeiten offen.

Auf der Höhe des Franziskanerplatzes ist die Gasse mit länglichen Pflastersteinen bedeckt, jeder versehen mit einer einzelnen Kerbung in der Mitte, wie Langsemmeln aus der Steiermark, und ich versuch mich zu erinnern, was ich heute bisher gegessen hab, einen Punschkrapfen, ein Stück Topfentorte, Schokolade. Ich überlege, ob ich Hunger habe, und heb den Blick und schau hinauf, dort ist der Himmel. Blassblau in jeder Richtung. Wie trügerisch, der ist so tief, zehntausend Kilometer bis zum äußersten Rand, Exosphäre, *sie markiert den fließenden Übergang zum interplanetaren Raum. Ihre hohe Temperatur resultiert aus der Geschwindigkeit der Teilchen,* nur zehn Kilometer reicht der Marianengraben hinunter, und dennoch ist er auf jeder Karte eine kleine dunkelblaue Finsternis. Wie tief ich fallen würde, würd die Erde ihre Schwerkraft kurz vergessen. Ich mach die Augen zu und summe hastig, um den Schwindel abzudrängen, *Blue, blue, electric blue, that's the colour of my room,* so hab ich es in der Hypnotherapie mit Schaller besprochen, *Blue, blue, electric blue, that's the colour of my room,* wie er sich das letzte Mal beschwert hat, *Frau Neges, Sie haben die Autosuggestion nicht geübt, das ist schade.*

Mit der Hand streife ich die Mauer, leg sie einem kleinen Löwen auf den Kopf, der hat kringelige Locken. Gleich wird *Arbeit* wieder anrufen, wo ich bleibe, ich gehe schneller, fast renne ich in eine Frau hinein und mache einen Schritt zur Seite, die Frau steht da wie angewurzelt auf den U-Bahn-Treppen und schaut mich an, die hellen Haare pinselig zum Zopf gebunden, der sich nach außen dreht. Meinen Blick sucht sie. Ich weiche aus.

Wenn ich an mir hinuntersehe: Mantelschöße, Hosenbeine, die Kappen brauner Mokassins.

Über die ärgere ich mich. Die Küchenfliesen sind nass und fettig, die Schlangenschuhe sollte ich tragen, warum hab ich am Morgen nicht geahnt, dass ich heute rennen muss.

Gumpendorfer Straße. Der Flakturm taucht schon in der Weite auf.

Josef lernte Wera vor Jahren kennen, vielleicht fünf oder sechs. In Warschau. Sie studierte dort Literatur. Wohnte in einem winzigen Zimmer mit einer anderen Frau, in der Mitte ein Vorhang, so dünn, fast durchsichtig, der es in zwei Hälften schnitt. Wie in einer Umkleidekabine reichte er nicht ganz bis auf den Boden, neben allem Schemenhaften waren unverdeckt zu sehen: die rötlichen Füße der Mitbewohnerin, die großen Zehen etwas schief, weil sie außerhalb des Zimmers nichts als hohe Schuhe trug. Und der Vorhang, so hat es mir Josef erzählt, der wölbte sich alle paar Sekunden wie ein Segel, weil es war Sommer und ein Ventilator drehte sich unendlich. Flüchtig hab ich sie einmal kennengelernt, da war sie zu Besuch. Wir gingen nebeneinander auf einem Gehsteig, der aufgerissen war und provisorisch mit aneinandergefügten Brettern bedeckt, und sie stolperte immerzu über die Übergänge, die nicht ganz nahtlos waren, stolperte immer noch, als ich schon längst gegangen war, das sah ich aus der Ferne.

Die Frau da auf der Straße eben sah ihr ein bisschen ähnlich.

Rot. An der Ampel warte ich. Am Kiosk gegenüber dem Kino steht die Türe offen, da läuft das Radio. Die Stimme des Moderators umfasst mich, so laut. Die Kassierin tritt in einem weißen Arbeits-

kittel vor die Tür und zündet sich eine Zigarette an.
Unsre Blicke treffen sich. Ich lächle, sie nicht.

Grün. Ich geh rasch weiter, komm schnell voran. Müd ist der Wind hinter der Anhöhe. Im Park beim Flakturm steht mannshoch Mais und rührt sich kaum. Im Frühjahr hat man ihn zum ersten Mal an dieser Stelle angebaut. Ich muss an Josef denken, vor der Seilerstättengarage, wie er die Schultern einzieht in der Kälte. Wie er sich aus dem Bett schiebt in der Früh, zuerst stehen seine Füße auf dem Boden, wie lang er dann dasitzt an der Kante, ins Leere schaut. Aber bestimmt würd ich vermissen, wie er meine Wangen küsst, zuerst links, dann rechts, sehr hoch oben, am höchsten Punkt des Wangenknochens, nicht weit vom Auge entfernt, sodass ich blinzle. Und wer wird meine Dunkelheit aushalten wie Josef, so geduldig. Und meine Schnelligkeit, in die ich manchmal falle.

Die Sonne scheint mir ohne Wärme ins Gesicht.
Der Himmel über mir ist himmelblau, wie der Boden im Allgemeinen Krankenhaus, wo ich seit einem Jahr schon nicht mehr war.
Vermiss es nicht.
Das AKH denkt viel an mich.

2

Blumenranken. Gelblich von jahrzehntelang gerauchten Zigaretten. Auf der Höhe meiner Hand die Klinke. Winzig. Tapetentüre.

Dahinter: beschlagene Fenster, unter der Decke kühler Dampf.

Am Boden in Trögen aus Plastik schneeweiß verschlungene Wäsche, durchscheinend vor Nässe. Sie aufzuhängen ist kein Platz. Der ganze Raum ist besetzt von knittrigen Vierecken, die einen auf Gestellen, die anderen an Leinen und wieder andere, die sich grob gefaltet auf den Sesseln zu Bergen türmen, staubtrockenen.

In der Mitte des Raums: das Bügelbrett.

Da steht der Küchengehilfe, ein bisschen fahl im grellen Licht. Sein Gesicht kindlich, obwohl er über vierzig ist. Volle Wangen, grüne Augen, helles Haar; ein bisschen verschwitzt von der Arbeit, dunkler als das letzte Mal. Das Bügeleisen in seiner Hand faucht Dampf.

Juschik heißt er, glaub ich. Auf dem Kasten hinter ihm ein Spritzer und runzelige, längst ausgekühlte Sacherwürstel.

Ich häng den Mantel in den Spind.

Eine Zeitung fällt mir entgegen. *Süß*, sagt Juschik und nimmt mir das Heft vorsichtig aus der Hand. Er hält mir eine Seite hin, die sich schon automatisch aufgeschlagen hat, *hot*, sagt er und deutet auf einen Politiker, sein mit Schmissen übersätes Gesicht, bloßfüßig vor einem Bauernhaus. Daneben sind Entwürfe der Uniform einer paramilitärischen Palastgarde abgebildet. Überdimensionierte Schulterpartie, enge Hose, achteckige Kappe. Juschik blättert routiniert weiter bis zum sinnenden Gesicht eines Astronomen, über dessen Äußeres er schweigt. Nachtblauer Kajal, schmale vollkommen ungewölbte Lippen. Ich lese laut: *Auslöschung der Menschheit? Beteigeuze wird Supernova im Lauf der nächsten zwanzig Jahre! Unsere Ozonschicht durch Gammablitz bedroht!*

Juschik: *Beteigeuze?*

Leise murmle ich, als müsst ich verhindern, dass der rote Überriese uns belauscht. *Ein Stern im Sternbild Orion, er ist sehr interessant.*

Ich schlüpfe in die schwarze Bluse mit dem weißen Kragen. Hebe die Arme hinter den Kopf und versuche, die winzige Schlinge über das kugelige Knöpfchen tief in meinem Nacken zu schieben. Juschik räuspert sich, schließt es mit einem Griff.

Theresa, sag, sagt er.

Theresa: *Hab ich doch gesagt.*

Juschik: *Schweigend warst du.*

Ich schau ihn verdutzt an. Mit der Zigarette im Mundwinkel verwandelt er knittrige Quadrate in glatte, vor ein paar Tagen ists mir schon passiert, dass ich dachte, ich hätte etwas gesagt, das ich nur dachte. Ich spreche nicht gerne seit ein paar Wochen, ist eine

Nebenwirkung der Tabletten. Mundtrockenheit. Alle Worte voller Staub. Oft sag ich nichts. Wenn ich dann doch spreche, ist in meinem Hals ein Kratzen.

Ein Stern, Juschik, im Orion. Das war ein Jäger. Der hat zwei Hunde gehabt und drei Väter.
Schäferhund?
Weiß nicht. Die haben Sirius und Prokyon geheißen.
Prokyon?
Und drei Väter, Juschik. Poseidon, Ares, Zeus.
Oh!
Die haben ihr Sperma in einem Sackerl vermischt.
Leben die noch?
Vermutlich.
Vielleicht sind sie auf Grindr.
Vielleicht.
Aussehen?
Von wem?
Jäger.
Breite Schultern, Beteigeuze und Bellatrix. Sein Gürtel ist aus Alnitak, Alnilam, Mintaka gemacht, darunter das Schwertgehänge: Orionnebel. Rigel und Saiph, seine Füße, riesig sind die. Und über allem thront Meissa, das Haupt.
Talente?
Sehr talentiert. Hat von Poseidon gelernt, wie man auf Wasser geht.
Charakter?
Nicht so gut.
Oj.

Er hat das Töten der Tiere geliebt. Da gab es auf Kreta bald keine Tiere mehr.
Ojojoj.
Eine Frau hat er vergewaltigt.
Kretyn.
Zur Strafe wird er geblendet.
Okay.
Und ein Skorpion hat ihn vergiftet und Artemis hat ihn getötet und Artemis hat ihn geliebt und dann auch getötet, versehentlich.
Wie kommt auf Himmel?
Nach seinem Tod wird er dorthin versetzt.
Von wem?
Von irgendwem.

Er drückt mir eine Bürste in die Hand. Ich fahr mir durch die Haare, struppig sind sie vom Wind, bleib oft hängen, brauche beide Hände, während Juschik wie einen Zauberspruch *Alnitak, Alnilam, Mintaka* wiederholt und dann nebenbei erwähnt, etwas sei seltsam heute, die Tür zum Stiegenhaus sei in der Früh zwar geschlossen, aber unversperrt gewesen.

Juschik: *Habe ich Milana gesagt. Milana hat Chef gesagt. Chef war da. Hat kontrolliert. Geld da. Schnaps da. Fehlen tut null Zigarette.*

Theresa: *Vielleicht hat jemand vergessen abzusperren?*

Vielleicht Einbrecher gekommen in der Nacht, vielleicht nix.

Ich schau Juschik an und schau mich um in einem plötzlich fremden Zimmer. Gestern Abend, bevor ich ging, da fiel das Licht von der Otto-Bauer-Gasse durch die riesigen Fenster ins Café hinein. Im hellen Zwielicht der grüne, der rote, der blaue Salon; die hofseitigen Hinterzimmer aber waren bis zur Decke angefüllt mit Finsternis. Ich kann sie schon auswendig: Bügelzimmer, Waschmaschinenraum, Personaltoilette, Vorratslager und dann der gewinkelte Gang, der sich teilt. Einer führt zu den Gästetoiletten hinaus, der andere zu einem Gitter, das die Hinterzimmer mit dem Stiegenhaus verbindet, von da kommt man zu den Mülltonnen in den Hof. Eisern ranken sich die Blumen und ich seh vor mir, wie sich das rabenschwarze Gitter leise quietschend durch die Dunkelheit bewegt.

Juschik: *Chef nix Polizei ruft. Aber schaut und sucht. Kuchl. Hinterhof. Schaut böse mit den Augen.*

Theresa: *Muss ich deswegen das Lager abzählen.*

Juschik nickt. Langsam dreh ich mir mit einer Hand die Haare zu einer Schnecke, steck sie mit der Spange hoch. Fisch den Lippenstift aus meiner Manteltasche. *Lady Danger.* Mal mir zwei Punkte auf die Wangen, rotorange, die verwisch ich, bis die Farbe fast verschwunden ist, wie verdünnt von Wasser.

Juschik: *Apfelkiste, Orangenkiste, auch Kiste mit Zitronen, verschoben. Nicht stark. Leicht. Chef kommt. Schaut. Sagt, ich hab nach Dienst Wein betrunken und Orangen genommen.*

Er fischt nach einer weinroten Schürze, deren Bänder sind in den Bändern der andren weinroten Schürzen verheddert, unter den raschen Bewegungen seiner Arme knirscht das Gestell vom Bügelbrett. Angenehm ist es, die Schürze so warm um die Taille zu binden, wie frisch gebacken, und ich heb den Kopf, weil sich das Geräusch hoher Absätze hinter der Tapetentüre nähert, die schon jemand mühsam aufzuziehen begonnen hat.

Ein Mann steht da mit Backenbart und rötlich krausem Haar.

Er drückt die Türe zu, nur um sie gleich wieder zu öffnen.

Juschik, routiniert: *Durch blaue Salon, rote Salon, grüne Salon, hinter Tisch mit Zeitung Türe Toilette, bitte.*

Gast: *Nein, verzeihen Sie, ich wollte nur diese Türe ausprobieren, sehen Sie, ich bin Liebhaber von Antiquitäten und diese Klinke hier ist wirklich sensationell.*

Juschik: *Was hat er?*

Theresa: *Er spricht über die Türe.*

Gast: *Auch Ihr Ofen, American Heating, wirklich erlesen, eine Rarität, nein, eine rare Erlesenheit.*

Juschik: *Personal, Herr. Privat.*

Gast: *Bitte entschuldigen Sie, aber können Sie helfen, in meiner Aktentasche bewahre ich stets ein Reservehemd auf, man weiß nie, und nun das: Es hat einen Fleck. Sehen Sie, Marmelade.*

Theresa: *Kirsche?*

Juschik: *Brudasku.*

Theresa: *Was?*

Gast: *Dreckspatz, sagt er. Haben Sie vielleicht etwas Papier bei der Hand, das ich mir leihen könnte?*

Er wischt mit einer Serviette über das Hemd, das in seiner Aktentasche liegt, *ich werde sie selbstverständlich ersetzen,* sagt er, verteilt die Marmelade, deutet auf die Serviette.

Juschik: *Nix!*

Gast: *Pardon?*

Juschik: *Schene Hemd kaputt.*

Gast: *Ich verbitte mir einen solchen Ton.*

Chef: *Was ist hier los, die Gästetoilette is vorn, bitte sehr.*

Juschik: *Alles perfekt, alles perfekt!*

Gast: *Ein Notfall.*

Chef: *Tamara, kannst du bitte was hackeln.*

Juschik: *Theresa.*

Chef: *Entschuldige. Kannst du bitte endlich was hackeln, Theresa. Da, hast die Liste.*

Theresa: *Eine Sekunde.*

Chef: *Die Gästetoilette ist vorne.*

Juschik: *Husch husch.*

3

Der Mond hängt rötlich am Himmel. Fürchterlich groß. Sie haben ihn nach einer Frucht benannt, weiß nicht mehr welche, ist mir egal, ich schau ihn nicht an.

Die Tür zum Balkon steht sperrangelweit offen. Ich lieg am Boden, bis zum Hals in der Wohnung, mit den Augen schau ich in die Nacht hinaus. Die Schwelle ist mein Kissen. Nicht sehr bequem, aber um draußen zu sein, ists mir zu kalt.

Hab mich mit dem Mantel zugedeckt. Sein Kragen reicht mir bis ans Kinn.

In der Wohnung ist es stockfinster. Nur neben dem Keyboard verwischtes Routerleuchten.

Das kümmert mich nicht. Ich seh geradewegs nach oben.

Dort glimmen zwei, drei Sterne lieblich im Wiener Lichtschmutz, neben blinkenden Flugzeugen, geisterhaften Satelliten und unsichtbarem Weltraumschrott. Den ganzen Sommer über warn die hellsten fort. Wie lang der immer dauert. Jetzt steht Jupiter wieder hoch am Himmel, und wenn ich den Kopf nach links drehe, winzig, Saturn, der wird in zwei Stunden wieder verschwunden sein, spätestens um drei Uhr früh. Bald ist an seiner Stelle endlich Orion, und mit Orion Beteigeuze.

Im September sieht man ihn zuerst am Land, am Rande der flachsten Felder hat sich dann ein rötlich glühendes Körnchen in den Himmel gebettet. *Aufgrund der Farbe (Feuer, Blut) mit dem Krieg in Verbindung gebracht.* Der *Ankündiger* genannt.

Es fröstelt mich.

Ich streich mir eine Strähne aus dem Gesicht. Man bleicht die Haare wasserstoffblond, aus Wasserstoff bestehen auch die Sterne. Das hat jemand in einem Podcast erzählt, es ging dabei um ihren Tod: *Supernova. Plural Supernovae.* Explosion. *Die Leuchtkraft des Sterns nimmt millionen- bis milliardenfach zu, er wird für kurze Zeit so hell wie eine Galaxie.* Fusionsketten des sogenannten Schalenbrennens: Wasserstoff zu Helium, Helium zu Kohlenstoff, Kohlenstoff zu Neon, Neon zu Sauerstoff, Sauerstoff zu Silizium, alles rasend, immer schneller, der Stern wirft seine Hüllen ab, Kollaps: Silizium zu Eisen, *dem Element mit der Ordnungszahl 26. Eisenatomkerne haben die höchste Bindungsenergie aller Atomkerne.* Dauert die Synthese von Helium zu Kohlenstoff noch mehrere Millionen Jahre, erfolgt die Umwandlung von Silizium zu Eisen binnen weniger Tage. Das ist das Ende. Keine Energie mehr freigesetzt.

Sterntod. Aber nicht jetzt.

Die Bäume rauschen. Der Wind reißt Blätter ab, die rascheln. Eins fällt auf den Balkon.

Herbst: *In den gemäßigten Zonen die Zeit der Ernte und des Blätterfalls. Das lateinische carpere bedeutet »pflücken« und findet sich im Griechischen als karpós, »Frucht, Ertrag«, ferner litauisch kirpti, »schneiden«, sowie griechisch krōpíon, »Sichel«.*

Ich leg den Kopf so weit in den Nacken, wie ich nur kann, schau durch die Gitterstäbe des Balkons, dort ist Saturn. Halt mir die Hand über die Augen, dass sie empfindlich bleiben für das schüchterne Licht dort oben, denn einen Meter neben Saturn, einen halben Meter entfernt von mir, sitzt Josef. Draußen auf dem Balkon, auf einer Bank.

Sein Handy leuchtet auf.

Bitte, sag ich, und: *Josef*, sag ich, vorwurfsvoll.

Gleich. Was ist los?

Ich möchte nichts sagen, also sage ich nichts, und dann sag ich aber doch, *Seit ein paar Stunden hab ich Herzklopfen im Knie.*

Josef: *Oje.*

Theresa: *Ich hab schon was genommen, aber es hilft nicht richtig.*

Josef: *Hast du am Nachmittag geschlafen?*

Theresa: *Nein. Musste einspringen.*

Josef: *Übernimm dich nicht gleich wieder.*

Theresa: *Sag so was nicht. Ich bin vorsichtig.*

Josef wirkt nervös. Schaut mich an. Raucht schneller als sonst. Er friert, sitzt ganz verschlungen da. Die Hand, mit der er nicht raucht, klemmt unter seiner Achsel. Er trägt das gestreifte Hemd, das ist sehr dünn, bei Tageslicht schimmern seine Brustwarzen durch den Stoff, sie sind nicht groß und rötlich, schön finde ich sie.

Möchtest du Musik hören?, fragt Josef.

Ich schließe die Augen.

Traurige Streicher aus dem Synthesizer. Dann sagt eine sanfte, bisschen bittre Stimme mit einem Funken Sattheit in ihr drinnen, *Nacht,* und weiter: *Weißer Regen.* Ich kenn das Lied nicht. Josef legt das Handy neben meinen Kopf, steigt über mich in die Wohnung. *Schwerstarbeit. Spezielle Kleidung, spezielles Schuhwerk. Flex und Seitenschneider, an der Starkstromleitung im Regen.* Das Lied ganz dicht an meinem Ohr, ich dreh den Kopf noch näher. In rascher Reihenfolge zählt der Sänger Metalle auf: *Kadmium, Kobalt, Kupfer, Nickel, Zinn, Zink, Bronze, Blei, für jeden was dabei.*

Josef in der Küche, er öffnet den Kühlschrank, das Gefrierfach knirscht beim Schließen und ich ruf, *bitte bring mir eine Eisenkapsel mit.*

Josef kehrt zurück. Mit einem Glas, mit einer Tablette in der Hand.

Er legt sich neben mich. Ich dreh mich seitlich, schau ihn an.

Mein Kopf liegt in meiner Hand. Sein Kopf liegt in seiner Hand.

Ich küss ihn auf die Wange.

Wir essen schwarze Schokolade. Die war im Tiefkühlfach. Auf dem Rand der Verpackung steht stachelig der Reif. Wo immer ich meinen Finger hinlege, ist es nass.

Josef legt seine Hand auf die Innenseite meines Arms.

Ich trag den gestreiften Pullover, der kratzt.

Er lässt die Schokolade im Mund zergehen. Ich mag es lieber, wenn sie gefroren bricht, und roll mich auf den Rücken. Leichte Schmerzen, links unten. Kugelrund.

Wera möchte nach Wien ziehen, sagt Josef.
Nicht schon wieder.
Sie will nicht mehr in Warschau sein.
Und deshalb will sie zu dir.
Nein, aber sie findet Wien schön.
Wann kommt sie?
Sie ist schon hier, glaub ich.
Glaubst du.
Sie ist schon hier. Ich wollt es dir früher erzählen.
Wann denn?
Vor ein paar Tagen. Aber es war schon vorher so, dass sie manchmal auftaucht, einfach wieder verschwindet. Und ich wollte erst einmal abwarten.
Wo wohnt sie?
Bei Freunden. In der Fruchtgasse.
Um die Ecke?
Nur vorübergehend. Das Zimmer dort ist billig. In einer WG.
Ich wüsste gerne, ob ich die Automatenfotos noch habe, die ich gemacht hab, als sie das letzte Mal da war.
Angeblich nichts auf Dauer. Die Toilette ist am Gang.
Vielleicht sind die in der Schachtel mit den Ansichtskarten.
Es gibt nicht mal wirklich eine Küche.
Wirst du ihr was leihen?

Ich hab ihr angeboten, die erste Miete zu bezahlen.
Du weißt, dass wir selber kein Geld haben?
Ich weiß. Sie gibt es zurück.
Vielleicht hab ich die Fotos in die Mappe mit den alten Rechnungen gelegt.
Welche Fotos?
Automatenfotos. Ich hab vier Fotos von mir gemacht, als sie das letzte Mal hier war. Nach dem Kino.
Ich weiß schon. Wir haben dich erst nicht gesehen.
Ich dachte, ich wär mit Wera allein gewesen.
Ich war auch dabei.
Weiß nicht.
Also, ich war auch da. Sie möchte sich irgendeine Arbeit suchen, sagt Josef, *vielleicht in einer Fabrik*, und er lacht, und ich lache auch, ein bisschen zu spöttisch, ich möchte nicht, dass Wera hier ist, aber sie ist hier, mitsamt ihren Wimpern, *auch Zilien, lateinisch Cilia*, in die sich Josef als Allererstes verliebte. Der Halbsatz, in dem er das einmal beiläufig erwähnte. Ihre Augenbrauen, so sagte er, die waren in ihrer Blondheit durchsichtig, aber ihre Wimpern, tiefdunkelbraun wie vier fedrige Tierchen, die unaufhörlich konspirativ miteinander kommunizierten, manchmal synchron, dann wieder nicht, eine Seite bewegte sich, die andere hielt still. Ihre Augen erwähnte er nie. Wann immer ich mich seither an Weras Gesicht zu erinnern versuche, sehe ich eine mit den gesichtsüblichen Wölbungen und Vertiefungen versehene Fläche, einen kleinen, herzförmigen Mund, ovale Nasenlöcher, und dann, das ganze Gesicht dominierend, als

Einziges beweglich, irgendwie auf dem Sprung, die Wimpern. Dazwischen: kein Augenweiß, keine Iris, keine Pupille. Nur eine dunkle, farbenlose Stelle.

Wera und Josef lernten sich kennen, als sie ihm die Geldtasche klaute. In ihr drinnen nur kleine Münzen. Deswegen gab sie sie wieder zurück. Plötzlich Anziehung von einem Ausmaß, das beide zu ignorieren außerstande waren, und nichts anderes zu tun wussten, als spätestens dreißig Sekunden nach der Rückgängigmachung des Diebstahls ungefähr dort, wo sie sich befanden, miteinander zu schlafen. Unzertrennlich. Selbst im Schlaf hielten sie sich an den Händen, so stell ich es mir vor, und Josef sagt, so war es gewiss nicht, das bildest du dir ein, wenn man sich andauernd berührt, muss man sich nicht zusätzlich an den Händen halten. Bis Josef wieder nach Wien musste nach ein paar Tagen. Ein halbes Jahr später lernte ich ihn auf einer Party kennen, durch einen gemeinsamen Freund, er stellte uns vor, *Theresa Josef Josef Theresa*, wir unterhielten uns, das war alles. Unentschlossenheit. Ich hatte das Gefühl, ich könnte Josef küssen, ich könnte Josef aber ebenso gut auch nicht küssen, also küsste ich ihn, ein paar Tage später bekam ich hohes Fieber. Draußen 37 Grad, in meinem Körper noch ein wenig wärmer. Josef brachte eine Wassermelone vorbei. Die duftete rosa und wässrig, drinnen vereinzelt weiße Kerne. Wir schauten einen Film von Jacques Becker, *Le Trou,* 1960, fünf Häftlinge, die sich ein Loch aus dem Gefängnis hämmern, einander abwechselnd und so fürsorglich, wie sie in der Zelle Kaffee trinken, Brote essen, die Kamera so nah an groben Händen, verschwitzten Haaren, staubigen Hemden, dass ich irgendwann erschöpft einschlief mit dem Gefühl, ich selbst hätte schwer geschuftet.

Wir küssten uns am nächsten Morgen bei 39,7 Grad, bald darauf begann alles zu verschwimmen. Vage Erinnerungen an verkohlte Karotten in einem Suppentopf. Verschiedene Körperteile, gegen die wir manchmal auf angenehme, dann wieder auf unangenehme Art stießen. Josefs Kopf glutweiß. Erzählungen von Träumen, die sich kaum von der Wirklichkeit unterschieden. Etwas mit einer Tasse, die war kariert, schwarz und weiß und weiß und schwarz, einem Schachbrett gleich, nur aus Stoff genäht, Kaffee tropfte unablässig aus ihrem Boden herab. Irgendwann taumelte ich schwindelig aus den letzten Ausläufern des Fiebers.

Am Zimmerboden knirschte Zwieback.

Die erste Dusche. Mein Bauch hohl, als ich da unter dem lauwarmen Wasser stand und schaute, wie sich die Fliesen um mich drehten, als wär ich ihr Auge. Wie ich mich in die Duschwanne setzte. Wie ich es kaum schaffte aufzustehen.

Ich machte einen blassen Spaziergang in die Küche. Schaute in den Lichthof. Verscheuchte eine Taube. Trank einen Becher Kaffee. Verscheuchte eine andere Taube. Fühlte mich seltsam, bis mir bewusst wurde, dass ich die Anwesenheit dieser viel zu heißen Person vermisste, die sich ein Zimmer entfernt in meinem Bett befand.

Josef sieht mich an, mit schmalen Augen. Ich atme. Atme tief ein. In meinem Zwerchfell ist eine Falltüre, so sag ich mir, die geht auf, durch die fällt der Atem hinunter, fast bis zum Schambein. Schaller sagt, *der Atem ist weich, Ihr Atem ist weich, Frau Neges, er wärmt und stärkt Sie von innen heraus,* aber in meinem Innern geht der Atem schwer, holpert an Herz und Leber und Magen vorbei, verursacht in meiner Lunge ein Getöse. Ich atme tief aus. Ich atme ein, ich atme weiter, Luft rein, Luft raus. Es ist halb zwei, wie gerne würd ich müde sein.

Früher hätten wir jetzt gekifft, inzwischen wissen wir, ich kiffe besser nicht.

Letztes Jahr, da hab ich versucht, den Sichelmond einzufangen am ersten Wintertag, mit einem Käfig. Den lieh ich mir aus einem Tiergeschäft. Ich sah sofort, dieser mittelgroße Käfig passte perfekt, und entnahm ihm etwas mittelgroßes Vielpfotiges, setzte es auf den Boden und schleppte den Käfig durch die Innenstadt, der roch noch nach dem Tier, und ein winziges Skelett schepperte gegen die Stäbe, von einem Tierchen, das das Tier wohl verspeist hatte. Ich ging schnurstracks über Ring, Josefstädter Straße, durch Ottakring, immer höher hinauf zum Perlmuttweg, *auf den Abfällen der Perlmuttdrechsler errichtet,* früher ein spiegelnder Grund, immer noch ist im Asphalt an dieser Stelle ein geisterhaftes Schimmern, dem folgte ich bis auf den Wilhelminenberg.

Zwischen gefrorenen Ästen der Sichelmond, hing fadisiert mitten in der Luft. Ich öffnete das Türchen, musste mich beeilen, da sich der Mond im Jahr drei Komma acht zwei Zentimeter von der Erde entfernt, wohingegen die Alpen lediglich ein bis zwei Millimeter wachsen, Ziel: die fortschreitende Verrückung aufzuhalten. An diesem Abend war der Mond noch nicht weit vom Erdboden weg.

Hallo, rief ich. Keine Reaktion. So legte ich ein Stück schwarzen Karton in die Stäbe, weil ich mir sicher war, dass man ihn sonst nur mit perligen Gegenständen lockte, jedoch ich nicht, findiger bin ich, und hob den Käfig hoch. Dann hatte ich den Sichelmond und fütterte ihn mit dem Löffel. Aber nicht sofort.

Zuerst brachte ich ihn nach Hause. Schwer der Käfig. Zugedeckt mit einem Tuch stellte ich ihn auf den Balkon, damit er nichts von der Anwesenheit des Himmels bemerkte, und errichtete neben ihm eine gefinkelte Apparatur, bestehend aus Grammofon, Knoblauchpresse, Bleistiftspitzer. Der Trichter saugte kraftvoll den überschüssigen Staub aus der Milchstraße heraus, den ich zu irisierendem Püree zerrieb. Das gab ich dem käfiggefangenen Sichelmond löffelweise ein, bis er satt war und müde und sich nach seinem gewohnten Wandern nicht mehr sehnte.

Irgendwann bin ich dann aufgewacht im AKH.

Josef, sag ich, *mir geht das auf die Nerven.*
Was?
Ach, mach doch, was du willst. Wenn du sie küsst, verlass ich dich.
Komm, lass gut sein, da ist nichts. Schaust du morgen zum Schaller?

Wer?

Schaller.

Ach so. Weiß nicht. Ich ertrag ihn nicht. Wie er sich ausdrückt und wie er nickt. Und er sagt mir, das geht so nicht, wenn ich einen Termin absage. Da ist er angefressen, ich meine, das ist doch meine Sache, wenn ich manchmal nicht kommen kann.

Aber du solltest hingehen. Also, auch wenn es schwer ist.

Ich glaub, ich werd aufhören.

Theresa.

Vielleicht werd ich im Frühling wieder weitermachen. Jetzt hör ich auf und mache im Frühling wieder weiter, ich glaub, das ist ein guter Plan.

Sonst such dir halt wen andren.

Dann erwische ich wieder so einen wie das vorletzte Mal.

Bestimmt nicht.

Bald hab ich Geburtstag. Dann ist Winter. Ich hab ein gutes Gefühl. Vielleicht wird diesen Winter gar nichts sein.

Natürlich wird diesen Winter nichts sein und auch nächsten nicht, du siehst ja, dass die Therapie hilft.

Wieso? Es liegt ja nicht an Schaller, dass es mir gut geht, sondern an mir.

Aber du sagst selbst, du kannst nicht mehr richtig schlafen.

Eine Nacht!

Zwei. Das ist nicht nebensächlich, und schon gar nicht, wenn du aufhörst, etwas anderes als Punsch-

krapfen zu essen, und deine Medikamente die halbe Zeit vergisst. Wann hast du zum letzten Mal gegessen? Ich meine, etwas Richtiges?

Gerade eben Schokolade.

Also hast du nicht gegessen.

Ich habe gegessen. Hör auf, mich zu bevormunden.

Ich will dir nur helfen. Warum bist du nicht ehrlich. Sag es doch einfach, bitte, beginn nicht schon wieder damit.

Bitte entspann dich einfach und mach nicht so einen Stress, mich stresst das mehr als alles andre, wenn du aus dem Nichts heraus beim Ausgehen plötzlich fragst, ob alles o.k. ist, ist alles o.k., nur weil ich mich irgendwo angehalten hab.

Du hast deine Hand an den Tisch gekrallt.

Ja?

Wie an einen Felsen.

Niemals.

Deine Knöchel waren weiß.

Die waren nicht weiß.

Die waren schneeweiß.

Ich hab mit Marianne gestritten, o.k.?

Hast du nicht.

Darf ich jetzt nicht mehr streiten?

Das war erst später.

Und außerdem ist es normal, dass meine Knöchel weiß sind, es ist Herbst.

Wie meinst du das?

Im Herbst sind nicht nur die Knöchel blass, sondern auch meine Hände und Arme und alles.

Das ist etwas anderes.

Schau her! Alles blass, blass, blass. Sag ich, wedle mit den Armen und reiße die Augen auf und grinse wie eine fröhliche Person, obwohl ich mich nicht so fühle, ich fälsche etwas Glück, eigenhändig persönlich nur für Josef, obwohl es in mir drinnen ein bisschen dunkel ist. Die Kammer, die spüre ich jetzt wieder. Kurz war sie weg, den Sommer über, aber jetzt ist sie wieder da, wird immer da sein, wird nie weggehen, da kann ich alles vergessen und alles wird leer sein in mir und ich werde denken, und alle werden denken, die Kammer ist jetzt verschwunden, großer Erfolg, bis man entdeckt, dass in mir drinnen ein rechteckiger Hohlraum haust. Die leere, dunkle Kammer, die ist gar nicht verschwunden, die bin nun ich selbst. Und nirgendwo ein Stern. Nicht oben, nicht unten oder seitlich. Nirgendwo. Nur Dunkel.

Entschuldige.

Weißt du, die Gesundheit ist doch wie eine Larve, die sich auf meinen Kopf gelegt hat. So eine Maske. Nicht dick, die ist dünn. Hier, so dünn, siehst du, wie wenn ich an meinen Lidern ziehe, da schau, wie zerreißbar das alles ist. Und darunter brodelt es vor Rohren und Kabeln und Arterien und Knochen, wie unter Asphalt, die Kanalisation zieht sich durch die ganze Stadt, man sieht sie nur nicht, und unter der Haut und unter dem Asphalt stinkt es, das garantiere ich dir, da stinkt es sogar ziemlich und zwar bei jedem einzelnen Menschen, bei euch allen, und leicht, ganz leicht kommt da unter dieser Larve etwas durchein-

ander. Und Schaller sagt, dieses Bild stimmt nicht, die Kanalisation unter einer Stadt wie Wien ist zuverlässig, gut gewartet, organisiert, da bricht nichts, ha, wenn der wüsste, wies da stinkt, auch bei ihm. Und wenn ich laut mit mir selbst rede und wenn ich fuchtle, dann ist es für mich eine Erleichterung. So kann ich herzeigen, wie dünn meine Larve ist. Mein dünnes Gesicht, in das schauen dann alle und wissen, was ist, und es macht euch Angst und das ist gut so!

Mir macht es keine Angst.

Davon verstehst du ja auch nichts.

Ich weiß so einiges und ich leb doch mit dir zusammen und ich liebe dieses Gesicht.

Du weißt ein bisschen etwas über mich, aber sonst: nichts.

Außerdem bin ich mittlerweile Experte für Krankenhausliteratur.

Und einmal hast du eine Kapsel zu zwanzig Milligramm geschluckt. Niedlich. Du findest das lustig.

Ich finde es nicht lustig.

Warum grinst du dann?

Es ist ein Reflex, glaube ich.

Du spinnst, glaubst du, du weißt alles, nur weil du ein Buch liest und einmal Zyprexa genommen hast? Hat es gemundet, das Kapselchen? Süß oder bitter oder eher nach nichts? Arschloch. Ich gehe jetzt.

Bitte, Theresa. Wohin denn?

Ich gehe hinaus. Ich gehe spazieren.

Wohin?

Es ist egal. Ich gehe Zigaretten kaufen.

Wofür brauchst du Zigaretten?
Ich möchte sie gerne rauchen. Lass mich los.
Ich möchte nicht, dass du jetzt hinausgehst. Ich lass dich los, sobald du es versprichst. Bitte. Versprich es. Dann lass ich dich los.
Nein.
Komm schon, bleib hier. Bitte.
Nein.
Hier drinnen ist alles, was es gibt, und alles, was du brauchst. Du musst nicht raus.
Gut. Dann gehe ich eben ins Badezimmer.
Wieso?
Komm, lass mich aufstehen. Bitte, ich gehe ins Badezimmer, da setz ich mich auf den Badewannenrand und ich lese.
Das sagst du nur so.
Gib mir das Buch und lass mich los.
Nein.
Ich gehe jetzt lesen.
Du lügst. Du willst nicht lesen, du willst rauslaufen.
Ich liebe lesen! Und wenn ich mit dem Buch fertig bin, beginne ich wieder von vorne damit, so gut gefällt es mir. Ich lese manche Stellen immer wieder und alle schönsten Sätze immer so lange im Kreis, bis mir schwindelig ist, bis ich freiwillig gar nicht mehr aus dem Tschukowskajabuch hinauskomme. Ich könnte es sofort in einem Zug auslesen, aber ich tu es nicht, weil es schade um die überflogenen Sätze wäre, ich will in den Sätzen drin sein und nicht außen drauf. So wie du, weil du bist oberflächlich.

Aua! Was machst du! Bleib hier!
Na, Arschgesicht, bitte, behalte dir gern den Mantel, ich hab keine Lust mehr, hier neben dir zu liegen, ha, lass mich, ich gehe jetzt ins Nebenzimmer, und wie gerne würde ich mit den Türen werfen ...
Theresa, lass das ...
Alle Türen zu allen Räumen hinter mir zuwerfen, aber es gibt keine! Weil wir keine Türen haben!
Nicht den Aschenbecher!
Weil der Herr Architekt alle Türen in den Keller gestellt hat, weil ein purer Türstock ja wirklich mit nichts zu vergleichen ist. Unvergleichlich! Diese Schönheit! Die Schönheit der durch Türen nicht belasteten Türstöcke!
Wehe, du brichst die Therapie ab, ich sag es dir, ich mach das nicht noch einmal mit!
Es gibt nur eine Eingangstüre und die drei Türen zum Balkon und die Badezimmertüre, sonst nichts! Wie ich das hasse!
Das sind immerhin fünf Türen!
Und wo ist die Schlafzimmertüre? Und wo ist die Wohnzimmertüre?
Na gut, dann mach bitte, dann geh doch weg, dann geh doch bitte hinaus, ich sage dir, was dann passieren wird, es wird Folgendes passieren ...
Dann sag es doch bitte.
Du wirst hinausgehen und spätestens am Hauptbahnhof wirst du belästigt werden von ein paar Schnorrern und du wirst vor ihnen davonlaufen oder nicht, vielleicht bist du nicht schnell genug, weil du

schon müde bist, also nicht im Kopf, aber deine Beine und deine Arme. Oder du gehst Richtung Innenstadt, und wenn du auf niemanden triffst, nach zwei oder drei oder auch vier Straßenzügen noch immer auf niemanden triffst, alles menschenleer und alles still bis auf deine Schritte, dann bekommst du es mit der Angst zu tun wie das letzte Mal, und außer Atem und abgehetzt kommst du zurück, zwei Stunden später.
Niemals.
Spätestens!
Morgen werd ich wiederkommen. Frühestens!
Nach zwei Stunden, und in diesen zwei Stunden hast du alles, was jetzt ist, vergessen! Du kannst dich an keine Wut mehr erinnern! Wie immer! Versöhnung. Wie ein Blatt im Wind.
Blatt im Wind?
Windblatt. Ja.
Aha.
So bist du. Drehst dich einmal in die eine und dann wieder in die andere Richtung, wie es dir gerade passt, und ich Depp spiel da mit.
Windblatt. Poetisch.
Hör auf, so zynisch zu sein.
Bitte, dann gib mir eine Zigarette, du Idiot.
Nein.
Jetzt gib schon her, lass mir nur einen Zug, dann bleibe ich auch da. Und mach brav meine Therapie.
Ich mache mir Sorgen, verstehst du das nicht?
Du hast mich gekratzt.
Entschuldige.

Hier.
Das letzte Mal warst du ganz aufgelöst, als du zurückgekommen bist.
Ich habe geweint.
Du hast geschluchzt.
Schluchzen ist gesund. Und wenn schon, ich kann mich im Notfall auch selbst hypnotisieren.
Das kann niemand.
Ob es meine Worte sind oder die von jemand andrem, was machts für einen Unterschied. Eine Wendeltreppe, ich gehe eine Wendeltreppe hinunter, so langsam, über viele kleine steile Stufen, da gehe ich hinunter, über jede der Stufen einzeln, keine überspringe ich, und an den Stufen, die ich über mir zurückgelassen habe, halte ich mich fest, dass ich nicht stürze, weil die sind steil, aber eigentlich möchte ich viel lieber wieder hinauf, jede einzelne dieser kleinen, unregelmäßigen Stufen einzeln wieder hinaufsteigen, wieso immer hinunter, immer weiter hinunter, was soll das bringen, kann ich oben nicht auch irgendetwas finden?
Josef seufzt. Dann seufze ich, will ganz genauso seufzen wie er, aber es gelingt mir nicht.
Schau mich an.
Manchmal denk ich an den Pflegerobert.
Vielleicht kann ich dich hypnotisieren.
Komm, gemma nach draußen auf ein Zigaretterl, so hat er immer gesagt.
Du würdest wegen ihm bestimmt wieder zu rauchen beginnen.

Hör jetzt auf.

Das war zu kurz! Du musst mich richtig anschauen.

Und ob der Peter noch dort ist? Der hatte immer einen solchen Schmerz in den Beinen. Der wollt sich absichtlich die Knochen brechen, weil er wusste, dass ihm immer irgendein Heiliger in seinen Knochen Botschaften hinterlegt, mal in einem, mal im anderen. So eingerollt wie in einem Glückskeks. Alle paar Monate eine neue, weil die alten Botschaften verblassen, dann muss eine neue Wahrheit nachgelegt werden, aber es ist schwer für Peter, sie zu lesen, weil wie soll er in seine Knochen kommen.

Oje.

Krankenhäuser riechen seltsam. Aber sie haben Vorteile. Wiener Frühstück, Pikantes Frühstück, Vegetarisches Frühstück, Süße Kost. Welches würdest du nehmen?

Weiß nicht. Zähls nochmal auf.

Wiener, Pikantes, Vegetarisches Frühstück, Süße Kost.

Das Pikante Frühstück klingt gut.

Cornflakes, Milch, Margarine, eine Scheibe Brot, eine Orange.

Was ist daran pikant?

Wir schweigen. Josef raucht. Ich nehm einen Zug und höre ein Zirpen wie von weit entfernten technischen Geräten, plötzlich sag ich: *Ich lieb dich, verzeih bitte.* Und ich zucke zusammen, weil ich das nicht sagen wollte, und frage mich, zu wem ich es überhaupt gesagt habe, zu Josef jedenfalls nicht, fühlt sich nicht so an, eher zu mir selbst oder ganz allgemein zu Pegasus, zum Kopf der Schlange, zum Raben und all den andren Sternbildern, die ich in dieser hellen Stadt nicht sehen kann. Ich möchte aufs Land. Ich brauch mehr Finsternis. Wozu das viele Licht.

Josef atmet den Rauch aus und küsst mich auf die Schläfe. Und Josef küsst mich auf den Mund. Seine leicht geöffneten Lippen auf meinen geschlossenen Lippen. Wir könnten miteinander schlafen, denke ich, und ich weiß, dass Josef genau das Gleiche denkt, vielleicht hilft es, das letzte Mal ging es mir besser. Ich habe gelesen, dass es nicht der Sex ist, sondern die Nähe, die hilft. *Beziehungsaspekte sind für die Menschen wichtig und können somit auch für viele Menschen stabilisierend wirken. Man kann jedoch nicht sagen, dass ausreichend Sex gegen Halluzinationen oder Wahn wirkt; das ist sicherlich nicht so.*

Josef dämpft die Zigarette aus und öffnet den Knopf meiner Hose. *Magst du?* Ich weiß nicht, denke ich, eigentlich hab ich keine Lust, mich auszuziehen und irgendwie nass zu werden, und schau in den gelblichen Nachthimmel. Ich mag seine Zunge. Sie ist relativ dick und weich und gleichzeitig hart, ich mag es, wenn er sie mir in den Mund schiebt und ich sie mit meinen Lippen umschließe. Josef schmeckt nach Schokolade. Auf seiner Unterlippe eine Stelle harter Haut, normalerweise sind es meine Lippen, die einreißen, im Herbst, sobald es windig wird, und ich küsse die raue Stelle, als könnte ich sie schmelzen.

Der Mantel, der meine Decke ist, rutscht noch weiter hinunter, leises Rascheln, ich schiebe ihn zur

Seite, ohne mich wesentlich zu bewegen, fühl mich faul, erschöpft von der Arbeit, vom Zählen der Orangen, der Honigtiegel, Ketchupflaschen, und Josef schiebt meinen Pullover hoch, mit einem Ruck bis über die Brüste, die Luft ist kalt, kalt sind Josefs Hände, meine Nippel spitz, und ich zucke zusammen, weil mir einfällt, links unten, drei Zentimeter, kugelrund. Aber ich denk nicht dran, im Internet hab ich mir eines angesehen, das war kugelig und rosig, ein wenig hässlich, ein wenig schön.

Josef drückt meine Brustwarze zusammen, dreht sie leicht und schiebt dann wieder den Pullover mit noch mehr Nachdruck über meine Brüste hoch, hinauf bis zum Hals, die andre nimmt er in den Mund und kurz überlege ich, ob uns jemand sieht in all den auf den geheimen Park schauenden Fenstern.

Ich ziehe die Hose aus. Spreize die Beine. Beobachte Josef, wie er sich über meine Vulva beugt, ohne mich dabei anzusehen. *Sie bezeichnet die Gesamtheit der äußeren primären Geschlechtsorgane und besteht aus dem Venushügel, den Schamlippen, dem Scheidenvorhof und der Klitoris. Im Allgemeinen werden große Bereiche der Vulva durch das Schamhaar bedeckt (Pubes, Crinis vulvae).* Er leckt mit seiner Zunge über meine Lippen, den Kitzler, und ich strecke einen Arm aus, hinter meinen Kopf auf den Balkon, streiche über die Waschbetonplatte, ein Steinchen, noch eins, und für einen Moment schau ich zurück auf das Geländer und ich schaue es an, schau es noch immer an, als es mich schon dreht.

4

Zum ersten Mal sah ich Beteigeuze mit dreizehn. Ich wohnte da noch zu Hause, in einer Kleinstadt, am Ende einer Straße, im lautesten Haus voller dünner Wände. Rosenhecken, Comte de Chambord, berühmt für ihre duftschweren Köpfe, deren Blütenblätter sich Sekunden nach dem Aufblühen schon wie kleine nasse Tücher hängen ließen, ihr Gewicht so drückend, dass ihre dornenreichen Stiele knickten. Im Haus: meine Eltern, sieben Geschwister, ich. Mein Vater: in der Verwaltung des Rathauses angestellt. Viel kopieren, unterschreiben, viel Anlegen in Ordnern. Privat große Grobheit gegenüber Zahlen, da ihnen beruflich zu penibler Genauigkeit verpflichtet, vage Mengenangaben in Form von Hunderten, Tausenden, Milliarden. Meine Mutter: Sonnenallergie. Ließ sich einmal monatlich helle Strähnen in die dunklen Haare färben, die sie als *Mesche* bezeichnete. *Mèche, französisch, Docht, Schnur, Strähne.* Ausgehend davon hatte sie über die Jahre die Angewohnheit entwickelt, französische Wörter in Gespräche einfließen zu lassen, an deren Häufigkeit sich der Grad ihrer Gereiztheit überschlagen ließ. Schwerpunkt auf Beschimpfungen und Obst. Sale menteur, misérable maraudeur. La fraise. Nicht zu vergessen: L'abricot, liebstes Wort jedoch: l'aubergine, Gemüse.

Sieben Geschwister. Von mir persönlich Stück für Stück benannt nach den Plejaden. *Offener Sternhaufen, 444,2 Lichtjahre von der Erde entfernt. Entdeckungszeit: prähistorisch. Der Mythologie nach wurden sie von Orion verfolgt.* Auch: *Siebengestirn, Sieben Schwestern, M45.* Die Plejaden sind sie aus zwei Gründen. Einerseits recht weit entfernt von mir, seitdem ich nimmer sprech mit ihnen. Und andrerseits sind sie ja mit sturster Verlässlichkeit dennoch da, die warten nur darauf, bis ich zurück zu ihnen komme. Vom Hellsten bis zum Dunkelsten in absteigender Reihenfolge hab ich ihnen ihre Namen ausgesucht: Alkione, die Älteste. Hellster Stern, tiefste Augenringe. Dann Atlas. Androgyn. Ausgeprägter Hang zur Grübelei. Die Dritte, Elektra, spielte Gitarre. Die Zwillinge: Mathematiklehrerin Maia und Merope, Model. Die Läuferin, Pleione. Ein Jahr älter als ich, ein Jahr jünger wiederum Taygeta, unser einziger Bruder, den habe ich in der Reihenfolge mit Pleione vertauscht. Macht ja nichts, der weiß von nichts. Unergründliche Vorliebe für Antiquitäten, insbesondere mit dicker beiger Beize überzogene Tische. Ab seinem zehnten Lebensjahr mit höchster Wahrscheinlichkeit im Windschatten der Rosenhecke anzutreffen, mit seinem Heißluftfön, der intensiver als alle Rosen rote Farbe glühte. Die Beize wellte sich, Taygeta schabte sie ab und verlas die eingeritzte Schrift wie Botschaften eines ebenso mysteriösen wie einfallslosen Orakels. Elektra, sitzend auf den Stufen zur Terrasse, verfertigte davon inspiriert über Nacht Gesänge.

Ich selbst: achte Schwester, vorletztes Kind. Theresa Neges. Zu den Plejaden gehöre ich nicht. Die Stillste bin ich von uns allen. Eigentümliches Zentrum inmitten eines Haufens zu großer Unruhe neigender Kinder, allesamt ausgestattet mit auffallend spitzer Nasenspitze, schräg stehenden Augen sowie aalglatten, in der Dämmerung merkwürdig aufglänzenden Haaren.

Irgendwann entdeckte ich, dass es zwei Möglichkeiten gab, der Unrast zu entkommen. Erstens: Abschirmung durch Musik. Besonders gut funktionierte nach einer Empfehlung meiner Großmutter: Maria Callas, *Greatest Hits*. Ihre Wirkung die von dicht fallendem Schnee auf Knopfdruck, der alles Schrille polsterte. Zweitens: die Strategie der räumlichen Entfernung. Zum ersten Mal lief ich mit dreizehn fort, im späten Herbst war das, ich nahm den Bus. Ich stieg an der Haltestelle neben der Rosenhecke ein, geradeaus, an das Ende der einen Straße fügte sich die nächste, so ging es immer weiter, bis ich irgendwann ausstieg.

Einmal: Eine Haltestelle zwischen zwei Dörfern und zwischen zwei auch bei völliger Windstille windgeneigten Bäumen. Links Sonnenblumenfelder, rechts Sonnenblumenfelder, vorne und hinten Sonnenblumenfelder. Kein Mensch, keine Geschwister. Sehr weit weg: Schilf. Dahinter der See, der spiegelte winzig. Da ging ich nicht hin. Ich blieb an der Bushaltestelle am Feldwegrand. Saß auf der Bank. Und Vögel waren da, obwohl Nacht war. Die pickten. Kümmerten sich nicht um mich. Auch nicht um den

Himmel. Der war groß. Und weit. Randvoll mit Sternen, die strahlten wie die schiefen Lichter einer Stadt. *Die Venus ist nach Sonne und Mond stets das hellste Objekt am Himmel. Die Erde ist der am genausten untersuchte Planet. Mars: Außer Vulkanen verschiedenster Größe gibt es auch große, mit vulkanischen Ergüssen bedeckte Ebenen. Jupiter strahlt etwa doppelt so viel Energie ab, wie er von der Sonne aufnimmt. Er muss also eine innere Energiequelle haben. Die Planeten Neptun und Uranus sind sich sehr ähnlich. Die Entdeckung des neunten großen Planeten Pluto war das Ergebnis einer intensiven Suche. Die Sonne ist ein besonders wichtiges Forschungsobjekt für die Astronomie, denn sie ist der einzige selbstleuchtende Himmelskörper, der sich so nahe an der Erde befindet, dass Einzelheiten der Vorgänge und Strukturen auf seiner Oberfläche beobachtet werden können.* So hatte ich es in Physik gehört. Sternenunterricht. Professor Katz las seine Weltrauminformationen von einem alten Zettel ab, wie in den vorhergehenden drei Jahrzehnten auch, lediglich, von der Ungeduld seines voranschreitenden Alters ausgelöst, immer mehr ihm immer unwichtiger erscheinende Planeten überspringend. Ein alter Band mit dem Titel *Das Weltall und die Raumfahrt* lag auf dem Lehrertisch.

Neben mir Harald im Halbschlaf, das Klassenzimmer abgedunkelt, während ich gegen das Licht des Overheadprojektors blinzelte, da hing Jupiter weiß auf schwarz über der Tafel in der Luft, wie ein Burger bestehend aus einer Vielzahl von Schichten, links oben hatte er ein olivengleiches Aug. In meinem Nacken richteten sich die Härchen auf. Nach der Stunde fragte ich Katz, ob ich mir *Das Weltall und die Raumfahrt* ausleihen könne, und er gab es mir und sagte, ich solle es behalten. In diesem Buch stand alles über die Sterne verzeichnet. Zahlen, Buchstaben, Formeln, mit ihnen konnte man die Bahnen vorhersagen, auf denen sie sich bewegten. Ich wurde plötzlich gut in Mathematik, endlich hatte sie einen Zweck: die exakte Berechnung der Entfernung der Himmelskörper von dem Körper von mir.

Da saß ich jetzt auf der Bank, umgeben von Sonnenblumen, die starrten mich an, aber ich hatte keine Angst, weil da war ein kleines rotes Leuchten, das ich noch nie gesehen hatte, dicht über den vogelschwankenden Sonnenblumenköpfen. Und es kam mir so vor, als könnt ich ihn spüren, diesen Stern. Ein Flirren lag in der Luft, das ging von ihm aus. Machte meine Haare knistern, so als wollte mich der Rotstern zupfen, nach oben zu ihm heben in diesen großen luftleeren Raum, in dem er sich aufhielt, ich setzte mich ganz aufrecht hin, dann kam der Bus.

Ein paarmal kehrte ich noch zurück, aber etwas war mir an dieser uferlosen Felderfläche nicht geheuer, die Menschenleere, der Schattenwurf der schiefen Bäume und der Wind, der heulte wie ein über seine Größe unglückliches Tier. Außerdem wurde es immer kälter. Ich dachte nicht weiter an den kleinen roten Punkt, den ich gesehen hatte, nur Elektra ging mir mit ihren

Theorien über meine Haare auf die Nerven, die ausbleichten, obwohl nicht Sommer, sondern Winter war.

Als ich Monate später wieder mit dem Bus umherfuhr und ohne nachzudenken an einer Haltestelle ausstieg, irgendwo in der Nähe des großen flachen Sees, da wusste ich für Minuten nicht, dass ich schon wieder hier gelandet war. Es war zwischen den Jahreszeiten, der Winter vergangen, der Frühling vergangen, der Sommer noch entfernt. Winzige Sonnenblumen, leichte Köpfe auf biegsamen Stängeln, darüber ein sternenloser Himmel voller Wolken. Nur eine Coladose lag auf dem feuchten Boden, die erinnerte mich an etwas, und ich schaute mich um, bis ich die windschiefen Bäume unter ihrem buschigen Laub entdeckte, und als der Bus kam, raschelte die rote Dose um meine Füße wie eine Abgesandte Beteigeuzes.

Meine Mutter hatte zu dieser Zeit bereits begonnen, meinen Vater stückchenweise zu verlassen. Zwanzig Jahre davor ein undenkbarer Akt.

Birke Neges, neunzehn Jahre, Romaufenthalt 1975, Anlass Ferialpraktikum.

Sie reiste mit dem Nachtzug an.

Der Himmel über Termini war am Dienstag, dem 1. Juli außerordentlich bewölkt, für Birke bedeutete das: perfekt. Sie lebte sich gut ein. Kaufte Mimosen am Campo de' Fiori, an einem Stand exakt an der Stelle, an der Giordano Bruno, wie sie von ihrem Vater Ebner Feldner wusste, 375 Jahre zuvor auf einem

Scheiterhaufen aus leicht entflammbarem Birkenholz, *wegen Ketzerei und Magie* und seiner anhaltenden *verdammten Widerspenstigkeit* ums Leben gebracht worden war. Es gibt eine Zeichnung, die zeigt sie in Rom, Minuten, bevor sie ihren zukünftigen Mann kennenlernte.

Am höchsten Punkt der spanischen Treppe saß Birke und bemerkte nicht sofort, dass dort ein junger Mann, exakt zweieinhalb Jahre älter als sie, mit seiner Reisetasche Position bezogen hatte, die an jenem Tag äußerst unangenehm zu tragen war, da ihm der winzige Aschenbecher der *Swedish American Line* gegen die Schulter drückte. Er verschaffte sich nach der mit dem Blick über das Schiffsdeck wischenden Art ehemaliger Stewarts rasche Übersicht über die sich am Platz tummelnden Grüppchen und Einzelpersonen, worauf er sich scheinbar absichtslos der jungen Frau auf der Zeichnung und der jungen Frau selbst zu nähern begann.

Bald wusste Birke: Aus Gründen seines raschen Studienerfolgs hatte ein gewisser Fred Rotmühl auf einem Kreuzfahrtschiff angeheuert. Er war in Ländern gewesen. Hatte Städte gesehen. Verwandte besucht. Juan und José Rotmühl, sein dritter Onkel Rimsky Rotmühl saß gerade wegen eines vergleichsweise unschwerwiegenden Verbrechens im Gefängnis. Nun Rom, übermorgen wieder Wien. Birke sah ihn an, war dies alles eine Lüge, wo war das Schiff. Er präsentierte den Aschenbecher. Birke drehte ihn wie einen Diamanten vor dem Auge. Sah drei dreizackige

Kronen, darunter den zu einem breiten Lächeln aufgebogenen Schriftzug *Swedish American Line*. Fred stellte seine Tasche ab.

Nun, fünf Jahre vor der Jahrtausendwende, die in meinem Vater seit Monaten Visionen von Planetenstürzen aufkommen ließ, konstatierte Birke eine Auseinanderentwicklung auf bestimmt fünftausend Gebieten, insbesondere seine plötzliche Hinwendung zur Esoterik. Davor hatten sie zahlreiche Entwicklungen synchron unternommen, jetzt ließ sich Fred ohne Rücksprache die Haare wachsen. Einmal versuchte sie, ihm die Haare zu schneiden, als er schlief. Seine halbe Frisur, bevor er hocherhobenen Hauptes wegfuhr zu einem Kurs in Aurafotografie.

Fred: *Auch du hast eine, ob du willst oder nicht.*

Birke: *Dann sag mir doch bitte –*

Fred: *Wie sie aussieht? Violett.*

Birke: *Ich wollte nicht ihre Farbe wissen, sondern die Form.*

Fred: *Nicht besonders groß.*

Birke: *Was möchtest du damit sagen?*

Fred: *Dass sie kleiner ist als andere.*

Birke: *Ich habe also keine?*

Fred: *Nicht unbedingt. Vielleicht ist sie so überdimensioniert, dass sie sich mir entzieht. Das kommt vor. Bei besonderen Menschen.*

Birke: *Vermutlich habe ich keine.*

Fred: *Das würde ich so nicht sagen.*

Birke: *Hast du ein Problem mit meiner Persönlichkeit?*

Fred: *Nein, du bist meine Frau.*
Birke: *Leider ohne Aura.*
Fred: *Mach dich nicht darüber lustig.*
Birke: *Welches ist die seltenste Farbe?*
Fred: *Also bitte: Rot.*
Birke: *Rouge! Woher willst du das wissen?*
Fred: *Es ist belegt.*
Birke: *Von wem?*
Fred: *Schriften.*
Birke: *Schriften?*
Fred: *Schriften in Büchern. Lach nicht. Du verstehst davon nichts.*
Birke: *Man sieht nichts. Gib es doch zu. Rien!*
Fred: *Jede Galaxie hat einen Halo.*
Birke: *Mon Dieu.*
Fred: *Es ist wie, es ist so wie die Corona der Sonne. Die äußerste, glühendste Schicht. Die Sonne ist an dieser Stelle nicht mehr, und dennoch ist sie dort am spürbarsten. Es herrscht die größte Hitze dort.*
Birke: *Wie bei jeder anderen Lampe auch?*
Fred: *Ich weiß, du hast eine allgemeine Abneigung gegen die Sonne.*
Birke: *Nicht nur die Sonne.*
Fred: *Insgesamt, ich weiß. Gegen Licht. Manche Menschen ernähren sich vom Sonnenlicht. Aber wie du meinst.*
Birke: *Ich gehe jetzt hinein, Adieu!*

Mein Vater übersiedelte in die nächstgrößere Stadt. Meine Mutter blieb bei uns, einstweilen, sie würde gehen, sobald ihr Jüngstes sechzehn war, das jüngste

Kind war knapp nicht ich. An Taygetas Geburtstag stand sie mit ihren Koffern vor den Rosen, bereit zur Übersiedlung in das schattigste Tal, in dem sich eine Behausung hatte finden lassen. Finstermüntz: Dort fiel die Sonne im Sommer für eine halbe Stunde, höchstens zwei auf einen etwa zwanzig Meter breiten Streifen finstren Wald, im Winter erreichte sie die hundertfünfzig sich in einer uneinsichtigen Gebirgsfalte aufhaltenden Einwohner nie. Tränen. Elektra tröstete Mama mit der Aufzählung einer enormen Anzahl bevorstehender Telefonate. Am Abend zündeten wir ein altes Regal auf der Wiese an und grillten. Papa war wegen eines Rendezvous' verhindert, aber Tante Linde kam.

Ein Jahr später begann ich, an der Universität für angewandte Kunst Mode zu studieren. Ich hatte mich immer schon für Kleidung interessiert, vermutlich ausgelöst vom Himmel in der Nacht, der mir wie ein seltsamer Stoff vorkam, der an manchen Stellen beinah durchsichtig war. Mehrere Jahre ging ich mit großer rabenschwarzer Mappe umher, in ihr eine von fehlenden Skizzen gähnende Leere. Die ließ ich nie ans Tageslicht, damit sie nicht verloren ging. Ebenso das Innere der rabenschwarzen Rolle, die ich schräg wie einen Köcher über dem Rücken trug, das sah schick aus, wie Linde versicherte. In ihrer Teleskophülle hatte sich, soweit ich wusste, immer eine Kamera befunden. Es war die Tasche von meinem Großvater, dem Astronomen Ebner Feldner.

5

Keine Straßenbahn, keine Schritte. Nur der Wind weht leise zur Balkontüre herein. Ich liege auf den Brettern, aus denen sich der Boden zusammensetzt, die sind schmal und schräg gestellt, zehn Bretter von der Stirn bis zu den Füßen, würd ich mich ausstrecken, ich bräuchte mehr. Aufrichten. Die Wände hier sind blau, der Himmel ist bewölkt. *Althochdeutsch blao für schimmernd, glänzend.* Ich friere. Ziehe den Mantel wieder über mich, unter dem hab ich nur den Pullover an und ich denke an die Kugel aus Eisen, die sich im Mittelpunkt der Erde vergraben hat, groß wie der Mond, heiß wie die Sonne. Auf der stehe ich drauf mit meinen Füßen, die glüht ihre Hitze rund um mich wie einen dicken Umhang. So haben wir es von Ebner Feldner gelernt.

Josef liegt neben mir. Ohne mich zu berühren, obwohl sich seine linke Hand nur millimeterweit entfernt von meiner rechten befindet. Auf seinen Fingernägeln Monde. Ich stelle mir vor, sie können sich bewegen, wie echte Monde auch. In der Nacht, sobald er schläft, lösen sie sich von ihrem Bett und steigen die Nägel entlang höher, bis zu den Fingerspitzen, und dann, mit einem Ruck, über diese hinaus. Zehn kleine Halbmonde hängen glimmend in der Luft. Kehren erst im Morgengrauen wieder auf die Finger zurück, als ob nichts geschehen wär. Josef ist genau gleich groß wie ich, dennoch ist die Zahl der Bretter, die er für sich braucht, viel größer, fünfzehn oder sechzehn.

Ich stehe auf, mach einen Schritt, unter mir ist Josef. Es sieht bequem aus, wie er da liegt, beinahe wie in einem wirklichen Bett. Ich stehe über ihm, so halb angezogen, und halte den Mantel wie ein knittriges Äffchen in den Armen, ein zerdrückter Ärmel schlingt sich um meinen Hals, vor dem Sommer hab ich das Futter aus ihm geknöpft, beige und schwarz kariert, jetzt weiß ich nicht mehr, wo es ist.

Im Kasten liegt ein Umhang aus schwarzen, weichen Federn. Ich trage ihn nicht oft, da sie ausfallen, sobald ich ihn bewege, lauter biegsame Federgespenster auf dem Boden, die eilen mit dem leisesten Luftzug von hier nach dort. Mama hat ihn mir geschickt. Vielleicht hat man ihn in den Bergen aus Adlerflaum geknüpft. Ich besitze sonst kaum Kleidung von ihr. Sie hat viel größere Brüste als ich, ist insgesamt aber kleiner, weswegen die meisten Sachen von ihr seltsam aussehen an mir. Bis auf den Mantel mit dem Kragen aus Pelz, der war ihr immer zu lang, zu eng, sodass sie ihn, wenn überhaupt, nur offen trug. Meistens aber probierte sie ihn kurz an und begann schon, noch mitten im Versuch, seine Schulterpartie zurechtzurücken, mit einem Arm aus ihm herauszuschlüpfen, warf ihn verächtlich auf den Stuhl. Der Mantel war ein Geschenk gewesen, von irgendeinem Verehrer vor Papa. Von Linde hab ich viele alte Kleider. Ihre Statur ist meiner viel ähnlicher, wenn man uns sieht, wie wir beispielsweise am nächtlichen Dorfplatz von Finstermüntz stehen, da denken alle, ich sei ihre Tochter. Fast gleich groß, vollkommen ungerüschter Geschmack. Vorliebe für Hemden, Hosen, übergroße Jacken.

Unter dem Federumhang liegt die Kassette. *Die Planeten. Von Gustav Holst. Für Theresa. Gesprochen von Lilly Neges.* Das ist der Name meiner Großmutter. Sie ist jetzt schon zwanzig Jahre tot. Die Suite, die Holst 1914 bis 1916 komponierte, hab ich noch nie gehört. *Spätromantische Programmmusik, deren Charakter später großen Einfluss auf die Filmmusik ausübte.* Batman, Star Wars, Ice Age. In meiner Familie denken sie, man darf Holst nicht hören. Ein riesenhaftes Unglück von enorm unausweichlicher Unglücksseligkeit bricht über uns herein, mit jedem einzelnen der sieben Sätze, ein Satz für jeden der 1914 bekannten Planeten. Die Sonne ausgenommen, auch die Erde *wurde nicht berücksichtigt*. Es bleiben: Mars, Venus, Merkur, Jupiter, Saturn, Uranus, Neptun. *Im Wesentlichen entspricht die Reihenfolge der Sätze der Planetenfolge im Sonnensystem, nur dass Mars und Merkur vertauscht sind.* Mars ist der Gefährlichste von ihnen allen, davon war Lilly auf Todesschwur hin überzeugt, mit dem konnte man magnetengleich Kriege und allerlei blutrünstige Konflikte aus den verborgensten Verstecken locken. Noch nie habe ich sie gehört. Keinen Ton. Aber ich kenne sie auswendig, in Lillys Worten. Auf der Kassette beschreibt sie, wie die Planeten klingen. Ihre Aufnahme ist in etwa so lang wie die von einem großen Symphonieorchester aufgeführte Suite auch. Knapp fünfundfünfzig Minuten. Ich kann sie hören, so oft ich will, aber immer nur mit Kopfhörern. Heimlich. Den Mars kann ich auswendig, auch Jupiter und Uranus; Neptun und die andren kann ich mitsprechen, aber nur solange die Kassette läuft, ohne sie vertausche ich alles. Am meisten fürchtete *Die Planeten* mein Urgroßvater, Geschäftemacher Ackermann, Vorname Fritz.

Der hörte im Ersten Weltkrieg eine Melodie in seinem Kopf, so vollständig wie von einer modernen Wachsplatte abgespielt, dass es ihn gruselte, ein höllisches Vibrieren, knochenklopfendes Geraschel, dass er wusste, hier wurde nicht mit Schlägeln auf die Trommel gehauen, sondern mit den Bestandteilen der Toten. Zum ersten Mal erwischte ihn die Halluzination während des Übersetzens des San. Der war ein mächtig unübersichtliches Flussgebilde, wie zusammengesetzt aus zehn über die Ufer getretenen Donauflüssen, schlammfarben wie seine schlammigen Ränder, schwer festzustellen, wo das Wasser begann, wo es endete. Einen einzigen Morastmischmasch stellte dieses Galizien dar.

Die Melodie kehrte wieder. In unregelmäßigen Abständen. Beim Austreten. Während der Ausübung von Ballgymnastik. Besonders unpassend beim Begräbnis seines liebsten Kameraden Bauer Hans und siebenundsechzig andren, manchmal hatte er ihre

Existenz schon vollkommen vergessen, bis sie ihm im Halbschlaf wieder Ton für Ton ihr feines Totenknochenrasseln in die Ohren staubte. Fritz Ackermann kehrte zwei Jahre vor Weltkriegsende aus der russischen Kriegsgefangenschaft zurück, versehen mit sieben Zehen, zahlreich Narben, einem unverkennbaren Zittern und drei selbstgebastelten Püppchen aus Stroh, die zu rasseln vermochten, wenn er sie schüttelte.

1936, Geschäftsreise des Geschäftemachers nach Großbritannien. Neuer Anzug aus Tweed, in dem er schwitzte. Der letzte Abend, ein nach allen Seiten offener Pavillon, Gesellschaftstanz. Glühwürmchen. Großes Orchester. Eine Suite, am europäischen Festland kaum bekannt. Geschäftemacher Ackermann auf der Stelle erstarrt, spätnachts wurde ihm von einem Arzt, dessen Name niemand richtig aussprechen konnte, attestiert: Die unangenehm reizende Wirkung eines Musikstücks der moderneren Art habe zu einer ebenso plötzlichen wie heftigen Ermüdung seines Herzens geführt, diese wiederum eine Starre auslösend, die für drei glückliche Wochen das Zittern auslöschte, wie es später allein durch sein vollständiges Ableben gelingen sollte. Meine Großmutter hat mir oft von der ab diesem Zeitpunkt noch wunderlicheren Wunderlichkeit meines Urgroßvaters erzählt, der sich oft die Ohren zuhielt und Melodien summend aus dem Nichts erklärte, dieses Lied der Planeten verzögere das Schlagen seines Herzens und setzte ihn in Verzögerung in die schlimmsten Bilder seines Krieges rein. Drei Zehen sah er einzeln liegen in vielen unterschiedlichen Perspektiven. Anklagend pflegte meine Großmutter hervorzustoßen: *Der Holst ist ein Verbrecher.*

Bei seiner Rückkehr aus London hatte sich im Gepäck meines Urgroßvaters Holsts Langspielplatte befunden, wobei er sich nicht erinnern konnte, diese überhaupt erstanden zu haben, die meine Urgroßmutter nicht zu bedienen wusste und fortwarf, ohne zu wissen, dass ihre Tochter Lilly das Ding am gleichen Tag noch aus dem Mistkübel fischte, anhörte, sich wegen der Scheußlichkeit des Gehörten schwor, allein wegen der familiengeschichtlichen Bedeutung dieser Symphonie eine Kopie, nicht aus Klängen, sondern aus Worten anzufertigen.

Mit zehn großen Schritten gelange ich vom einen Ende der Wohnung zum anderen. Sie ist winzig. Kaum dreißig Quadratmeter. Ein Schlauch, am einen Ende das Schlafzimmer, am anderen das Wohnzimmer, dazwischen ein schmaler Gang, an dem liegen Badezimmer und Küche. Die gesamte Außenseite entlang verläuft der Balkon. Der ist sehr schmal. Drei Türen gehen auf ihn hinaus. Zwei vom Wohnzimmer, eine vom Schlafzimmer. Davor der Park.

In unserer Wohnung gibt es sieben abgezählte Plätze. Da sitzen, liegen, stehen wir. Drei Sitzplätze: Bank am Balkon. Sofa. Fauteuil. Ein Stuhl am Tisch. Mehr Stühle gibt es nicht. Der zweite ging beim Radfahren im Regen in der Au verloren. Den Fauteuil besitzen wir noch nicht lange, wir haben ihn im letzten Sommer sieben Stockwerke hochgetragen, weil er zu groß war für den Lift.

Im Bett befinden sich zwei Liegeplätze, einen Liegeplatz enthält die Badewanne. Die auf dem Boden sind in diese Kalkulation nicht mit einbezogen, ebenso wie jene Orte, an denen wir stehen. Der beliebteste befindet sich neben dem Keyboard, da lehnt Josef im Winter an der offenen Türe und raucht, während er über die kahlen Kronen schaut.

Wir haben die Plätze aufgeteilt. Wenn Josef zu Hause arbeitet, gehört ihm das Bett, das Sofa mir. Er steht an der Türe und raucht. Ich sitze am Tisch und trinke Kaffee. Auf dem Sofa schaue ich einen Film, rechts von mir die Kanne mit dem Tee, daneben Josef, er isst. Seine Bücher sind auf der linken Seite des Sofas ausgebreitet. In der Küche Gasherd, Kühlschrank, Abwasch. In keinen Winkel passt eine Waschmaschine, auch nicht ins Badezimmer.

Sobald wir in der blauen Wohnung drinnen sind, sind wir zusammen, auch wenn wir uns nicht unterhalten.

Ich rufe Linde an.

Nur Linde hebt nicht ab.

Linde liebt Lilien. Liebt Amaro nach dem Abendessen. Amaro nach dem Frühstück nicht. Da eher Sekt. Sie ist um zwei Jahre älter als Birke, meine Mutter. Linde war immer schon leichtsinniger als sie, was eventuell ungewöhnlich ist für eine ältere Schwester.

Mama musste vernünftig sein, wegen der Anwesenheit des windschiefen Siebengestirns und mir. Linde nimmt sich, was sie braucht. Linde sagt in schwierigen Situationen, was sie denkt. Birke geht weg. Ist unentschlossener. Zauderte, bis sie Anfang vierzig war, dann Entscheidungen Schlag auf Schlag, Trennung von Papa, Übersiedlung in die Berge, womit Linde aushilfsweise zu unsrer Mutter wurde, die auf ihren Reisen Umwege über alle Städte machte, in denen wir gerade lebten. Linde ist sehr gerne fort von Wien, noch lieber regt sie sich nur über Männer auf, wobei sie friedlicher geworden ist, seitdem sie sich ausschließlich mit jüngeren Männern einlässt, aus Prinzip. Das hab ich von ihr. Josef ist fünf Jahre jünger, fünfunddreißig. *Aber das heißt nichts,* sagt Linde, *er kommt aus den Bergen. Macht plus zwanzig Jahre.*

Ich rufe an.

Linde hebt ab. Aber sie sagt nichts.

Weck ich dich?

Es raschelt.

Ich hoff, ich weck dich nicht.

Sieben Uhr fünfundzwanzig.

Entschuldigung. Ich dachte, du wärst schon wach.

Es ist noch dunkel. Pst, wart kurz, sonst wacht Birke auf.

Ich hab sie nicht angerufen.

Sie liegt neben mir. Ich bin auf Besuch.

Schön für dich.

Sie hatte gestern ein Date und vorgestern auch.

Auch schön.

Mit Herrn Bsobtka, ihm gehört das Schloss auf dem Felsen.

Birke: *Linde?*

Linde: *In der Konditorei von Finstermüntz haben sie sich getroffen. Birke?*

Birke: *Linde! Mit wem redest du, ich schlafe!*

Linde: *Theresa.*

Birke: *Wieso sprecht ihr über mich? Thereschen, Liebes, ist alles gut, wieso hebst du nie ab?*

Linde: *Jetzt drängel nicht so, ich falle gleich aus dem Bett heraus. Ich erzähle eben von Bsobtka, hast du ihn noch nicht erwähnt?*

Birke: *Wie soll ich ihn erwähnen, wenn sie nicht mehr mit mir spricht.*

Linde: *Im Schloss ist keine Heizung.*

Birke: *Schade eigentlich, jetzt, wo ich nicht mehr schwanger werden kann.*

Theresa: *Birke, es interessiert mich nicht.*

Linde: *Es schneit!*

Theresa: *Wirklich.*

Birke: *Mein Bein! Es hat gestern auch geschneit. Und morgen wird es wieder schneien. Theresa, es ist ein Glück, dass du nicht hier bist, es liegt ein halber Meter. Bei Herrn Bsobtka ist sicher ein gewaltiger Sturm. Immer hängen da die Wolken. Du, und er hat einen Sohn, der wäre etwas für dich! Der ist erst kürzlich nach Wien gezogen, bitte geh doch einmal auf einen Kaffee mit ihm, der kennt ja noch gar niemanden. Aber was red ich. Du hast ja deinen Josef. Seid ihr eh noch ganz verliebt?*

Theresa: *Ich werd bei Schaller aufhören.*

Birke: *Bist du verrückt?*

Theresa: *Ja, weißt du doch.*

Birke: *Entschuldigung, war nicht so gemeint, Schatz, du weißt, dass es nicht so gemeint war, nicht wahr? Geht es dir gut?*

Theresa: *Ja. Gib mir bitte wieder Linde.*

Birke: *Du kannst dir ja nicht vorstellen, sag, ist in Wien auch schon welcher gefallen, nein, natürlich nicht, aber gut, ich geb sie dir wieder, ich hab dich lieb. Kommst du bald auf Besuch? Vielleicht erst in ein paar Wochen, das Gästebett ist ramponiert. Linde, nimmst du wieder das Telefon? Jetzt pass doch auf. Linde!*

Linde: *Dann rutsch halt rüber.*

Birke: *Theresa, bitte sei mir nicht böse, sprich nur mit Linde, so lang du willst, aber ich bin gestern entsetzlich spät ins Bett gekommen.*

Linde: *Warte, ich gehe mal hinaus. In die Küche.*

Theresa: *Wie lange bist du bei ihr?*

Linde: *Bis zum Abend noch. Magst du dich morgen treffen? Im Stadtpark vielleicht? Solang man noch so schön draußen sitzen kann.*

Linde, der Federumhang, der schwarze ...

Poncho.

Den Federumhang, genau, den hab ich doch von Mama?

Nein.

Ich war mir sicher, ich hätte ihn von ihr. Ich weiß nicht mehr genau.

Ich hab ihn aus Salzburg.
Linde, ich kann nicht mehr schlafen.
Seit wann?
Seit drei Nächten.
Ist Josef bei dir?
Er schläft. Erzählst du mir von Nanterre? Du hast nie erzählt, was passiert ist.

Und Linde sagt, *Weißt du noch, direkt nachdem du zur Welt gekommen bist, da war dein Kopf winzig und knallrot, ein Äpfelchen, und Birke schrecklich blass, wie eine Aristokratin aus dem 17. Jahrhundert.*

Ich weiß, kleiner runder Apfelkopf und Birke gespensterblass. Linde erzählt davon immer, wenn sie über etwas schweigen will.

Theresa: *Die Teleskoptasche.*

Linde: *Die war schwer. Vater hatte seinen schiefen Gang von ihr.*

Zuerst hast du gar keine Filme gedreht.

Zuerst hab ich die Teleskoptasche wie ein Accessoire getragen. Weißt du, die sah wirklich seltsam aus. Außen mit Leder, innen mit blutrotem Stoff bespannt und durchsetzt mit abgesägten Schrauben und Nägeln, steinschwer, wie ein portabler Tresor. Aber ich mochte das. Auch Vater hat sich nie über ihr Gewicht beklagt, weil es ihn bei jedem Schritt an ihre Unzerstörbarkeit erinnerte. Angeblich dachte er im Moment seiner Verwundung nicht an den Zustand seines Gesichts, nicht an das Teleskop, nur an die Hülle. Birke war ziemlich eifersüchtig, dass er sie mir gegeben hat. Irgendwann hab ich sie dann für die Bolex benutzt.

Bin mit ihr in ungemütliche Gegenden, wo ich mich zuvor nicht hingewagt hab. Und durch eine Kamera kann man so lange auf etwas starren wie niemals sonst.

Aber wo warst du da?

Am Fluss. In der Nähe der Fabrik. Theresa, lass uns später telefonieren. Versuch auch ein bisschen zu schlafen. Wenn ich nicht schlafen kann, leg ich mich trotzdem ins Bett und lass die Augen einfach zu, dann bin ich am nächsten Tag trotzdem einigermaßen ausgeruht.

Das funktioniert so nicht. Bitte erzähle es jetzt.

Gut, reden wir über Wien.

Und ich schüttle den Kopf, Linde erwähnt häufig, dass sie, seitdem sie nicht mehr in Nanterre lebt, kaum noch träumt, und wenn sie träumt, dann nie mehr wieder von anderen Menschen, nicht einmal gesichtslosen, handlosen Finstergestalten, sondern immer nur von sich selbst. Wien, eine im Schlaf ausschließlich von schreienden, fliegenden, kauernden Lindes bevölkerte Stadt.

Sie seufzt. *Dann hab ich die Bolex gekauft. Und aus meinem Fenster in der Rue des Ombraies hinaus in den Hinterhof gefilmt. Dort waren ein paar Nachbarinnen, die tranken Kaffee. Ein an die Scheune geketteter Hund. Die unterhielten sich nicht, die saßen nur stumm da mit ihren Schalen, und ich stellte mich so hin, dass niemand von ihnen die Kamera sah, weil ich sie nicht befangen machen wollte, erst als der Hund bellte, einmal, zweimal, hörte ich auf. Am Abend, als ich das Haus verließ, da kam ich mit einer von ihnen ins Gespräch. Sie haben mich gesehen, aber sich nicht gerührt, um die Aufnahme nicht zu stören, weil wann waren sie jemals gefilmt worden. Noch nie. Ich hab mir mehr Filme gekauft, obwohl die nicht billig waren, und ein Stativ, gebraucht, das eine Bein klemmte von Anfang an. Das trug ich bei mir, besonders, als ich immer näher an den Fluss heranging, in die Gasse, die direkt über ihm liegt, um die hatte ich davor einen Bogen gemacht, da waren im Sommer so viele Gelsen, die hingen in kleinen Wolken über dem Wasser und warfen sich über jeden Menschen, der die Flussgasse betrat. Vom Kaufhaus aus hab ich das Ufer beobachtet. Algiges Wasser, manchmal ölig schillernd. Dort am Ufer waren jedenfalls Männer. Eine Gruppe. Nur einer war dort immer abseits, schon älter, lange graue Haare, sehr gepflegt. Den ließen sie in Ruhe. Diese Männer hatten Gesichter, die schaute ich gerne an, so aus der Ferne, die waren alle ganz eigen und rau. Ich wollte filmen, wie sie dort am Fluss saßen, sonst nichts.*

Linde schweigt.

Der Anhänger, sagt sie.

Der rote?

Nein, dieser weiße Stein. Den hab ich dort mit dem Stativ aus der Flussmauer geschlagen. Der steckte im Sandstein drin, aus dem wollte ich mir eine Kette machen lassen in Wien. Aber ich hab die letzten zwanzig Jahre gedacht, ich hätte ihn verloren. Er war im Innenfach vom Koffer drinnen, ganz unten, aber was erzähle ich, Theresa, ich möchte schlafen, geht es dir gut, wenn es dir gut geht, lass uns später telefonieren, ja?

Erzähl noch kurz. Bitte.
Wie lang hast du geschlafen?
Ein paar Stunden.
Wie viele?
Vier.
Das ist viel zu wenig, bitte leg dich sofort wieder schlafen, Theresa.
Fünf Minuten noch.
Theresa, ich gehe jetzt schlafen, sie macht ein Geräusch, als würde sie mich auf die Wange küssen, und legt auf.

Schlaf gut, sag ich und schaue aus dem Fenster. Wie Linde immer beim Geräusch schnell beschleunigender Autos zusammenzuckt.

Der Kasten. Lackiert, fast unsichtbar, so schwarz. Ein Loch da mitten in der Wohnung, in das ich Dinge legen kann. Wir teilen uns die T-Shirts, wir teilen uns die Pullover. Jeder hat ein eigenes Fach für Hosen. An einem Haken hängt die Stofftasche, da sind meine Slips drin, gemeinsam mit meinem einzigen BH, der ist verbeult und alt. An einer Stange meine Hemden, die Hemden von Josef.

Er schläft noch immer auf dem Boden. Und ich denke, wenn ich schon einmal telefoniere, kann ich auch gleich weitermachen. Ich überlege, *Schaller,* sag ich still in meinem Kopf, *Schaller, ich kann leider nicht mehr kommen, ich übersiedle in eine andere*

Stadt, und ich denke daran, wie ich während der Hypnose auf die Unterseite seiner Nägel starre, die sind dort gelblich verfärbt, und ich möchte auflegen, bevor jemand abhebt, aber Schaller geht nicht ran. Ich versuch es noch einmal. *Schaller, du Stinkschwein, heb ab,* sagt es böse in meinem Kopf, und als ich dann eine Stimme höre, die so klingt, als könnte sie von einem Anrufbeantworter abgespielt sein, da leg ich auf, weil ich keine Lust auf eine Unterhaltung habe.

Das Radio hat ein Kassettendeck. Da lege ich die Kassette ein und spule zurück.
    Rasch kurbelndes Geräusch.
    Ich drücke auf *Play.* Zuerst ein leeres Geräusch, dann die Stimme meiner Großmutter, kratzig. *Jupiter, the Bringer of Jollity.*

6

Über unserem Bett hängt ein Bild vom Meer.
Es ist mit Öl gemalt.
Flache Brandung. Gelber Sand.
Es könnte der Strand von Chioggia sein.
Meine Urgroßmutter Josefa hat das kleine Meerbild gegen drei Doppler Rotwein und ein paar Paradeiser eingetauscht und selbst an die Wand dieses Zimmers geschlagen. Hier schlief sie, wenn Markt war in der Stadt.
Später hat Lilly die beiden anschließenden Zimmer dazugekauft, für die Töchter, Linde und Birke. Wände durchbrochen, Gas, Wasser. Linde wohnte im Meerbildraum und Birke da, wo heute unser Wohnzimmer ist. Dazwischen neu: Badezimmer und Küche. Dann lebte hier niemand mehr. Linde nutzte die Wohnung eine Zeit lang als Atelier. Strich alle Scheiben schwarz gegen das Licht. Mama erklärte später, diese Wohnung sei ein Loch, da könne niemand wohnen.
Aber so schrecklich war sie nicht. Alles voller Stellagen, auf denen lagen Lindes Kristalle, und in der Ferne fünf Zentimeter Stephansdom. Mit einundzwanzig bin ich eingezogen.
Zehn Jahre später Josef. Wir streichen alle Wände in der Farbe des Autos, mit dem seine Familie immer

ans Meer gefahren war. Nachts marianengrabendunkel und tagsüber, solang die Sonne auf sie fällt, da leuchten die hellsten Stellen in leuchtendem Blau.

Manchmal streiten wir darüber. Ich hätte lieber wieder weiße Wände.

Dort, wo einmal Nägel in die Wand geschlagen waren, ist die Farbe abgeblättert, gelblich schimmert es wie Sandstein. Wenn ich daran kratze, rieselt es in meine Hand. *Als wichtigste Gesteinsbildner der Leithakalke sind Skelette von Rotalgen und Foraminiferenschalen zu nennen. Die Sedimentation des Kalksandsteines erfolgte in einer flachmarinen, lagunenähnlichen Umwelt unter subtropischen Klimabedingungen.* Die ganze Ringstraße, so viele Prunkbauten Wiens sind aus ihm erbaut.

Nicht unseres. Aus Ziegeln besteht unser Taborhaus.

Unter dem kleinen Bild vom Meer ist die Wand nicht blau. Das hängt noch so da, wie es meine Urgroßmutter mit zwei Nägeln aus Stahl eingeschlagen hat. Die sind unverrückbar für mich, wie die Angeln der Welt. Der untere Rand des Bildes hebt sich ein bisschen von der Mauer ab. Und es sieht schief aus, obwohl es nicht schief ist. Das muss von etwas anderem kommen. Vielleicht ist es die Wand. Oder das Haus insgesamt. Das Meer ist es gewiss nicht.

Ich tauche unter.

Kühl schlägt das Wasser über meinem Scheitel zusammen. Sie haben wegen der Heizkosten die Temperatur gesenkt. Die Haare wehn mir in die Stirn, mit viel mehr Trägheit als im Wind, der ist im Stadthallenbad zu hilflosen Strömungen geschmolzen.

Auf meinen Armen Gänsehaut. Aber nicht im Gesicht, da ist die Taucherbrille, die Gläser sind beschlagen, nur an den Rändern, nicht so schlimm.

Ich mach ein paar Züge weg vom Rand, lass mich sinken. In der Taucherweste sind die Gewichte. Bisher hatte ich einen Gürtel aus Blei, den hielt ich beim Tauchen in der Hand, der ging verloren am Montag, vielleicht in der Straßenbahn oder auf der Haltestellenbank, zweimal hab ich angerufen, aber es wurde nichts gefunden.

Die Weste war billig, ich hab sie secondhand. Die Frau, die sie mir verkaufte, war früh verwitwet, weil ihr Mann in Ägypten aus großer Tiefe zu schnell aufgestiegen war. Sie wollte mir auch seine Flossen geben, aber ich nahm nur die Weste. Sie stammt aus den frühen Achzigern, *mit einsetzbaren Bleistücken, Pfeifchen und Computer incl. Kompass, Tiefenmesser, Thermometer, Alarm.* Sein Display ist schwarz.

Bleibt schwarz trotz neuer Batterie. Damit das niemand sieht, hab ich knapp darüber meine Saisonkarte an einer Schlaufe festgemacht. Die schwankt etwas im Wasser. Ich könnte sie in meiner Geldtasche lassen, aber es gefällt mir besser, wenn die Profischwimmer wissen, dass das auch mein Becken ist. Das Foto ist lilastichig, es wurde am Eingang von schräg unten aufgenommen. Ich sehe darauf verschwitzt aus und fröhlich. Weißes T-Shirt, die Kette mit dem Zahn von meinem Freund vor Josef. Die Karte wurde am 29. Juni um 15:21 Uhr ausgestellt. Josef hat mich an diesem Tag gefragt, warum ich nicht einfach in der Donau bade, und ich hab nichts gesagt, weil er doch weiß, wenn ich mich dort treiben lasse, schwemmt es mich nach Bratislava. Schnelle Strömung. Graues Wasser.

Inzwischen hab ich den Boden erreicht, zwei Meter tief, da leg ich mich hin.

Es ist still. Ich hör vor allem mich. Ohrensausen. Magengrummeln. Am lautesten, wenn ich schlucke.

Zwei Frauen kraulen ihre Bahnen mit dem Lineal. Und weit vorne bei den Blöcken ältere Brustschwimmer, die angestrengt im Wasser hängen.

Das Wasser schwappt flüsternd in seinem Gefäß, murmelt sich um mich herum, reglos wie eine Tote will ich sein. Halte die Arme an meinen Rumpf gepresst, so lieg ich da am Beckengrund und schau nach oben, auf die vom Wasser gewellte Decke der Halle. Wie immer zieht es mich nach einer Weile langsam, ohne dass ich dort hinstreben würde, zu den schnellen Schwimmern, die am rechten Beckenrand trainieren. Ich schau sie mir von unten an. Nie hab ich den Eindruck, sie könnten mich bemerken, die sind so beschäftigt mit sich selbst, machen ihre Drehung über mich hinweg. Gesichter mit großen, bösen Brillenaugen. Ich frage mich, ob sie langsamer geworden sind, jetzt, wo das Stadthallenwasser kälter ist, weil der Wasserwiderstand einer Gänsehaut die Zeit um Millisekunden verzögert, oder ob die Schwimmenden rekordebrechend schneller schwimmen, weil es anders im kühlen Becken nicht auszuhalten ist. *Sie kriegen jetzt leichter Krämpfe,* hat mir der Bademeister erzählt, *wie die Magnesium fressen, so was hab ich noch nie erlebt.*

Ich halte still, anstrengend ist es trotzdem, hier unten zu bleiben. Das kühlste Wasser lässt sich auf den Grund des Beckens sinken.

Der Bademeister weiß von mir. Bin seit Juli schon kein Notfall mehr.

Manchmal kommt er an den Beckenrand und beugt sich zu der Stelle hin, ungefähr dort, wo ich bin, und ich mache mit Daumen und Zeigefinger das Zeichen für O.k., weiß nicht, ob er es sieht, vermutlich nicht.

Ein Mann springt schräg über mir ins Becken, Luftblasen, zärtliches Grollen, schon ist er weg. Eine halbe Minute bin ich unter Wasser. Es geht noch sehr gut. Die Stimmübungen lohnen sich vielleicht. Ich trainiere jeden Tag mehrmals, vor allem das Summen, so lange, manchmal ist mir schwindelig davon. Sprechen ist atmen, auch singen ist atmen, und wer besser atmet, kann längere Zeit die Luft anhalten. Kate Winslet schafft sieben Minuten ohne Atem unter Wasser, Tom Cruise nur sechs. Wie sie nach dem Auftauchen gefragt hat, ob sie jetzt tot ist. Oft schaue ich mir Dokumentationen über das Apnoetauchen an. Gerne würde ich mich einmal entlang so eines Stahlseils in die Schwärze hinunterlassen, aber es kostet zu viel, und ein Meer gibt es leider schon seit zwölf Komma sieben Millionen Jahren nicht mehr im Umland Wiens. Eozän, die Alpen heben sich an, schon rinnt die Paratethys ab mitsamt riesenschnauzigen Protodelfinen, Gabelschwanzseekühen, Seepockenkolonien, die halten sich heute vor Thailand auf. Und außerdem ist es mir lieber, einfach am Beckengrund umherzuliegen, hab, wenn ich darüber nachdenke, eh keine Lust, mich an einem Seil zweihundert Meter entlang ins Nichts zu hangeln, möcht lieber leben als ohnmächtig ertrinken. Wie lang ich die Luft anhalten kann, weiß nicht genau. Der Bademeister nimmt mit seiner Armbanduhr die Zeit, er wird es mir dann sagen. Der Rekord von Männern liegt bei elf, bei Frauen um die neun Minuten. Wie schad es ist, dass der Mensch ein paar Monate nach der Geburt seinen Tauchreflex verliert. Der ist bei Neugeborenen stark ausgeprägt, kann mich nicht daran erinnern, wie das war, muss schön gewesen sein, kühles Wasser streichelt meine Wangen. Mein Herz schlägt langsam. Aber noch nicht langsam genug. Die Zeit eilt ohne Sauerstoff. Zehn Luftsekunden brechen mir hier unten in einer einzigen Wassersekunde zusammen, Verschnellerung, Knappheit, plötzlicher, beinahe unbezwingbarer, gieriger Drang aufzutauchen, den Mund aufzureißen und zu atmen, den muss ich richtig niederdrücken, in meiner rechten Seite sticht es jetzt, auch links, Seitenstechen, an dem muss ich vorbei, ist schwer, aber ich weiß, hinter der Luftlosigkeit liegt ein Gebiet, in dem alles wieder ruhig ist. Aber noch bin ich nicht dort. Ich konzentriere mich auf mein Herz, das stell ich mir vor in Blau. Hellblau. Dort ist jetzt aller Sauerstoff. In meinen Armen und Beinen nimmer so sehr. Taubheit. Schwindelgefühl. Wie beim Einsetzen der Hypnose. Ich seh den Federumhang, von dem fallen schnell die Federn ab, wehen sich um mich herum und setzen sich zu einem frischen Federumhang zusammen. Ich seh die Hand von Schaller, viele Fingernägel, lang, ich überfliege ihre Unterseiten einzeln, erster Nagel, zweiter, dritter, vierter, fünfter Nagel, noch einmal, erster, zweiter, dritter, vierter, fünfter Nagel, bis plötzlich alle Zeit verwischt und ich unendlich ruhig bin. Mein Herz langsam. Zähe Schläge klopft es mir. Die Zwischenräume nehmen zu. Ich horch auf mich, da ist nur Stille. Als das zum ersten Mal passierte, da hab ich befürchtet, ich sei tot. Inzwischen weiß ich es besser. Ich halte mir den Brustkorb, auf zärtliche Weise. Mein Herz, das groß ist, nicht klein, das halte ich so warm. Dass es sich bewegt in mir drinnen, unter meiner Hand, und schlägt, das weiß ich. Gewissheit, hier unter Wasser bin ich geborgen, ich kann hier sein, das spüre ich, so lang ich will, das Atmen wird für mich hier unten von nun an nicht mehr nötig sein, für immer. Mein Schatten auf dem Beckengrund, den spüre ich wie etwas Warmes hinter mir. Schön wehen meine Haare. Ich schaue auf Schallers Fingerkuppen, auf die Unterseiten seiner Nägel. *Jupiter, the Bringer of Jollity,* wie die Musik von meiner Großmutter gesprochen klingt, die perlt jetzt auf in meinem Gehirn. *Zisch zisch*, sagt sie verscheuchend. Und ich sehe: Auf einem sandigen Weg geht Linde. Es riecht nach Algen und nach Bitterkeit, ist das ein chemisches Gebräu. Sie trägt den Mantel, wadenlang und grau, wie seine Schöße wehen, so langsam, unterwassergleich. Sie geht da knirschend auf dem Sandweg hin, Sandalen an den Füßen und um den Hals ein dünner Schal. Geht hindurch zwischen Hunden zu Männern, die sitzen da am Ufer. Linde bleibt stehen. Haare wehen sich um mein Gesicht, sie wird gleich filmen. Die Kettchen der Männer machen kein Geräusch, nur wenn man das Ohr an ihre Nacken hält, da hört man es, da hört man auch ihr Atmen. Der Anführer der Bande, fuchsisch, schaut Linde an. Jemand nähert sich ihr, massig, dem schüttelt sie die Hand. Er deutet spöttisch auf ihre Tasche, aus der stehen die Schrauben und die Nägel. Ich sehe Linde gehen. Wie langsam mein Herz klopfen kann. Das Wasser über mir erscheint mir hoch und hell, ganz friedlich aufgetürmt. Kommt mir tief vor, obwohl es nicht tief ist. Ich sehe Linde. Sie filmt. Es ist Abend. Linde hat eine Lampe mitgebracht und sie bittet einen Mann, der ist sehr jung, sich doch bitte dort auf die alte Matte auf den Boden zu setzen, Komposition. Der junge Mann streckt sich da aus, drei Autos rasen heran, *La police,* Sirenen, die bleiben nicht stehen, die machen erst knapp vor den Hunden halt und erwischen den Mann, der Linde zuliebe auf dem Boden liegt. Dumpfes Geräusch. Der rührt sich nimmer. Linde, die unter die Brücke verschwindet. Sie kauert sich hin, da riecht es nicht gut. Die Autos der Polizei stehen eckig da, sie suchen mit kreisrunden Lichtern. Vereinzelt Stimmen. Linde auf dem Sandweg. Da läuft sie. Der Mantel weht, oder auch nicht, da ist kein Wind. Schlaghosen trägt sie, denk ich noch, dann hab ich in der Nase den Geruch von Chlor. Beinahe möcht ich schnuppern, dieses Wasser ist für mich geschmolzene Luft, an einem Tropfen zehre ich für Tage. Widerwillig stoße ich mich vom Boden ab. Gefühl von Hitze. Als würde mich etwas Heißes berühren. Sofort die Empfindung: Keine Luft mehr um mich, das Wasser ist jetzt wieder Wasser, das mich wäscht. Die Saisonkarte flattert, lila lach ich, nur schnell hinauf, nur nicht zu schnell. Ich reiß den Mund auf. Luftschnappen wie Flügelschlagen, hastig, wie süß die Luft ist, wie gut sie schmeckt, wie kalt sie ist, die Luft, das Wasser warm. Ich halt mich nicht am Beckenrand, der ist nicht nass, der ist gefroren, eine dünne Schicht Eis hat sich da glänzend ausgebreitet, überzieht jede Sprosse dieser Leiter, da rutsch ich doch aus, wenn ich meine Füße auf sie stelle.

7

Winzig schlagen die Wellen gegen den Beckenrand.

Direkt vor mir: rasierte Bademeisterbeine. Rote Schlapfen Adidas. Tätowierung knapp über dem Knie: das Gesicht einer Frau. Er schaut auf seine Uhr.

Dreieinhalb Minuten. Komm heraus. Deine Lippen sind ganz blau.

Ich möchte etwas sagen, aber ich nicke nur. Nur dreieinhalb Minuten.

Am Nachmittag schaffst dus länger. Ist mir so aufgefallen. Da habe ich drüber nachgedacht.

Das ist lieb. Verzeihung, ich muss hier herausklettern, wenn du hier stehenbleibst, kann ich das Becken nicht verlassen.

Das Handtuch.

Danke.

Darf ich fragen, was du später machst, mich wechselt gleich der Kollege ab.

Muss arbeiten, sage ich und gehe rasch mit eingezogenem Kopf am Bademeister vorbei zur Treppe, die zu den Umkleidekabinen führt, schreiend würde er davonrennen, wenn er wüsste, wie es in mir drinnen aussieht, wieder so ein Larventyp, der schlecht riecht unter seinem Gesicht, nichts weiß er davon, nicht ein einziges Mal hat er über sein eigenes Gesicht nachgedacht, seitdem ich ihn kenne, als er mich hier rausgeworfen hat vor einem halben Jahr, weil ich mich, ohne nach unten zu schauen, vom Zehnmeterbrett aufs Wasser krachen lassen hab, da haben sie Anweisung, strengste, da muss jeder sofort raus, der so etwas macht, *Sie sind die erste Frau*.

Die Birnen liegen in einer Kiste, eng beieinander, aber gerade so, dass sie sich nicht berühren. Regelmäßig wie Früchte aus Wachs oder Marzipan. Gelb. Rot hingetupfte Wangen. Kurzer brauner Stiel.
    Daneben Kirschen. Wie teuer die sind.
    Ich suche eine Birne aus und trage sie zur Kassa.
    Da stell ich mich an, mit der Birne in der Hand, lege sie nicht aufs Förderband, damit die Birne nicht schmutzig wird, weil sie ist schön. Hinter mir drei Schüler, jeder mit einer Semmel. Die Frau vor mir räumt Käse aus dem Wagen, eine andere, die sich an mir vorbeischiebt, legt tiefgekühlten Spinat dazu. Ich warte und atme. Das Tauchen kann ich nicht ständig trainieren, meine Lunge aber schon. Ich zieh die Luft in sie hinein, packe sie voll mit Luft und summe beim Ausatmen einen tiefen Ton. Gehe höher, noch höher, und wenn ich nicht mehr kann, schraube ich diesen Ton tiefer, mach Wellen mit meiner Stimme. Halblaut, sodass es nur die beiden Frauen und die Schüler hören können und vielleicht gerade noch der Mann, der sich mit übervollem Einkaufswagen hinter ihnen aufgestellt hat. Die Frauen reagieren nicht darauf, die Schüler schon, die schauen mich an und wechseln Blicke.

Dann wird die Birne abgewogen. Ich seh zu Boden. Ich hab kein Geld bei mir, hab absichtlich keines mitgenommen. Die Birne kostet zwei Euro ein Cent. Ich stecke die Hände in die Manteltaschen und dann in die meiner Jean, gebe vor, hektisch nach Münzen zu suchen oder Scheinen, nach meiner Karte, auch in der Taucherweste nichts, wie sollte es anders sein, hab ja kein Geld dabei. Ich sehe die Kassierin an mit gespielter Schüchternheit, die erwidert meinen Blick erwartungsvoll. Ich werde rot, das ist gut, darüber freue ich mich, verlegen reib ich in der Manteltasche einen alten Brösel klein.

Mann: *Was ist mit der?*
Kassierin: *Schon gut, lassen Sie sich Zeit.*
Mann: *Sag, was ist jetzt?*
Kassierin: *Jetzt beruhigen Sie sich doch.*
Mann: *Ich glaub, die summt!*
Kassierin: *Ist Ihnen nicht gut?*
Theresa: *Nicht so wirklich gut.*
Mann: *Was gehts dann bitte einkaufen, wenn ihr nicht gut ist?*
Kassiererin: *Gehns bitte rüber zur anderen Kassa. Sehen Sie nicht, wie blass die junge Frau ist?*
Theresa: *Mich dreht es.*
Kassiererin: *Wollen Sie vielleicht einen Schluck Wasser trinken?*
Theresa: *Ich brauch nur die Birne, bitte.*
Kassiererin: *Na, dann nehmen Sies, ausnahmsweise, ich leg das Geld später in die Kassa.*

An der Außenseite des Supermarkts befindet sich an einer Stelle eine Rillenwand, durch die bläst warme Luft. Da beiße ich der Birne in die roten Wangen. Überreif. Klebrige Finger, ein Tropfen rinnt in meinen Ärmel. Ich verspeise selbst das winzige Gehäuse. Nur den Stiel lass ich fallen. Noch immer Hunger. Vielleicht haben sie eine Schachtel mit Zuckerfrüchten im Angebot, ich könnte zurück und sie mir kaufen, ich korrigiere mich, mir kaufen lassen, aber die Kassierin war so nett. Die Birne war eine Enttäuschung, die hat mich nur hungriger gemacht, besser, sie wäre aus Marzipan gewesen oder ein kleiner vollendet birnenförmiger Birnenkuchen, etwas Süßes will ich, noch mehr davon, vor allem spätnachmittags und nachts, das ist Zyprexa. Wirkstoff Olanzapin, das Medikament davor war anders, von dem wurde ich nur blind. Nicht ganz, aber es war, wie andauernd durch eine volle Glasflasche zu schauen, bin nur noch im Halbschlaf dagesessen, keine Lust, die Augen aufzumachen, durch die kam nur noch Taubheit rein. Zyprexa: *Wird häufig für die Behandlung von Schlaflosigkeit, einschließlich Einschlaf- und Durchschlafstörungen verschrieben. Begünstigt epileptische Anfälle. Bekannte Nebenwirkungen: starke Gewichtszunahme, Schläfrigkeit, Schwindel, motorische Unruhe, Verstopfung, Mundtrockenheit, Ausschlag, Gelenkschmerzen, erektile Dysfunktion, verminderte Libido, allgemeine Schwäche, Blickkrämpfe, Nasenbluten.* Auf jeder einzelnen der blassrosa Tabletten steht LILLY4420 in großen Lettern eingeprägt. In der Mitte eine Kerbe, da könnte ich sie auseinanderbrechen, um die Dosis zu verringern, aber ich möchte nicht, ich möchte nie mehr Lilly. Immer wenn ich sie nehme, seh ich meine Großmutter neben mir stehen, die so wie die Tablette hieß, ganz gleich geschrieben, ihr in Wellen gelegtes dunkelbraunes Haar, ihr Kopf, der reicht mir bis zum Hals. Ich werd sie nimmer nehmen. Und niemand wird es kontrollieren, wie diebisch fröhlich mich das macht. Kein AKH mehr. Nie mehr: am Stützpunkt anstellen, dort die tägliche Einschachtelung entgegennehmen. Neben dem Waschbecken liegen die Kapseln schon in ihrer blauen Schale, beschriftet mit *Morgen, Mittag, Nachmittag, Abend*. Wir holen uns die Medikamente selber, bilden eine Schlange wie im Supermarkt. Das Pflegepersonal gibt uns die Kapsel in die Hand, die stecken wir uns in den Mund, spülen sie mit Wasser hinunter. In der Regel keine Mundkontrolle. Nur wenn uns die Krankheitseinsicht fehlt, dann müssen wir neben dem Waschbecken sitzen, auf einem Stuhl, und jemand sitzt auf dem Stuhl gegenüber und wartet, bis fünf Minuten verstrichen sind, weil bis dahin in der Wangentasche jede Tablette zergeht. Aber mit Zyprexa ist es jetzt vorbei. Hab die Schnauze voll. Hab keine Lust mehr, andauernd Süßigkeiten zu essen.

Der Teig ist grau. Klebt träge in der Plastikschüssel. In Irenes Faust ein alter Kochlöffel aus Holz, der schon so oft benutzt wurde, dass er eckig ist an seiner Spitze. Sie seufzt, die Margarine ist hart, die lässt sich nur mit Anstrengung mit dem Mohn vermengen. Irene trägt eine kurze, igelige Dauerwelle, weiße Strähnen, graue Strähnen, auch ihre Augen sind grau, diamantengeschliffene Kieselsteine, obwohl sie müde ist, und manchmal denke ich, der Teig hat seine Farbe nicht vom Mohn, zwei Packungen zu je hundertfünfzig Gramm, sondern weil Irenes Augen ihn so färben, immer dunkler wird er, je länger sie ihn bearbeitet, den harten Brocken. Sie schaut mich prüfend an, ich versuch ein halbes Lächeln. Letzten Nachmittag war sie in einem Wirtshaus tanzen, in einen der Tänzer dort ist sie verliebt, er ist redselig und charmant, *Taxitänzer,* holt die alleinstehenden Frauen von ihren Stühlen, so viele Witwen, am liebsten hat er Irene, sagt er, trotz ihrer Ruppigkeit, das sagt er nicht, das denke ich, die ist sehr liebenswert. Rumba, Samba, Walzer bis neun Uhr abends, er hat sie danach bis vor ihre Haustüre gebracht, aber ihre Hand hat sie ihn nicht halten lassen. Da ist sie eisern, gerade wegen ihrer Erfahrungen im Film, nebenher war sie Komparsin, Timothy Dalton entgegenkommend hat sie leicht federnd die Antonigasse in *Der Hauch des Todes* überquert, in *Before Sunrise* Sprechrolle: *Grüß Gott.* Sie sagt es gerne, ihre Handbewegung dazu hat sie mit den Jahren zur äußersten Perfektion getrieben.

Irene seufzt, neben dem Backofen ist es schon frühmorgens heiß, obwohl es draußen kühl ist, möchte nicht wissen, wie es hier im Hochsommer ist, angeblich steht dann ein kleiner Ventilator neben der Mikrowelle, der die Temperatur von 40 Grad auf 39,5 hinunterdrückt. Ich ziehe den dampfenden Korb voller Teller und raschelnder Gläser aus dem Geschirrspüler, wuchte ihn hoch. Am Ende meines Diensts wird mein Gesicht, mein Hals, werden meine Arme glasiert sein von vielen Schichten getrockneten Dampfs, und meine Haare und die Kleider werden spätestens ab zwölf Uhr seltsam riechen, nach abgestandenem Wasser und ranzigem Fett und etwas Süßem, vielleicht Marmelade oder Mehl oder Zucker oder ist das mein Schweiß, ich kann es nicht genau bestimmen.

Wie gerne würde ich diesen Teig probieren.

Leise summt Irene den Donauwalzer, *Expressotasse,* ruft Milana und Milana ruft: *Kugelhupf.* Ich nicke und betrete mit den kleinen Tassen die Bar, sie liegt auf einem Podest, einen halben Schritt hoch, Sodaspender, Kaffeemaschine, Kuchenvitrine, dort wird mir manchmal schwindelig, auf dieser Bühne mitten im Café. Es ist das Reich von Milana, das steht auf einem Schild. In mit zu einhundertprozentiger Perfektion abgezirkelten Kringelbahnen dreht sich eine jede ihrer roten Locken um eine unsichtbare Achse, stößt auf Höhe der Schlüsselbeine auf die sorgsam halboffene Bluse Milanas. Am Handgelenk silbrige Kettchen, ein beständiges Flittern und Flimmern ist um sie. Mit langen Nägeln trommelt sie auf den Tresen, an zwei Stellen davon seichte Dellen. Ich schau ihr gerne zu, wie sie die Finger, die Hände bewegt, wenn sie den Tresen poliert, wie sie die Kaffeemaschine mit abgespreizten Fingern bedient, jede

Bewegung ist mit diesen Nägeln ungeheuerlich komplex. Sie macht den besten Milchschaum in der Gegend, für den ist sie berühmt.

Milana erweist ihre Gunst, wenn sie an einen Tisch kommt, um die Bestellung aufzunehmen, aber Milana hat keine Lust. Drückt mir Block und Stift in die Hand, sagt, *geh hin,* und ich gehe hin, nur keine Fehler machen, will alles richtig machen, wie oft hab ich schon in Restaurants und Cafés und Konditoreien angefangen, überall, wo ich aufkreuzte, sofort einen Job gekriegt, ihn nur leider nie länger als zwei Monate behalten. Zuletzt war ich in einem Café nicht weit entfernt vom Stephansdom, berühmt wegen seines Architekten, das mochte ich. Spiegel. Der Boden von Grabsteinen überzogen. Meine Kolleginnen und Kollegen, die mochte ich auch, am Anfang, wie überall. Nur passierten dann Sachen. Einer spannte bei Dienstschluss die Schnüre zwischen den Gastgartenstühlen so fest, dass ich im Halbdunkel nur darüber stolpern konnte, und die eine, weiß nicht mehr, wie sie hieß, die mit den kurzen Armen, die mäkelte über meine Haltung, und einer der Köche konnte nicht für sich behalten, dass ich mir Mirabellen aus dem Kompott geangelt hatte. Ich wollte nur kosten, eine solche Aufregung um ein einziges Glas, und das ging immer so weiter, bis mir schließlich eine sagte, ich stinke. Einfach so zwischen zwei Bestellungen, weiß nicht, ob es jemand von den Gästen hörte. Die Medikamente verändern den Körpergeruch. Die Brüste wachsen. Manchmal muss man aus dem Nichts heraus lauthals lachen, es ist wie Niesen, so ununterdrückbar, ein innerer Reflex, da schleudert sich mit einem Mal ein riesiges Lachen aus meinem Kopf, für das ich nichts kann, und unerträglich wäre es, dieses Lachen für mich zu behalten. Aber das wird nicht mehr geschehen, wenn ich nun Zyprexa nimmer nehme. Nie mehr wieder trockener Mund. Nie mehr wieder in der Mitte eines großen Raums die Kontrolle über den Harndrang verlieren, und wütend sein werd ich auch nicht, zumindest nicht so wütend wie an meinem letzten Arbeitstag im Architektencafé, wo ich dann einen Spiegel zerbrochen hab. Nichts weiter. Das war vor zwei Wochen, zwei Dienste nach dem Urlaub in Chioggia. Aber auf dem Nachhauseweg bin ich hier vorbeigekommen und stehen geblieben und hab nach Arbeit gefragt, das mach ich immer so, den nächsten Job suchen noch am gleichen Tag, an dem ich den alten verloren hab. Und ich möchte hier so gerne länger bleiben. Juschik mag ich, Irene auch. Bei Milana muss ich mich anstrengen, wie sie meine Hände anschaut. Kurze Nägel. Nicht lackiert. Halblange Haare, nicht frisiert. Josef verdient momentan wenig und es gibt beinahe schon keine Cafés mehr für mich in Wien, bei denen ich noch nicht beschäftigt war.

Milana kocht Häferlkaffee. Espresso. Ich suche ihren Blick. *Tisch neun.* Mit dem ovalen Tablett in den Händen drehe ich mich vorgeblich zielstrebig herum, mit einem Kopf voller Neunen überlege ich, wo sich dieser Tisch befinden kann, irgendwo im grünen

Salon, genau kann ich es nimmer sagen, an einem Tisch sitzt der Chef, schaut grimmig aus dem Fenster, vor sich hat er einen Zettel voller Zahlen. Draußen schwere Wolken. Sieht nach Regen aus. Es regnet aber nicht, seit Tagen. Vielleicht ist Neun dort am Fenster, vor zwei Männern steht ein einziges Getränk. Da gehe ich hin und stelle das Tablett ab, auf gut Glück. Keine Beschwerden. Das ist Tisch neun, in der Ecke am Fenster, das präge ich mir ein. Am Nachbartisch zwei Teller. Ich gehe näher, es ist wichtig, ihre Leere so gut wie möglich abzusichern, bevor eine Berührung des Geschirrs erfolgt. Da sind nur noch die Servietten drauf, daran besteht kein Zweifel, ich lächle höflich, nicht zu breit. *Rahmgugelhupf, bitte,* sagt ein junger Mann, den hab ich vergessen, mit raschen Schritten die Bar entlang und um die Bar herum und an Milana vorbei, eine ihrer roten Brauen hat sich angehoben, aber ich schau nicht hin, volle Konzentration, rechts von der Kaffeemaschine die Kuchenvitrine. Vorsichtig ziehe ich den Teller mit dem Gugelhupf zwischen allen andren Tellern heraus, nicht mit ihm die glänzende Glasur der Sachertorte berühren, nicht stolpern, befehle ich mir, langsamer werden, dort, wo der Boden innerhalb von zwei Schritten zweimal sein Material wechselt. Parkett, Linoleum, knapp vor der Küche beginnen die Fliesen. Weiß mit ein paar dünnen schwarzen Sprüngen wie auf Eis, *blue, blue,* da halt ich mich am Tresen fest, *electric blue,* hier unter mir, da ist der Boden unendlich glatt, *electric blue, that's the colour of my room,* und Milana schaut, langsam hebt sich ihre zweite Augenbraue, nichts möchte ich falsch machen, alles möchte ich richtig machen, *blue, blue,* alles wird gelingen, langsam seh ich an mir hinunter, nicht nachgeben, nicht einbrechen, *blue,* ich vergewissere mich, *blue,* da sind die Beine, da die Füße, die stecken in den Schlangenschuhen drin, ich stoße mich vom Tresen ab, mit steifen Schritten geh ich fort.

Irene in der Küche, bäckt.
Drei Tische gehen. Gleich ist es zwölf.
Es ist so still, ein Interview wird im blauen Salon geführt, sonst nur vereinzelt Gäste, kaum jemand spricht und die, die sich unterhalten, flüstern. Nie wird hier Musik gespielt. Ich höre, wie Milanas Nagelspitzen auf dem Tresen trappeln.
Die Mohntorte ist sehr klein, als sie aus dem Backrohr kommt. *Die ist heute aber klein,* sagt Irene, *wenn das der Chef sieht.* Ich schau den Kaffee verlegen an. *Wenn der Chef was sieht?,* sagt der Chef, er lehnt an der Bar neben Milana, die Nägel halten still. Irene sagt nichts, muss sie auch nicht, weil sie mit dem Chef in verwandtschaftlicher Beziehung steht, er ist ihr Sohn, seelenruhig schneidet sie die Torte von der einen Seite zur anderen auf, klappt sie auseinander, klatscht Brombeermarmelade auf sie drauf und klappt sie gleich schon wieder zu, wie eine Brombeermarmelade enthaltende Schatulle.
Mutti, was is los?
Irene heiß ich.

Chef: *Geh, Mutti.*

Merks dir endlich.

Ich nenn dich sicher nicht Irene.

Jetzt sei nicht so unprofessionell.

Was ist daran bitte unprofessionell?

Hier bin ich die Irene. Für alle. Gerne auch Frau Irene. Zu Hause nenn mich ruhig Mutti, aber nicht am Arbeitsplatz.

Dein Ernst jetzt? Na, wen haben wir denn da, Frau Irene, sind Sie denn mit der Neuen zufrieden?

Die Neue da hat ebenfalls einen Namen.

Mutti, bei der Tortn musst ja wirklich drei Zentimeter Glasur drüberhauen, damit sie nicht geschrumpft daherkommt.

Ein Teil vom Teig ist heruntergefallen, leider, sag ich.

Wem?

Irene: *Herr Chef, das weiß ich leider nicht.*

Theresa: *Mir.*

Irene: *Jetzt red nicht so einen Blödsinn, ich wars. Erwischt! Haust mich jetzt raus?*

Chef: *Oder hat ihn die Milana mit den schönen Händen geschaufelt, ha?*

Milana: *Reiner Zucker, diese Glasur macht mir ein Grausen, das sticht mir in die Zähne, wenn ich nur hinschau.*

Irene: *Dann gaff meine Torte nicht so an, hast du nichts zu tun?*

Chef: *Eine Klassefrau. Und die Schwimmsaison ist noch nicht vorbei.*

Irene: *Wie meinst du das?*

Chef: *Bikinifigur, Frau Irene, Schwimmen strafft die Brust und den Popo.*

Am liebsten seh ich Irene zu beim Verteilen der zuckerweißen Glasur. Die riecht nach Zitrone. Die Mohntorte kommt mir vor, wenn sie dann fertig ist, wie ein kleines, unter Zuckerkruste verkapseltes Universum. Schwarze Pünktchen, weiße Pünktchen, die mich, wenn ich ganz nah an sie herangehe, an eine der Abbildungen in *Das Weltall und die Raumfahrt* erinnern. Unlängst hab ich gelesen, wenn das Universum endlich wäre, müsste der Himmel weiß sein. Der schwarze Himmel ist Unendlichkeitsbeweis.

Wieso?, fragt Irene. *Weil dann alles voller Sterne wäre und ohne Dunkelheit,* sag ich und Irene schweigt, was denn auch sonst. Bei der Vorstellung, eine Gabel könnte auf die schneeweiße Mohntorte hinunterfallen, zucke ich zusammen.

Chef: *Wer ist das, den kenn ich, der kommt mir bekannt vor.*

Milana: *Weiß nicht.*

Irene: *Jetzt rede doch nicht immer so laut. Der hört dich doch!*

Chef: *Den kenn ich. Den hab ich gesehen.*

Milana: *Prominent?*

Chef: *Verzeihung, kennt man Sie aus den Medien?*

Irene, flüsternd: *Das ist ein Musiker, mit dem seinen Schuhen, wollen wir wetten.*

Gast: *Oh, Sie bringen mich in Verlegenheit, ja, man kennt mich tatsächlich.*

Milana: *Fernsehen?*

Chef: *Geh, wirklich, vom Fernsehen?*

Gast: *Im Fernsehen? Ich schreibe eine Kolumne in* Garden & Homes, *der renommierten Publikation.*

Chef: *Na, auch sehr interessant. Freut mich jedenfalls. Wie können wir Ihnen dienen?*

Wie viel kostet das Stück Torte?

Milana: *Kuchen leider schon wieder schwer betroffen von Teuerung.*

Chef: *Solch eine Mohntorte wie hier gibt es nirgends sonst, darf ich vorstellen, die Bäckerin, Frau Irene.*

Irene: *Grüß Gott! In erster Linie würd ich schon sagen, ich bin seine Mutter.*

Milana: *Mohntorte sehr teuer. Aber: Rahmgugelhupf kommt um fünf Euro fünfzig Cent, das ist eine Ersparnis von um die fünfzig Cent zur Mohntorte, na?*

Chef: *Milana, hältst du bitte den Schlapfen? Ordern Sie die Mohntorte, ich kann sie Ihnen nur von ganzem Herzen empfehlen.*

Irene: *Sohnemann, die Glasur ist noch nicht getrocknet. Die Mohntorte befindet sich noch in Fertigstellung.*

Milana prüft die Härte der Glasur durch die sachte Berührung ihrer Nagelspitze. Sie nickt. *Na, die geht schon. Ein Stück Mohntorte, bitte sofort.*

Chef: *Gemma, gemma Tamara. Der Herr wünscht zwei Servietten, und hast schon daran gedacht, die Speisekarten und die Aschenbecher von draußen reinzuräumen, es waschelt sicher gleich.*

Irene: *Red ned so gschert, von mir hast du das nicht.*
Chef: *Tamara, antwortest du jetzt auch einmal?*
Oder hackelst wenigstens? Was is mit der?
Irene: *Das könnte er schon langsam wissen.*
Chef: *Mutti! Kann sie den Mund nicht aufmachen?*
Irene: *Irene. Sie heißt Theresa.*
Chef: *Theresa, sag bitte etwas!*
Theresa: *Gerne.*
Chef: *Ja?*
Theresa: *Hallo.*
Chef: *Gehts noch? Sag, seit wann bist du jetzt da?*
Ist mein dritter Dienst.
Und willst noch weiter da arbeiten, ja?
Es gefällt mir sehr.
Dann tu gefälligst was.
Der Chef drückt Irene ein Busserl auf die Wange, gut, dass er jetzt geht, dann ist er weg. Ist schon seltsam, dass jemand, der so lieb ist, einen solchen Sohn zur Welt bringen kann. Irene nimmt das große Messer, da wird es still im ganzen Lokal, dennoch, das Gleiten des Messers durch die Mohntorte vollkommen unhörbar. Der Zuckerguss verzieht sich an der Anschnittstelle, der ist nicht trocken, ist viel zu früh, fast böswillig, sie jetzt schon anzuschneiden: wo Milana sie berührt hat, ein kleiner mondförmiger Bogen. In der Torte drinnen ist es finster. Da sollte einmal jemand mit einem Teleskop reinschauen.

Besteckschublade, mit einem weißen Geschirrtuch zugedeckt.

Da liegt die Spieluhr, die nehme ich. *Claude Debussy, Clair de Lune*, daneben das ziegenbärtige Gesicht des Komponisten. Kleingedruckt: *In dieser Reihe auch erhältlich Tschaikowsky, Schwanensee; Beethoven, Für Elise; Vivaldi, Frühling.*

Jemand hat sie vor längerer Zeit vergessen, hat mir Juschik erzählt. Ich drehe langsam an ihr. So zerdehnt, dass es niemanden stört. Klingt nicht viel anders als der Löffel, der leise klimpert, wenn ich ihn zu den anderen Löffeln lege. Musik ist hier verboten. Aber ich dreh die Spieluhr unendlich leise.

Milana: *Bitte, hast du gesehen.*

Irene: *Bist du gescheit.*

Milana: *Das muss ein Graf sein. Die Hälfte stehen lassen.*

Theresa: *Die Torte?*

Irene: *Der isst das Stück exakt bis zur Hälfte, nicht weiter, und lasst sie stehen. Wie sie da alle schauen. Und recht haben sie, ja, eine solche Verschwendung. Geh, Theresa, komm, da geh her, schau, leg das Ding weg, du verpasst alles, da, siehst. Ein Verrückter.*

Milana: *Schad, dass Chef das verpasst.*

8

Unser Haus ist außen grün und hellgrün an der Innenseite.

Ich steige hoch, sieben Stockwerke, steile Treppen. Warte nicht auf den Lift, der fährt nur bis in den fünften Stock. Das Geländer läuft grellrot an der Wand entlang, da hab ich meine Hand. Viele kleine Stufen, keine überspringe ich, jede einzelne berühre ich. Die Geschosse des Hauses werden nach oben hin niedriger, die Stufen höher, die Treppe schmaler. Im obersten Stock ist unser Versteck, da oben kann die Welt nicht hin, da kann uns nichts geschehen.

Schwer fällt die Türe hinter mir ins Schloss. Ich stehe in der kleinen blauen Schachtel, in der wir leben. Bald ist Abend. Ich betrete das Schlafzimmer, schiebe mich am Bett vorbei. Neben dem Meerbild ist die Fotografie meiner Großmutter mit Tixo an die Wand geklebt, manchmal fällt sie ab.

Die Türe zum Balkon steht offen. Zucchini, Kürbis, Paradeiser. Dazwischen Zinnien in Gelb, in Orange, strauchhoch, die Blüten wie von einem Kind gezeichnet. *Anfang 2016 gelang die Aufzucht einer orange-gelben Zinnie auf der Internationalen Raumstation ISS.* Josef ist nicht da. Eine Sekunde lang seh ich uns nebeneinander auf dem Balkon. Da sitzen wir auf der Bank und unsere Füße stehen auf dem Geländer. Aber Josef ist nicht da, auch nicht hier draußen. Ich sehe hoch. Der Himmel ist ein bisschen blau. An seiner unteren Kante stecken bräunlich ein paar Dächer. Direkt neben mir die Wipfel der Bäume, am Ende ihrer Stämme hängt die Wiese. In die liegt smaragdgleich der Pool des Künstlers eingelassen, der dort unten wohnt, sein Atelier strahlt wie ein Raumschiff in der Nacht. Das Wasser grellgrün. Vielleicht leben da schon Algen und giftige Quallen. *Umkippen ist eine katastrophale Zustandsveränderung eines Gewässers durch Sauerstoffmangel. In Abschnitten größerer Gewässer und Meeresbuchten können so tote Zonen entstehen (englisch dead zones).*

Manchmal kommt es mir vor, nicht das Haus trägt den Balkon, sondern die Bäume. So ergibt sich ein plötzliches Schwanken, ausgelöst von ihrer trägen Bewegung, ich halte mich an einer Zinnie fest.

Im Wohnzimmer. Alter Teppich. Keyboard. Sofa. Dahinter das Bücherregal, von uns gebaut aus losen Brettern, vollkommener Verzicht auf Schrauben oder Nägel. Die Konstruktion ist instabil, aber sie hält. Neben dem Sofa: der Tisch. Viereckig. Da leg ich meinen Schlüssel hin. Ein grellgrüner Zettel. Verschiedene Ansichten einer Hand sind auf ihm skizziert, mit Josefs sehr leichtem und irgendwie unruhigem Strich. Die Hand hält etwas. Greift nach etwas. Die flache Hand, die ihre Unterseite nach oben streckt. Hand von oben, jeder einzelne Finger abgespreizt.

Auf dem Tisch steht ein Spiegel, oval.

Die Wohnung ist von ihnen wie geflutet. Angestrebt ist von Josef eine Vergrößerung unserer dunkelblauen Schachtel. Neben dem Keyboard steht einer, über den treffen sich unsre Blicke, wenn ich am Sofa sitze und Josef in der Türe raucht. Ein anderer quadratisch in der Küche. Im Schlafzimmer ein breiter Spiegelstreifen. Der klebt fest über meiner Seite vom Bett. Dort hab ich Angst, lang ausgestreckt, ich könnte auf mich selber fallen. Allein der Gang spiegellos. Manchmal sitze ich da auf dem Boden und ertappe mich dabei, wie ich mich frage, wo sich einer anbringen ließe, obwohl ich gerade so gerne in diesem schmalen Zimmer voller Öffnungen in andere winzige Zimmer sitze, weil ich mich dort nirgends ansehen muss. Mein Blick bleibt in dieser Wohnung zu oft hängen, blaue Wände, plötzlich aufgebrochen, überall überraschend meine blauen Augen, wie die von jemand Fremdem. Beobachten mich. Ganz schräg gestellt. Josef passiert das nicht. Ich habe ihn gefragt.

Am Küchenfensterbrett die Pflanze. Weiß nicht, wie sie heißt. Ihre Blätter violett und irisierend, als ob sie Fieber hätte. Pelzige Oberfläche. Aber nicht wie Samt, eher belegten Zungen gleich, schnell wandern sie der Sonne nach.

Josef mag sie nicht. Josef mag dieses Rot nicht, Josef mag jedes Rot nicht. Sein Nachname ist Fluri, seine Vorfahren waren Tischler. Eines Nachts hat das Haus gebrannt. Alle hinaus, Großeltern, Eltern, Kinder, Knechte, von außen sehen sie dem Feuer zu. Das brennt. Das frisst. So viele Kinder, so viele Augen, weit aufgerissen vor Schreck. Die gesamte Nachbarschaft sieht zu. Josef hat es nicht selbst gesehen, er war damals noch nicht am Leben, aber seine Mutter, die hat ihm ihre flammenrote Furcht ganz wortlos übertragen. Angst vor Feuer, Sirenen, Blitzen, auch vor den kleinen Flämmchen in Blau, die gut dressiert aus unserem Gasherd gekrochen kommen, wenn wir sie aus unserem Gasherd kriechen lassen wollen. Ich nehm das Feuerzeug. Ein paar Blätter der violetten Pflanze sind versengt.

Meine Mutter liebt rote Blumen. Josefa, meine Urgroßmutter, besaß angeblich einen Christstern, der soll riesig gewesen sein, mehrere Jahrzehnte alt und wie ein blättriges Ungeheuer knorrig verzweigt in alle Richtungen eines Zimmers, was ungewöhnlich ist, da Christsterne betreffend Vergänglichkeit große Ähnlichkeit haben mit Basilikum. Vor dem Gewächs stehend hatte sie mehrmals täglich ein Gebet gesprochen, wie zu einem Christsterngott, ich kann es auswendig, weil es auch meine Großmutter, Josefas Tochter Lilly, manchmal murmelte. Sie stand da vor dem Bügelbrett, die Hände in den Taschen ihres Schürzenkleides, *Nada te turbe, nada te espante, todo se pasa, Dios no se muda,* ihre Brüste dazu wallend, gigantisch groß und außerordentlich gemütlich, wie gemacht für die Mittagsschläfchen von Taygeta und mir. Unsere Urgroßmutter haben wir nicht mehr kennengelernt. Ganz anders als Lilly war sie, schweigsam, fast stumm.

Die Schwangerschaft hatte laut Linde bei Josefa zu einigen aufsehenerregenden Verschiebungen in den tiefsten Schichten ihres Charakters geführt. Hatte Josefa davor viele spitzbübische Worte in ihrem Mund getragen, kamen sie ihr im Moment der Empfängnis abhanden, als wären sie davongeflogen – flatternd und kichernd, in sonnenverdunkelnder Schwarmgestalt, weiter zu irgendeiner andren Person. Festgebunden mit Händen und Füßen an der gesamten Schwere des Erdplaneten fühlte sich Josefa Neges nun. Gleich blieb: auf einem vollkommenen Körper ein unstimmiges Gesicht. Neu war: Änderung 1, radikales Kürzen der Haare. Aschblond, hüftlang, noch nie mit einer Schere in Berührung gekommen, erfolgte am 20. März 1921 im Halblicht des Dachzimmers mit einer einzigen Bewegung die Erfindung des Kurzhaarschnitts. Änderung 2: Sie hielt sich kaum mehr am Land auf. Beinahe vollständige Übersiedelung in die Stadt, wo sie niemand kannte und sie sich ungestört in der Marktwohnung verkapselte. Bis zum 3. Juni 1921, Änderung Nummer 3: Inzwischen sichtbar schwanger erklärte sich Josefa Neges bereit, ihren langjährigen Verehrer, Geschäftemacher Ackermann, zu ehelichen, über den sie sich davor nur lustig gemacht hatte. Dem Gesetz nach war sie nun Frau Ackermann, aber kein einziges Mal sprach sie diesen Namen aus, denn sie mochte ihn nicht. Der schwerwiegendste unter schwerwiegenden Mängeln: Von hinten nach vorne gelesen hieß Neges Segen und Ackermann nicht.

Es gibt von Ackermann ein Foto. Dunkle Augen, heller Hut. Seine positivste Eigenschaft: von großer Weichheit. Streit nicht suchend, eher fliehend – was sich außerordentlich gut zum Hauptmerkmal Josefas fügte: felsige Unnachgiebigkeit. Fritz Ackermann hatte sich etwa niemals bemüht, die außerordentliche Frühgeburt zu klären, die seine Tochter darstellte, lediglich vier Monate und fünf Tage nach dem ersten ungemein erfolgreichen Vollzug des Beischlafs am 15. Juni 1921.

Änderung 4: Hatte sich Josefa davor nie auch nur für das Braten eines einzigen Hühnerflügels interessiert, änderte sich das schlagartig, als sie sah, dass sie eine Tochter zur Welt gebracht hatte. Sie raffte alle verfügbaren Kochbücher an sich. Studierte sie von einem Morgengrauen bis zum nächsten. Kochbücher, die die neueste Mode des buttergebackenen Schnepfenschenkels zelebrierten, und solche, in denen ausschließlich Rüben- und Kartoffelgerichte festgehalten waren, weil zur Zeit ihrer Drucklegung wieder irgendwo ein Krieg ausgebrochen war. Sie übte sich im Verfeinern einer gemeinen Krautsuppe, bis sie allein dieses einen Gerichts wegen zur Küchenchefin des *Stadthotels* avancieren hätte können, was sie aber nicht tat, da sie eine Tochter hatte. Sie nannten sie Lilly, auf Vorschlag Ackermanns, nach dessen liebster Blume, versehen am Ende mit einem modernen Ypsilon. Josefas Plan: Das Mädchen durfte auf keinen

Fall einen Körper entwickeln wie sie selbst, voll wohlproportionierter Üppigkeit, es musste mehr sein. Der Körper der Mutter musste in dem der Tochter verborgen sein wie in einem robusten Mantel. Noch bevor ihre Tochter Zähne hatte, begann sie, ihr raffiniert fabrizierte Delikatessen einzuflößen, und es funktionierte gut, Lilly entwickelte bald ein hübsches, von großer Weichheit dominiertes Gesicht. Rundliche Schultern, Arme, rundliche Knie, rundliche Beine, nur ihre Füße blieben Zeit ihres Lebens eher länglich. Manchmal wurde sie deswegen von anderen Kindern ausgelacht, aber was machte das schon, wenn doch das eigentliche Ziel derart bravourös erreicht, vielleicht gar übertroffen worden war. Bald konnte Lilly töpfeweise geschlagenen Obers, mit etwas Zucker und Rum verfeinert, zum Mittagessen löffeln, hinterher Himbeergelee und Salzburger Nockerln, denn Lilly bevorzugte Gerichte, durch die man hindurchsehen konnte oder die, von Josefa mit dem Schneebesen in einen wolkigen Zustand gebracht, insgesamt eher substanzlos waren. Lilly aß andauernd irgendetwas, gleichzeitig war es wie das Verspeisen von Luft.

Nada te turbe, nada te espante, todo se pasa, Dios no se muda. Das waren die Worte meiner Großmutter, die die Worte meiner Urgroßmutter wiederholte, die eigentlich die der heiligen Teresa waren, und diese wiederum hatte sie von Gott persönlich. Nichts soll dich ängstigen, nichts dich erschrecken, alles vergeht, Gott bleibt derselbe. *Teresa de Ávila, geborene Teresa Sánchez de Cepeda y Ahumada, wurde 1515 in Ávila geboren, so die Meinung der meisten Biografen; nur eine Minderheit nennt Gotarrendura (Provinz Ávila) als Geburtsort, ohne überzeugende Beweise anzuführen und gegen eine jahrhundertealte Tradition.* Wenn eine plötzliche Stille entstand, dann dauerte es, als meine Mutter und Linde noch klein waren, nicht lange, bis jemand das Gebet sprach wie einen Zauberspruch, besonders Linde, die jedes Mal den letzten Satz vergaß. *Nada te turbe, nada te espante, todo se pasa.* In die Unvollständigkeit des Gebets war sie verliebt. Meine Urgroßmutter wiederum in die heilige Teresa und meine Großmutter, die bildende Künstlerin, in das Kunstwerk von Bernini: *The Ecstasy of Saint Teresa, zwischen 1645 und 1652 entstanden, 350 cm hohes Meisterwerk.* Meine Großmutter sagte nie *Die Entrückung* oder *Die Verzückung der heiligen Teresa*, sie kannte den Titel allein auf Englisch.

1935: Reise nach Rom. Dort gab es dieses Kunstwerk in einer Kirche, war die Überlegung meiner Urgroßmutter Josefa, die heilige Teresa in vollständiger Höhe hingestellt. Und ihre Tochter Lilly, die künstlerisches Interesse zeigte, die sollte dort hingehen und sie sich anschauen, mit den eigenen Augen, und all die andren Kirchen auch, es konnte nicht schaden, die waren voller schönster Bilder und Wandbemalungen, die die Geschichten der Heiligen erzählten, das wäre wichtig anzusehen für Lilly, dass sie darüber Aufklärung bekäme, was alles gutgehen und schiefgehen konnte mit der menschlichen Zivilisation, aufsehenerregende Taten, mittelmäßige und seltsame Taten, das alles sollte ihr pummeliges Mädchen sehen, das nicht ihr ähnlich sah, sondern dem Wald. So hat es Linde erzählt. Angeblich hatte Josefa an himmelblauen Sonnentagen den Schatten dunkler Stämme über das Gesicht ihrer Tochter huschen sehen.

1935, Lilly Marie Neges, vierzehn Jahre, noch unwissend, dass es sich bei ihr um eine wirkliche Künstlerin handelte, als sie diese ewige Stadt betrat. Lilly war gebettet in eine in existentialistisches Schwarz gehüllte Reisegruppe, die sich hauptsächlich aus überdrehten Nonnen und einer Handvoll phlegmatischer Priester im Ruhestand zusammensetzte, die die räumliche Nähe zu Papst Pius XI. elektrisierte. Lilly, von einem dieser Geistlichen vierzehn Jahre zuvor getauft, Lilly nach Ackermanns Wunsch, Marie nach einer Urgroßtante (Marie eine Variante der hebräischen *Mirjam*, *mir*/*mar* für »bitter« und *jam* für »Meer«), zusammengenommen Lilly Marie Neges, hatte damit zu kämpfen, dass die reisefiebernden Gottespersonen beiderlei Geschlechts gar nicht damit aufhören konnten, ihr ihren zu *Marille* gekugelten Namen neckend nachzurufen, sobald sie einmal den Bus verlassen hatte. *Traditionelles Anbaugebiet für Aprikosen ist unter anderem die ungarische Tiefebene. Die Türken besaßen zur Zeit ihrer Herrschaft riesige Aprikosenplantagen, jedoch veröden diese Gärten nach ihrem Abzug. Mit dem Obstanbau be-*

gann man in der Tiefebene erst wieder zu Beginn des 19. Jahrhunderts, als sich diese Ebene aufgrund heftiger Sandstürme in eine einzige Sandwüste zu verwandeln drohte. Zum Binden des Flugsands erwiesen sich Aprikosenbäume als besonders geeignet. Erst störte es Lilly, dann fand sie an dem Namen Gefallen, bis sie sich selbst bei jeder sich bietenden Gelegenheit (pasticceria, macelleria, fruttivendolo) als *Marille* vorzustellen begann. Das machte sie lächeln, wegen der gespenstischen Übereinstimmung ihres Wesens mit dieser Frucht, in einer Weise, wie es die Namen *Lilly* und *Marie* nie hatten bewerkstelligen können, die auch nebeneinander noch immer zu leicht für eine junge Frau namens Marille waren. Insgesamt fand sie die Reise mäßig interessant, bis sie die Santa Maria della Vittoria betrat.

Eine körnige Abbildung der *Ecstasy of Saint Teresa* hatte sie bereits in ihrem Gebetsbücherl gesehen, neben verschiedenen Darstellungen der *Maria vom Siege, auch Jungfrau vom Siege, Unsere liebe Frau vom siegreichen Rosenkranz*, die ihren schmalen Fuß anmutig auf einer fröhlich lächelnden Schlange platziert hatte und dank ihrer unterwerfenden Wirkung bei Kriegszügen vorangetragen wurde. In den eher schummrigen Lichtverhältnissen der Stadtkirche sah die *Ecstasy* aus wie ein einflügeliger Adler mit zwei Köpfen in einem Kleid und an potentiell helleren Orten hatte Lilly das Buch nie geöffnet. Neben dem extravaganten Flugtier stand das Gebet, das ihrer Mutter so wichtig war, aufgeschrieben in einer fremden Sprache, die den Klang der Worte schöner machte. Auf einem Spruchband, das sich feierlich wölbte, von einem kecken Wind berührt, der seine Enden einwirbelte wie eine Schnecke.

In der Santa Maria della Vittoria war es kühl, auch still. Sie ging mit kleinen schnellen Schritten über bunten Marmorboden, so rasch sie konnte, ohne zu rennen, immer weiter von ihrer Gruppe weg, und stahl sich in einen Seitenarm der Kirche, in dem ein Gedränge herrschte wie im Kaufhaus für Damenmode zu Hause in der Wiener Straße. Ein paar Männer aus Stein schauten aus der Mauer und dann war da Gold. Goldene Spaghetti! Bestimmt dreißig oder vierzig Stück. Und darunter etwas Weißes. Eine Statue. War die umgefallen. Näher ging sie. Eine Gestalt, halb liegend, nicht schlafend. Zusätzlich: Ein Kind mit einem Messer in der Hand. Seltsam. Stille ging von diesen beiden Personen aus. Eine kühle Strahlung. Die machte allen Lärm verschwinden. Binnen einer halben Sekunde hatte Lillys Körper die Sonne vergessen, die draußen sommerheiß glühte, stattdessen wurde ihr gruselig kalt. Von den Händen ausgehend sprang ihr die Kälte bis in die Kopfhaut und die Spitzen ihrer Zehen hinein. Sie machte einige Schritte weiter auf die Figuren zu, aber so, dass sie die Konzentration auf ihre Füße richten musste, um sie von den prunkvollen Bodenplatten der Kirche zu bekommen, weil sich eine große, statuenhafte Starrheit ihrer bemächtigt hatte. Dieser Stein, der kein Stein war, sondern eine Frau und ein Kind, das vermutlich gar kein Kind war, sondern ein wirklicher Engel, in sich verbargen sie etwas Helles, Lichtes. Ein Leuchtherz, das sie sich vorstellte wie etwas mit weißer Creme Gefülltes, Vanillecreme beispielsweise, im Inneren des Krapfens, so war es. Lilly wurde wieder wärmer. Ihre Zehenspitzen tauten auf. Die Wirkung der heiligen Teresa war ergründet, die Gefahr eines gedanklichen Durcheinanders gebannt. Hatte sie sich erst mit verkniffenem Gesichtsausdruck, als würde sie gegen die Sonne schauen, inmitten eines unruhigen Pulks an Betrachtern aufgehalten, die Augen so finster, dass ihr zwei Herren gleichermaßen eingeschüchtert vor dem Altar den Vortritt ließen, was sie erfreute, da es ihr ersparte, sie abzudrängen, befand sich Lilly nun fußfrei in erster Reihe. Betrachtete trotz des Gedränges die Frau mit einer Intensität, als hätte sie den Auftrag, eine Kopie der Frau und des Kindes und der Spaghetti herzustellen, um sie dem allgemeinen Vergessen eines in naher Zukunft liegenden Weltuntergangs zu entreißen.

Was sie sah:
Die linke Hand der heiligen Teresa. Ihren linken Fuß.
Den kleinen Finger ihrer linken Hand, ihren Mund.
Wie das Pfeilkind den Umhang der Teresa nahm, auf der Höhe ihrer Brust.
Lider leicht und schwer. Halbschlaflider. In sich gekehrt.

Lillys Schauen wurde erst unterbrochen von schrillen Marillerufen zweier Nonnen. Der Bus warte seit einer halben Stunde, wenn sie nicht in fünf Minuten zurück seien, komme die berittene Polizei. Gesehen hatte sie Lilly nie, nur gehört. Schreckliches Gewieher. Bedrückendes Klirren von Hufen, die keine Eile kannten.

Lilly verließ die Kathedrale über die Mitte des Mittelgangs. Niemandem, auch nicht den würdenreichen Personen, wich sie aus, die sich dort eben im Gebet um eine Sargtruhe versammelt hatten. Als sie die funkelnden Gebeine der römischen Märtyrerin Victoria passierte, stand für Lilly fest, dass sie auch einmal etwas machen wollte, das strahlen konnte wie dieser Stein.

Sie bestieg den Bus, fokussierte über alle Anwesenden hinweg ihren Platz und schritt hin, eine junge Frau, die sich soeben selbst gekrönt hatte zur Künstlerin. Der Bus fuhr los. Sie kam zum Entschluss, sie wollte Bilder malen. Als man Marille Neges zu Ehren längst Retrospektiven in weit entfernten Orten ausrichtete, munkelte man in der Kleinstadt immer noch hinter vorgehaltener Hand, dass sie sich der Leinwand allein ihrer immensen Flachheit wegen zugewandt hatte. Lilly Neges – etwas entfernt noch von der Schaffung ihres riesenhaften Opus und zweier Töchter namens Linde und Birke – sitzend im Bus, nach draußen schauend, gleichzeitig tief in den Innenraum ihres großen Körpers versunken: Bilder wollte sie malen, von der Erde, nein, von der Erde und dem Himmel über dieser Erde, nur ohne Sterne, da sie deren Zerstreutheit nicht schätzte. Ein Mond, eine Sonne, das musste reichen. Der Tag und die Wolken waren Lillys größte Komplizen.

Im Badezimmer liegt das Seifenstück. War einmal rechteckig, ist jetzt oval, war einmal weiß, mittlerweile ein bisschen grau. Daneben am Waschbeckenrand eine Kugel, an die sich eine weitere fügt, an deren Ende eine fingerlange Silikonschnur sitzt. Die beginnt zu schwanken, sobald ich die Kugeln aufhebe, wie eine Antenne, die irgendetwas empfangen möchte. *Leichte Liebeskugeln. Beckenbodentraining für intensivere Gefühle,* stand auf der Verpackung drauf, die beiden Kugeln drapiert auf einer pinken Blüte. *Gewicht 55 g, hautfreundliches, medizinisches Silikon. Durchmesser 3 cm.* Wie schön es wäre, sie wären aus Marmor aus Carrara, ganz weiß und kalt. *Von altgriechisch μάρμαρος, mármaros, [glänzender] Felsblock. Eine Reihe bedeutsamer Gebäude und Kunstwerke besteht aus Marmor.*

Im Küchenfenster fliegen die Vögel im Kreis. In der Ferne, die stachelgroße Spitze des Stephansdoms. Auf dem Fensterbrett ein Apfel. Gestern hatte ich einen Gelsenstich und ich denke an die Nadel aus Hitze, die aus dem *elektronischen Wärmestift* fährt, eine Stunde später ist die Schwellung verschwunden. Ich zucke zusammen, der Garten gibt ein bisschen nach, auch der Balkon, der schwankt, ich denke an

Teresa, die Heilige, wie sie sich zurückfallen lässt. *Transverberation*, Durchbohrung des Herzens. *In der Hand des Engels sah sie einen langen goldenen Pfeil mit Feuer an der Spitze. Es schien ihr, als stieße er ihn mehrmals in ihr Herz. Der Schmerz war so stark, dass sie klagend aufschrie. Doch zugleich empfand sie eine so unendliche Süße, dass sie dem Schmerz ewige Dauer wünschte.* Ich nehme das Handy und sehe nach, *Seraph: Der Name geht auf die Wurzel* שרף*, śrp̄, »brennen«, »verbrennen«, »entflammen« zurück und wird mit »Brennender«, »Glühender« übersetzt. Die Seraphim besitzen nicht zwei, sondern drei Flügelpaare. Eines der Flügelpaare nutzen sie zum Fliegen, mit den anderen bedecken sie jeweils das Gesicht und die Füße bzw. die Genitalien.*

9

Ich mache einen Bissen. Zwei helle blaue Augen schauen mich deutlich aus dem Spiegel an. So stechend, machen mich schüchtern. Dennoch schau ich nicht weg. Mein Vater hat vor drei Wochen einen Stand für Irisfotografie am Bahnhof aufgesperrt, dort macht er jede Iris wie einen Handteller groß. Vielleicht hilft es, etwas Verborgenes in den Augen aufzuspüren. Ein Ding. Ein Bild. Oder vielleicht ist dort nichts als grüne, blaue, braune Farbe, bunte Augen folgen ihm in den Schlaf. Auch wenn er aufwacht, sind sie schon da, groß wie kleine Räder.

Ich halte meine Hand dicht an die Skizze, mustere sie mit Genauigkeit. Auf der gezeichneten Hand auf dem grellgrünen Papier ein schmaler Ring, den hab ich nicht. Die Nägel sind ganz länglich, meine eher kurz und breit. Und meine Finger sind rundlicher, weicher. Diese Finger hier sind fast zu schlank, vielleicht sind es meine Hände, bevor ich Zyprexa nahm.

Der grüne Zettel, ein Entlehnungsschein der Universitätsbibliothek. Dort hab ich meine Bücher her. *I-979.144, Magazin (ST9), Untertauchen Roman Lydia Tschukowskaja, Tschukowskaja, Lydia, aus dem Russ. von Swetlana Geier, Zürich, Diogenes Verl., 1975. Bestellt: 5. August, 16:01.*

Ein eigenartiger Kontrast. Josefs Strich nervös, die Hand so gezeichnet, als würde sie gerade erst entstehen, und daneben dieses Grün, so selbstgewiss.

Ich lege mich aufs Sofa. Meine Beine sind angeschwollen vom stundenlangen Stehen, vor allem um die Fesseln. Eine Creme aus rotem Weinlaub hat mir Irene empfohlen, nur rotes Weinlaub hab ich nicht. Neben mir das Buch. Schwarz, auf seinen Rücken ist in Weiß *Tschukowskaja* gedruckt. Ich nehm es in die Hand. Seite 86 schlägt sich automatisch auf, Radiergummikrümel liegen da versteckt. Ich schüttle das Buch. Kann mich nicht erinnern, in Chioggia etwas ausradiert zu haben, vielleicht sind diese Krümel älter, von einer anderen Person, gleich wie die Skizze von der Hand. Seit dem Urlaub hab ich es nicht mehr aufgeschlagen, es fällt mir schwer, mich zu konzentrieren, eine Seite zu lesen und die gleiche Seite gleich nach dem Umblättern noch einmal zu lesen, weil ich mich an nichts mehr erinnern kann, meine Augen fliegen über Zeilen, aber meine Gedanken sind nicht da. Schwierigkeit, den letzten Satz zu finden. Und wieder blättere ich eine Seite zurück und beginne wieder von Neuem an einer mir vollkommen unbekannten Stelle. Ich lege die Hand an meine Schläfe und halte mir grüblerisch die Stirn, so theatralisch wie auf einer Bühne, kann schon Scheinwerferlicht, die Blicke fremder Menschen spüren, die starren auf mein glänzendes Gesicht, klebt klebrig wie nach jedem Dienst. Will in eisigkaltes Wasser springen und schweben. Nur eine Sekunde oder zwei. Fühl mich so schläfrig.

Die Sonne, ja. Die Sterne hingegen, die mochte Lilly nicht.

Ihr Mann Ebner Feldner sagte später, alle Sterne sind Sonnen, aber Lilly lachte nur überheblich und hörte nicht hin, weil sie bereits einige Jahre vor ihrer Trennung in einem für sie einigermaßen komfortablen Sicherheitsabstand zu ihm Stellung bezogen hatte. Ebner Feldner charismatisch, nicht nur auf der Universitätssternwarte war ihm das gesamte Personal verfallen, wohin er ging, Wege gesäumt von unschuldigen Charmierungsopfern; er richtete in einer vollendeten Mischung aus Unschuld und Berechnung schönste Verwüstungen in Menschenseelen an, beherrschte besser noch als stundenlange Monologe über besonders sonderbare Auffälligkeiten der Sterne der Cepheiden-Klasse das unsterbliche Kunstwerk eindeutig uneindeutiger Kommunikation. Einem schwarzen Loch gleich stand er im Mittelpunkt von allem. *Objekt, dessen Masse auf ein extrem kleines Volumen konzentriert ist und das infolge dieser Kompaktheit in seiner unmittelbaren Umgebung eine so starke Gravitation erzeugt, dass nicht einmal das Licht diesen Bereich verlassen oder durchlaufen kann.* Wurde Lilly nach Bekanntgabe ihrer Verlobung von zahlreichen Frauen ebenso herzlich beneidet wie bemitleidet, standen ihrer Mutter Josefa von Anfang an die Haare zu Berge. Sie haderte damit, dass Lilly, siebzehn, verwöhnt von frühem Ruhm, bei der selbstgewissen Überquerung der Straße Ebner Feldner schlendernd aus ihrem Weg gerammt hatte und ihn auch nach dieser heftigen Berührung noch ignorierte, ein ihm ungewohntes Kommunikationsmuster, das Ebner Feldner interessierte. Er taxierte Lilly. Körperliche Vorzüge: Die schönste Hüfte der Milchstraße, nein, der Lokalen Gruppe, nein, im gesamten Virgo-Superhaufen. Daneben: Rätselhaft ungeschminktes Gesicht, versehen mit absonderlich dunklem Lippenstift. Er veränderte seine Richtung, sprach sie an und war der jungen Frau gänzlich verfallen, als er erfuhr, dass sie entfernt verwandt mit einer der vier Nonnen war, die im Auftrag des Vatikans die Sterne für die *Carte du Ciel (französisch: Himmelskarte)* katalogisierten. *Ein sehr ambitioniertes, aber nicht ganz fertiggestelltes internationales Projekt zur Vermessung der Positionen von etwa 2 Millionen Sternen bis zur 11. Größenklasse und zur Erstellung einer fotografischen Himmelskarte bis zur 14. Größenklasse.* Josefa versuchte mit fintenreichen Anstrengungen, die beiden auseinanderzubringen, denn sie hatte gehört, Ebner Feldner sei seit einer ersten Winterromanze im Alter von vierzehn Jahren unrettbar verloren an die Flüchtigkeit einer jeden Sache, insbesondere der Liebe. Die Liebe sollte da sein für Ebner Feldner und sollte weg sein im gleichen Moment, das war seine bedingungslose Hingabe an das Nichts. Das All. Aber nichts nützte. Josefa resignierte. Ebenso wie Ebner Feldner, der sich wegen vollkommener Überforderung nicht anders zu helfen wusste, als Lilly, nunmehr siebzehneinhalb Jahre alt, zu ehelichen. Hier hatte ihn jemand übertölpelt, so fühlte es sich an. An einem Sonntagmorgen bewarb sich Ebner Felder bei Ackermann um Lillys Hand. Ackermann summte, Josefa blies an jenem Tag mutwillig alle Kerzen in der Kirche aus und wurde mit Ebner Feldners Einberufung, nur vier Monate nach der Hochzeit im Frühjahr 1939, zu einer berüchtigten Befürworterin des Zweiten Weltkriegs. Jedoch: Ihr Schwiegersohn kehrte, wenn auch versehen mit metallischer Nase, zurück. Da war sie schon lange nicht mehr für den Krieg.

Ebner Feldner hielt geheim: Im Feld hatte er Lieder gehört. Um genau zu sein: eine Melodie. Zum ersten Mal bei einer streng geheimen Aufklärungsfahrt im äußersten Westen Polens. Drei Frauen tanzten in weiter Stille auf dem Acker, in seinem Kopf dazu erbarmungslos: Musik. Die verschwand. Kehrte wieder. Beim Überspringen eines seichten, aber breiten Baches. Als er Fleisch kostete, das verdorben war. Dieser Osten, der tat ihm nicht gut.

Er bat um Versetzung nach Frankreich. Paris! Jedoch wirkungslos. Mitten in der Stadt der Liebe schoss ihm eine Kämpferin der Résistance ein Stück der schmalen Nase ab, was sie selbstverständlich mit ihrem Leben bezahlte. Von Ebner Feldner persönlich auf besonders liebenswürdige Weise exekutiert, bei der er sich beinahe vollkommen sicher war, dass die Frau, die springende Locken und nicht das geringste Lächeln für ihn im Gesicht hatte, es nie vergessen würde. Er selbst dachte noch recht oft an sie, da sie ihn endgültig zu einem Doppelgänger seines großen Vorbildes, des unsterblichen Astronomen Tycho Brahe *(die Supernova von 1572, der Komet von 1577, die verbesserte Bestimmung der Länge des Jahres, das er auf 365 Tage, 5 Stunden, 48 Minuten und 45 Sekunden ermittelte – die Differenz zum heutigen Wert beträgt weniger als eine Sekunde)* gemacht hatte, dem bei einem Säbelkampf im Jahr 1566 ein Stück seiner Nase wegen einer Meinungsverschiedenheit über eine Formel abgehauen worden war. *Er trug der Überlieferung nach fortan eine Nasenprothese aus einer Gold-Silber-Legierung, die er mit einer Paste anklebte.* Ebenso wie Brahe hatte nun auch mein Großvater Ebner Feldner einen Batzen Gold und Silber mitten im Gesicht, der ihm später bei Flugreisen Schwierigkeiten bereitete, zudem in den frühen 1970er-Jahren zweimal gestohlen wurde.

Erst freute sich Lilly über seine Rückkehr aus dem großen Krieg, nach Ansicht ihrer Biografin Eugenie Kahn-Miller der Beginn ihrer skulptural-ornamentalen Phase, reagierte aber nach außen hin stoisch, als Ebner Feldner nach der späten Geburt zweier Töchter Abschied nahm. War Josefa gegenüber nicht verzweifelt, eher lustig, die aber erkannte darin die markerschütternde Fröhlichkeit trauriger Leute. Um ihre Tochter zu trösten, sagte sie ihr mit großer Zärtlichkeit, als handelte es sich dabei um eine heilende Essenz, immer wieder ihren neuen alten Namen vor: *Neges.* Aber in Lillys Kopf hallte nur: *Feldner.* Es gibt ein Foto aus der Zeit: Linde spielt am Bach, Lilly kniet neben ihr. An der Hand hält sie Lindes kleine Schwester Birke, die am Ufer steht.

Lillys Kleidung gescheckt von Ölfarbe, wie fast immer. Ihr Lächeln. Gewissenhaft und trügerisch. Wenn sie an sich selbst dachte, sah sie nicht mehr verführerisch goldenes Obst, das an den dunkelsten Stellen rötlich war, sondern eine Frucht, rabenschwarz, ganz ohne Gegenwart der Nacht. Ihr Gesicht blieb jugendlich, mit wachen Augen, faltenlos, aber Ebner Feldners Weggehen hatte ihr etwas zugefügt, das davor nicht da gewesen war und sich ablagerte, eine Dunkelheit am Grund ihrer runden Wangen, die sich anreicherte wie steinige Kohle in finstren Sedimenten. Ihre Mundwinkel zeigten von nun an immerzu nach unten.

Allein die Callas hielt Lilly in der Welt verankert. Sie bewunderte sie. Ihre strahlende Eleganz. Wie sie Schmuck trug. Wie ihre Umhänge majestätisch Falten warfen. Die Schlankheit ihres Halses, die Schmalheit ihrer Schultern. Wie sie die Hände auf ihr Herz legte. Die vollendete Flugbahn der Rosen auf sie zu. Unsummen gab Lilly aus für Reisen nach Paris, London, New York. Von Mexico City brachte sie eine Schallplatte mit, die Norma von Bellini, in der Aufnahme vom 18. November 1952, Royal Opera House, Covent Garden, London. Die hütete sie wie den Heiligen Gral. Aufbewahrungsort: Schlafzimmerkommode, oberste Schublade links. Manchmal kam es vor, dass Lilly die Aufnahme beim Bügeln spielte und tanzte, die Hände voller karierter Taschentücher, sich drehte, die Taschentücher flogen voll Langsamkeit um sie herum. Die große Callasliebe meiner Großmutter wurde allein dadurch getrübt, dass sie nicht gänzlich sattelfest im Umgang mit einem solchen Tonträger war. Das Bügeleisen in einer Verschnaufpause auf die Schallplatte stellte, die doch einer Herdplatte so ähnlich war. Als klar wurde, die Aufnahme, die ihr so viel bedeutete, war nirgendwo mehr aufzutreiben, da zerstörte sie das Bügeleisen, aus Rache.

Verbitterung. Bis Birke auf dem Flohmarkt eine CD mit der vermissten Aufnahme fand. Sie wurde Lilly aufgeregt von Linde und Birke präsentiert. Von Lilly zehn Jahre nach der Schallplattenzerstörung mit größter Andacht wieder gehört. Die Hände im Schoß gefaltet, Kopf schwer Richtung Brust gesunken, Augen offen oder geschlossen, das wusste niemand, nur um ihren Mund herum sah es so aus, als würde sie in den Himmel ihrer Mutter Josefa schauen, ekstatische Teresas, heiteres Geflügle. Friedlich war sie bald darauf entschlafen.

Das Bild vom Meer ist dunkel.
   Mein Körper liegt verkehrt herum.
   Das Sofa ist kein Sofa, ist ein Bett.
   Da das Kissen, hier die Wand.
   Hab noch alle Sachen an.
   Socken. Jean, Pullover und darüber das rosa Blumenhemd. Das trag ich Nacht für Nacht, seit Tagen.
   Ich liege still, die Augen sorgsam geschlossen,

schnell werde ich wieder schlafen, tief schlafen, und mach dann doch alles zunichte mit einem Namen, den ich plötzlich sage: *James.* Das sage ich, obwohl ich nicht will, sage es in dem Moment, in dem ich vielleicht schon beinahe wieder eingeschlafen bin.

Ich betrachte das Muster der Bettwäsche. Streifen. Schau auf den leis im Dunklen schimmernden Spiegel über mir. Auf die Wand zu meinen Füßen. Wenn ich die Zehen strecke, berühr ich ihr kühles Marianengrabenblau. Kommt mir wie dem Ozean entnommenes Wasser vor, mit Gelatine fest gemacht. Enthält Wale. Megalodons, Seepferdchen in hoher Zahl und einige Kalmare. *Architeuthis dux, verfügt über Leuchtvermögen (Biolumineszenz).* Ein jeder seiner Arme gefüllt mit Licht, dass es im Finstren nur so sirrt. Passt gut zum kleinen Stern, der an der Decke klebt. Ist neu. Josef muss ihn befestigt haben, der strahlt ein dumpfes Licht. Fünf Zacken Plastik, ich dreh mich herum. Schau Josef an. Der schläft, ein bisschen murmelnd.

Josef, sag ich.
Keine Antwort, tiefes Atmen.
Wo hast du ihn her?
Murmeln. Geschäftig bohrt er in der Nase.
Josef, raune ich und rüttle fest an seiner Schulter. In meinem ersten Wiener Zimmer hatte ich solche Sterne in Schwärmen an die Decke und an die Wände rund um mein Bett geklebt, ohne System, vor zwanzig Jahren kannte ich mich noch nicht so gut mit

ihnen aus wie jetzt. Im Licht luden sie sich auf, die Dunkelheit danach übersät von fünfzackigem Glimmen, so wie echte Sterne fast. War meine liebste Beschäftigung, da unter ihnen auf dem Bett zu liegen.

In meinen Ohren leichter Druck, wie von Wasser verstopft, und ich beutle den Kopf, dass eine Haarsträhne fliegt, aber es ändert nichts, das Wassergefühl verschwindet nicht. Meine Füße fühlen sich sandig an, als wäre ich über einen Strand gelaufen. Das Leithagebirge: dichter Wald, der wächst auf einer Düne, die früher am Grund des Meeres lag.

Ich leg den Kopf schief, versehentlich berühr ich Josef, der reißt die Augen auf und schaut mich an, als wär er überrascht, mich hier zu treffen.

Wo sind sie?

Was?

Die Sterne!

Was?

Die restlichen.

Schlafen, sagt Josef.

Mit Josef ist nichts anzufangen.

Nach einer Weile sagt er, Stimme heiser: *Die sind im Keller.*

Ich klettere über ihn.

Was machst du?

Ich gehe in den Keller.

Bleib da, raunzt Josef und greift in eine Richtung, in der ich schon nicht mehr bin.

Bin schnell.

Unterhalb der Stockwerkskreise befindet sich ein Schlüsselloch. Da drücke ich den Schlüssel rein. Tiefer als das Erdgeschoss, bis in den Keller fahre ich.

Das Schlüsselchen vom Vorhängeschloss hab ich in meiner Faust, ist winzig, hätte es keine Zähnchen, mit denen es mich beißt, ich würde es nicht spüren, so leicht ist es und flach.

In meiner anderen Hand: das Radio. Wie einen Korb halte ich seinen Henkel und stelle mir vor, es ist ein heller Nachmittag auf dem Brunnenmarkt. Nur kann ich es nicht ganz vergessen: Bin nicht geblendet von der Sonne, weißlich scheint das Kellerlicht. Vor mir der Gang, gesäumt von nummerierten Verliesen, kreidige Zahlen auf Holz gekritzelt, 2 und 14 und gleich daneben 9 und immer so weiter, nach einem System von wirklich größter Undurchschaubarkeit. Mäuselaufen. Erst führt der Gang geradeaus, bis er sich an einer Stelle tückisch teilt, kann mich nicht erinnern, wie ich gehen soll.

Ich bin nur selten hier. Meistens schicke ich Josef, aber Josef schläft, weil es ist Nacht. Ich überlege. Vielleicht hat er hier unten bloß deswegen keine Angst, weil es bei ihm zu Hause auch so leise ist. Ihm ist die Kellerstille ganz vertraut. Sein Vater ist Juwelier, sein Großvater wars und auch schon der Vater von dem. Im Ort sind ein Platz und eine Straße nach der Familie benannt. Fluriplatz, Fluriweg. Vielleicht ist es in Josefs Haus immer schon so ruhig gewesen, damit man das Klickern der Diamanten besser hört. Selbstgemachtes Gelee, blau wie polierter Lapislazuli. Der Gugelhupf, in unechter Präzision aus der Form gekippt, mit Puderzucker markiert, dass man sich ihn nicht als riesengroßen Schmuckstein an den Mantelkragen steckt. Das Wasser unter der Brücke im Bach funkelt kalt wie Diamant. Im Hintergrund sorgsam drapiert die Berge, der höchste von ihnen ist der Ortler, auch der ist voller Edelsteine.

Man kann bei ihm zu Hause im Wohnzimmer sitzen und lesen, mitten in der Mitte des Hauses, und von nirgendwo Lärm, sodass das kleinste Hausgewisper hörbar wird. Waschmaschinenpiepsen. Holz, das sich dehnend knackt, weil die Sonne darauf fällt. Eine einzelne Fliege. Kurze, grundlose Kaskade von Tropfen, die vom Wasserhahn ins Waschbecken hinunterfällt. Dort in der Küche hängen die Fotos von allen an der Wand. Kleine, mittelgroße, riesig vergrößerte Fotos in bunt, manche schwarzweiß. Ein Mosaik aus den Gesichtern von Josef, Josefs Bruder Georg und dessen Frau. Vater, Mutter, im Profil vor einem Berg. Es gibt auch eines von mir. Es wurde auf Georgs Hochzeit aufgenommen, mein Kleid ist blau, das Foto lehnt an der Lehne der Bank, ist nicht befestigt an der Wand.

Das Kellerlicht, das knipst sich aus. Ich weiß, ich stehe mit festen Füßen in einem schwarzen Schacht, nur hat der in dieser Finsternis all seine Ränder eingebüßt. *Blue,* denke ich, *blue, blue,* murmle ich und lehne mich an die Mauer. Ein wenig zu verschnaufen. Ich sehe nichts und niemand sieht mich, *blue,* nur der

Keller atmet deutlich. *Blue*, sage ich, so langsam und beruhigend, und streichle über die Wand wie über die Nüstern von einem riesengroßen Pferd, das schnauft und schnauft, emsiger ist nur die Nacht, die drückt sich dunkel in den Keller, wetzt das Holz der Türen ab, bis sie grau sind und voller Splitter, die Finger stechen, sobald man sie berührt.

The shade was originally named after the color of the ionized air glow produced during electrical discharges. But it's now also considered a representation of the color of lighting, electric sparks and any vibrant blues that are metaphorically »electric«.

In meinen Ohren leises Knistern. Theresa Neges will das nicht. Diese Geräusche. Leise Signale, Stimmenstückchen. *Blue*, flüstere ich, vielleicht hilft es, *blue*, sag ich, möchte die Ruhe beschwören, die mir diese Geräusche hier zerstören. Leises Gewirr, wird lauter um mich, und ich höre ganz deutlich, dass ich jetzt umkreist bin von einer Stimme wie von einer schmeichlerischen Mücke.

Blue, sage ich, es antwortet ein Kreischen:

So heiß ich nicht!

Blue!

Du bist wirklich die Allerletzte hier, die es noch nicht verstanden hat, Darling. In welch unheilbarer Finsternis du haust! Immer noch Mittelalter, was?

Blue, sag ich.

Die kennt mich nicht! Das muss man sich einmal auf der Zunge zergehen lassen. Haha!

Verzeihung.

Ich bin so hübsch! Wie ich mich dreh, hui, hat sie nie gesehen, na ja. Soll mich nicht kränken. Lohnt sich nicht, pfui, ausspucken möchte ich. Es folgt ein Kichern. *Hab ja keinen Mund. Ich bin so schön, so schön bin ich, in dieser großen Leere, nichts als ich!*

Ich drücke auf Play. Zuerst schlingernd, das Drehen der CD. Die ist alt und stolpert, ein kurzes Rütteln hilft. Maria Callas, *Greatest Hits*. Nummer eins, *Tosca, Vissi d'arte,* ich springe ein Lied weiter, zu *Carmen, Habanera*. Eine Glocke aus Streichern, die mich rasch umhüllt, und dann schon Callas, die aus voller Kehle singt. *L'amour est un oiseau rebelle, l'amour! L'amour! L'amour! L'amour!,* skandier auch ich, so laut, da fehlt von dieser schrillen Stimme auf der Stelle jede Spur. Ist wie ein Balsam, der mein Herz, das schnell geht, ganz eingeschlafen macht. Ich hocke mich auf den Boden und höre zu, wie Callas singt. Es geht um einen Vogel.

10

Die Sonne ist schon aufgegangen, die Wände sind jetzt deutlich blau. Ich liege im Bett und rühr mich nicht, stehe nicht auf, obwohl ich aufstehen will. Die Decke ist von mir gerutscht, wärmt aufmerksam den Boden, das stört mich nicht, da ich meinen Wintermantel trage. Bisschen staubig, bisschen feucht, ist mir egal, mir ist jetzt warm. Liegen möchte ich bleiben. Muss arbeiten.

Josef schläft. Ich greife über ihn zu den Beckenbodenkugeln hin. Ziehe mir die Hose aus und führe sie ein, erst die erste, dann die zweite, und beginne mit dem Training. Anspannen, entspannen, anspannen, während die Silikonschnur aus meiner Vagina ragt und munter hin- und herpendelt, als wäre etwas in mich hineingeschlüpft, aus Neugierde, das einen Schwanz hat, aber kein Mann, sondern eher eine Maus.

Josef: *Kannst du das nicht ein bisschen später machen, bitte.*
Theresa: *Nur noch drei Minuten.*
Wieso machst du das eigentlich?
Du solltest das auch machen.
Wie denn?
Ich bin gleich fertig. Schau doch einfach weg.
Wieso hast du den Wintermantel an?

Ich war im Keller.
Wann?
Vorher. Ich habe gefragt, ob du mitkommst.
Ich hab geschlafen.
Eben.
Warum hast du mich nicht geweckt.
Du hast geschlafen.
Bitte, muss das sein? Der Mantel ist schmutzig.
Ja.
Hab keine Lust, mich zu unterhalten. Die Schnur aus Silikon, die wackelt. *Mach nicht solche Glotzaugen*, sag ich zu Josef, der augenverdrehend schaut, als ich über ihn hinweg aus dem Bett steige und die Kugeln im Badezimmer unters Wasser halte. Da reibe ich über das Silikon, leichter Widerstand, so, wie über Haut zu fahren, glatt und nicht glatt gleichzeitig. Am Waschbeckenrand lass ich sie liegen.

Morgenjournal. Der Schneeberg brennt. Flüchtende Rehe, Hirsche, Lerchenvögel. Im Bericht danach erwähnt die Sprecherin Beteigeuze. Er kommt nicht oft ins Radio. Ein Irrsinn, andauernd müsste man von ihm berichten, da die Unerheblichkeit des Erdenbrösels im Vergleich zu diesem Überriesen kaum zu überbieten ist. Ich presse das Radio an mein Ohr, *nach der Verdunkelung Beteigeuzes Stabilisierung des Zustandes. Beteigeuze pulsiert*, sagt die Sprecherin, *korrekt*, erwidere ich, worauf sie, durch meinen Kommentar verunsichert, allerlei Eigenschaften Beteigeuzes im Durcheinander aneinanderreiht, die spricht zu schnell, was spricht sie so schnell, *das sollten Sie noch etwas üben*, sage ich mit meiner freundlichsten Stimme, worauf die Sprecherin schweigt, sie spielt ein Lied, mein Kopf ist leer vor Müdigkeit. Durchsichtig kommt mir die Schädelschale vor. Da kann man leicht hineinschauen in mich und alles sehen als außenstehende Person, da taumeln und rasen gut sichtbar meine Gedanken. Auf manchen steht Theresa Neges drauf.

Ich mache zwei Stöße vom Parfum in die Luft. Kleines durchsichtiges Gestöber, das betrete ich. Rieche verstohlen an meiner Schulter, so unauffällig, dass mich meine Augen nicht ertappen. Seitdem ich Zyprexa nehme, rieche ich anders. Da halte ich inne. Beinahe hätte ich vergessen, dass ich es ja nicht mehr schlucke, und drücke ein paar Tabletten aus der Packung, nur für Josef, die schmeiß ich aus dem Fenster, schon prasseln sie regengleich durch alle Blätter.

Ich schminke mich. Ich nehme nicht viel, nur ein wenig rotorange Farbe, und summe ein Lied, gerade laut genug, dass Josef es hört und sich beruhigt fühlt, *Blue, blue, electric blue,* nur für ihn, und suche die Schuhe, finde sie nicht. Draußen im Flur ein Rascheln.

Ich schaue durch den Türspion. Von der Linse gestaucht das Nachbarskind. Vorsichtig öffne ich die Türe.

Hallo, sage ich. Staub schwebt im Licht.

Hallo, sagt das Nachbarskind.

Musst du nicht in die Schule?, frage ich.

Bist du wirklich verrückt?
Wieso?
Es ist doch viel zu warm für den Mantel.
Das ist ein Kältemantel. Der kühlt, weißt du?
Das glaub ich dir nicht.
Aber es ist die Wahrheit.
Musst du nicht arbeiten?, fragt das Kind.

Ich bücke mich. Von irgendwo drückt ein Gewicht.

Weißt du, wer wirklich verrückt ist?
Wer?
Mein Freund. Komm mit! Ich nehme das Kind an der Hand. Wir stehen im Gang und schauen aufs Bett, das unbewegt im Schlafzimmer steht. Darauf liegt Josef in Unterhosen ausgestreckt.

Das ist Josef. Sag mal Josef.
Josef.
Lauter.
Josef!
Geh mal näher ran und ruf es ganz laut in sein Ohr.
Josef!

Josef schreckt auf, wie da Theresa Neges lauthals lacht, diese Überraschung ist ein Erfolg.

Was zum Teufel?, ruft Josef.

Da renne ich mit dem Kind an der Hand wieder aus unserer Wohnung raus und werfe die Tür hinter mir krachend zu. Da bereut Theresa Neges allerdings, dass sie keine Schuhe trägt.

Siehst du? Ein totaler Spinner.

Josef!, ruft das Kind ganz aufgeregt, wiederholt seinen Namen einmal, zweimal, bis die Nachbartüre geöffnet wird. Da steht die Mutter.

Was machst du hier draußen? Komm schnell her, geh dir die Hände waschen. Was machen Sie mit meinem Sohn? Geht es Ihnen gut? Ihr Blick bleibt skeptisch hängen an meinen bloßen Füßen.

Mama, ich will –

Sei still und geh jetzt rein. Die Frau hat sich im Wetter geirrt. Vielleicht bekommst du ihn am Wochenende, da ist Wintermantelwetter, aber jetzt komm.

Das Kind verschwindet, Josef reißt von innen unsre Türe auf.

Sag mal, gehts noch?, sagt er. Bestaunt beflissen meine roten Wangen.

Ich schiebe mich an ihm vorbei wieder in die Wohnung rein. Streife den Wintermantel ab, in dem ist mir viel zu warm! Weg muss der. Ziehe stattdessen wieder Lindes grauen Mantel und die Schlangenschuhe an. Auf meinen Glaskopf kommt eine Kappe, die ist von meinem Vater, *Der Bürgermeister* steht auf sie gedruckt. Bevor ich gehe, dreh ich mich noch einmal um und zische laut, dass Josef auch den letzten meiner Gedanken kennt: *Du bist ein Spinner. Jetzt hab ichs endlich verstanden.*

11

Die Treppen hinunter, auf den Platz hinaus, in einer schnurgeraden Linie alle Straßen entlang, da ist das glatt geschliffene Zeitungshaus, Schwedenbrücke, Donaukanal, durch die Innenstadt, begegne nur wenigen Leuten, dennoch stoße ich in der Rotenturmstraße mit einem Mann zusammen. Fünfunddreißig Minuten brauche ich von unserer Wohnung ins Café. Ich sperre auf. Es fröstelt mich. Riesig ist der Schlüssel und aus wirklich altem Metall, drei Zacken als Bart und hinten ein Ring für einen Schlüsselbund, dem er vor langer Zeit abhandenkam. Ich drücke die Türe auf, schließe hinter mir gleich wieder ab.

Stille. Zwischen den Stühlen und den Tischen mit den kühlen Marmorplatten. Auf einem Tisch steht ein Strauß weißer Lilien, ziemlich exakt in der Mitte des Cafés. *Die Lilie gibt es in allen Farben, nur nicht in Blau.* Sie mögen Schatten, niemals soll man sie der Sonne aussetzen.

Da ist ein Stuhl. Ich nehme Platz. Ganz schön bequem. Noch nie war ich hier im Café allein. Reib mir die Hände. Halt sie nah an den Ofen. Der ist ganz kalt, in dem ist gar kein Feuer enthalten. Dennoch: heiße Stirn. Hab ich Fieber. Bin ich durstig. Frag ich mich, Lillys Kassettenstimme im Kopf. *Mercury, the Winged Messenger.*

Ich atme. Frost sitzt in diesem Boden, direkt unter dem Parkett. Die Augen öffne ich weit, zur Sicherheit. Nicht einschlafen in dieser Kälte, da wach ich nimmer auf.

Jemand ist erfroren. Eine Frau. Josefas Cousine. Nicht alt, nicht jung. Ihr Gesicht ein Gerücht. Name: Emilia Finardi. Sonst weiß man wenig. Nur: Sie trug eine Tracht. Kopftuch, Schultertuch, langer Rock. Eine Nonne, die außerordentlich gut rechnen konnte. Das war die, die die Sterne zählte für den Papst. Gemeinsam mit drei anderen. 481 215 Stück Stern in elf Jahren.

Mitten in den Bergen, früher Abend, Emilia Finardi sieht die Pflanze. Mattes Grün und rote Blüte. Feuersalbei. Wie das sein kann, mitten im Winter. Den will sie holen. Sie ist sich sicher, jetzt im Nachhinein, ein Feuersalbei ists gewesen. Sie geht zurück, schaut nicht auf den Weg, schaut neben ihn, da stürzt sie. Liegt da so verbogen, dass sie nimmer aufstehen kann. Bläulicher Erdboden, interessant. Alter Schnee, ganz grau und hart. Sie hat sich etwas mit dem Bein getan. Und mit diesem Rücken vielleicht auch. Aus dem kommt nicht die geringste Bewegung raus.

Glasklares Rascheln in der Luft. Schneeflocken. Eine auf ein Büschel Gras. Schmilzt. Eine auf die Spitze ihres Schuhs. Schmilzt. Eine auf die Eishaut einer Lacke, erstarrt. Sie schließt die Augen. Später: starker Schneefall. Den schaut sie so von unten an.

Die Flocken rollen sich wie auf einer Spule ab. Laufen über die Wangen wie Tränen von jemand andrem.

Sie beginnt zu schreien. Es schneit so stark und ihre Rufe sind so groß, die bleiben hängen zwischen den Flocken. Sie ruft, bis ihre Stimme dünn wird, bricht, und dennoch macht sie weiter, wie ein krähvogeliges Tier. Sie möchte, dass sie jemand hört, irgendwer, weil sie will leben. Sie möchte atmen mit den Lungen und Greifen mit Händen und das Herz soll ihr schlagen von innen gegen die Brust.

Ihr liebstes Wetter ist der Sturm, der keine Wolken treibt. Ein klarer Wind.

Sie betet rollend wie ein Mühlrad mit ihrem raschen Mund. Ihr Körper, der betet immer weiter, betet gut, fleht um sich selbst und um sonst nichts, ihr Mund sagt, *nada te turbe, nada te turbe, nada te turbe,* wie aufgezogen, und langsamer, *nada te espante, todo se pasa, Dios no se muda.* Sie ist ins Kloster gegangen wegen der Bücher und wegen der Sterne, wegen sonst nichts, sie will keine Erlösung, sie möchte bleiben. Man muss sich selbst lassen können, hat ihr jemand einmal gesagt. Ob man atmet, ob man nicht atmet, es ist das Gleiche, es ist ihr unverständlich, sie schläft ein.

Zuerst schneidend, die Füße. Die brennen. Die rechte Wade kitzelt. Das linke Bein ist freundlich taub.

Nie mehr wieder wird sie Sterne zählen.

Das macht sie wütend. Dies ist eine Ungerechtigkeit.

Wie wird der Tod sein. Unterirdisch glänzender Schiefer. Lichter von Bergkristallen, Quarzen. Wie wird das Sterben sein. Lautloses Sinken. Oder doch viel Knirschen grabender Schaufeln. Der Schnee kommt ihren Augen immer näher. Der schmilzt nicht mehr von ihren Wimpern weg. Immer zärtlicher nimmt sie den Schnee wahr als etwas zu ihr Gehöriges. Ihre Adern, die sind winzige, eisig blaue Flüsse. Gefrieren knisternd. Und ihre Gedanken sind schwer, verlieren alle Schnelligkeit. Welch schöne Muster der Frost ihnen gibt. Wie von Zauberhand sind sie zu Kristallen gereiht.

Der blaue Habit ist kaum noch blau, ist weiß, sie sieht an sich hinunter, man sieht sie fast nicht mehr. Nicht von Schnee bedeckt, von Schnee durchdrungen ist der Stoff, der sie umfängt und auch den Stein und auch die Welt, die gesamte. Der Schnee, Teil ihrer selbst. Die Schneewehe, ihr Umhang. Der Abhang ihr Kleid. Die Innenseiten ihrer Handflächen riesig, wie weiße Landschaften, die Ebene, die Berge, damit berührt sie alles. Und ein jeder, der sich bewegt auf der Welt, den spürt sie mit winzigen Schritten über ihre Hände, über ihren Körper gehen. Ist so ein federleichtes Kitzeln.

So still ist es. Kein Murmeln, Zeitungsrascheln, keine Tassen, die zaghaft auf Unterteller tippen. Ich steh auf und dreh mich im Kreis und horche, wie das Bodenknarren im Parkett versickert, atme diese Stille ein, in der plötzlich Schritte sind. Deutlich. Die kommen von den Hinterzimmern. Gefroren steh ich da. Wieder ein Schritt, und noch ein halber, ganz langsam. Ich reiß mich los. Rasch in die Küche, dort ist die Lade mit den Messern, das größte nehme ich heraus. Als ich klein war, lernte ich mit Taygeta fechten, vielleicht hat es sich gelohnt. Schwerschrittig wie mehrere Männer setz ich mich in Bewegung, da hör ich jetzt selbstverständlich keinen Mucks, wundert mich nicht, da würde auch ich mich fürchten, ich trete die Türe zu den Hinterzimmern auf.

Hast du heute Dienst?

Da ist das Lager und vor dem Lager steht der Chef.

Heast, tu sofort das Messer weg!

Was?

Das Messer!

Ach so, sag ich und lach ein schönes Lachen, *bling.*

Tamara?

Verzeihung.

Leg jetzt endlich das Messer weg. Sonst werde ich fuchsteufelswild!

Könnten Sie bitte höflicher mit mir sprechen?

Auf der Stelle! Weg damit! Nicht da! Weg da. Das Messer werden wir hier nie wiederfinden, denkst du, wir haben die zum Saufüttern. Da. Nimm es und leg es zurück in die Schublade.

Ich kann es so nicht nehmen.

Dann so hier, bitte. Und was ist das?

Die Kiste mit den Äpfeln.

Irene: *Braeburn, säuerlich, für gedeckten Apfelkuchen wie gemacht. Grüß Gott! Was macht ihr denn für einen Bahö.*

Chef: *Nein, ich meine, was is das!*

Theresa: *Das sind sieben Orangen.*

Chef: *Was machen die in der Apfelkiste? In solch einer seltsamen Form? Mutti, hast du gesehen, wie die mit dem Messer?*

Irene: *Hast dich gefürchtet, Lausbub.*

Chef: *Mutti, mich reizt das bis aufs Blut!*

Irene: *Sagst du jetzt erst einmal guten Morgen, Frau Irene. Servus, Theresa, jetzt hätt ich dich fast nicht erkannt mit deiner Kappe. Hab ich dich heute überhaupt eingeteilt?*

Theresa: *Glaub schon.*

Ich nehme das Messer und laufe nach vorne. Sieben Orangen, arrangiert wie die Plejaden, am berühmtesten auf der Himmelsscheibe von Nebra. *Kreisförmige Bronzeplatte mit Applikationen aus Gold, die als die älteste bisher bekannte konkrete Himmelsdarstellung gilt. Wird auf 3700 bis 4100 Jahre geschätzt. Gefunden wurde sie am 4. Juli 1999 von Raubgräbern.* Der Chef ruft mir nach: *Übrigens, wenn Gabeln wegkommen, muss das Personal sie in Zukunft selbst ersetzen, gell, ich kann es mir nicht leisten, einmal im Monat dreißig Gabeln zu bestellen.*

Ich stehe an der Bar. An einer Stelle im Fenster ist ein kleines Stück vom Himmel blau. Am Rand vom Himmelstück hängen Wolken, und während ich an der Kurbel der Spieluhr drehe, schieben sie sich über das Blau, als wären zwischen ihnen und der Spieluhr Fäden angebracht.

In der Küche flucht Irene leise, von der anderen Seite kommt Milanas Silberflirren heran. Sie nickt mir zu. *Heute mit schönem Hut?*

Irene: *Magst nicht die Kappe runtergeben?*
Nein.

Milana: *Was ist das, Theresa. Wo hast du sie gekauft, ist doch nicht schön. Schiach bist du damit.*
Ich möchte sie auflassen.

Husch, sagt Milana und zieht sie mir mit einem Griff hinunter. *Was versteckst du?*

Ich zucke zusammen und ducke mich, meine Haare glühen wie auf tausend Grad erhitzt, soll sie doch bitte ihre Hände wegnehmen und mit ihren Beinen über den Boden zur Hölle gehen. Da sind die langstieligen Gläser, die glänzen und schimmern durchsichtig, sind aus geschmolzenem Sand gemacht, können springen wie mein Kopf, fest nehme ich Milana die Bürgermeisterkappe aus der Hand. Ein wenig unsanft mach ich das, sodass sie jault. Großäugig schaut sie mich an und meinen Zorn, soll sie doch abrücken, die atmet mir die Nase voll. Mit meiner Kappe wedle ich sie fort und stolpere fast, weil mich Irene in die Küche zieht.

Irene: *Hast du schon etwas gefrühstückt?*
Ich schüttle den Kopf.

Dann mach mir jetzt bitte sofort ein Käseomelette mit viel Käse, weil ich bin sehr hungrig von gestern, vom Tanzen, das teilen wir uns.

Durch das Fensterchen im Deckel beobachte ich,

wie sich die gelbe Masse aus Ei und Käse und Schlag ganz langsam hebt. Milana kommt, vom Duft gelockt.

Theresa, Tisch drei.

Jetzt muss ich weg, suche den Tisch. Da sitzt jemand. Leere Tasse, leerer Teller. Serviette zerknüllt, Dessertgabel fehlt.

Geben Sie bitte die Gabel wieder her.
Wieso, ich habe keine Gabel.
Aber die Gabel fehlt auf dem Teller.
Hier, da schauen Sie in den Taschen. Da ist keine Gabel drin. Greifen Sie!
Ich möchte nicht. Aber geben Sie jetzt die Gabel her. Ich brauche die verdammte Gabel. Ich muss sonst eine neue kaufen.

Chef: *Was ist hier los? Theresa, mir reichts für heute. Nimm die blöde Kappe ab oder du kannst heimgehen. So servierst du nicht in meinem Lokal, verstanden?*

Die muss bleiben.
Gut, dann verschwind.
Bin ich jetzt entlassen?
Was glaubst du?

Heimlich stecke ich die Spieluhr ein und sehe, wie ein Mann das Café betritt. Ruckhaft bleibt er vor den Lilien stehen. Irene klopft mir auf die Schulter. *Nimms nicht tragisch, ruh dich aus, ich werd schon noch ein Wörtchen für dich einlegen,* das sagt sie und drückt mir noch den Müllsack in die Hand. Der ist ganz ausgebeult und dennoch leicht, in dem sind hundert flatterige Fledermäuse drin.

12

Treffen mit Linde. Bin viel zu früh.

Ich gehe durch den Park. Gespenstisch ist der. Lautlos wie in der Nacht, obwohl heller Tag ist. Leiser Wind, der blättert nervös durchs Laub. Ein paar Wolken haben sich versammelt. Tief unter ihnen ein Kiosk, da gibt es Getränke und Gebäck.

Theresa: *Eine Nussschnecke, bitte.*
Verkäufer: *Hören Sie es!*
Theresa: *Was denn?*
Verkäufer: *Diese Käfer an der Wand! Und an den Stämmen. Flügel still und Füßchen kratzen!*
Wirklich?
Horchen Sie!
Ich kann nichts hören.
Kommen Sie mit! Hier. Stellen Sie sich hier her und horchen Sie.
So?
Genau.
Gut, ich horche.
Und?
Ja! Ich höre etwas.
Ein Schaben.
Ja! Ein Schaben.
Und ein Rieseln! Horchen Sie genau! Sie hören auch ein Rieseln.

Wirklich. Ein rieseliges Schaben.
Verkäufer: *Es sind die Tiere. Sie führen etwas im Schilde. Hören Sie es? Und die Vögel! Die Katzen haben die Vögel aufgefressen. Geheimaktion! Kleine liederliche Schmusetierchen schlagen sich die Bäuche mit Vogelflügeln voll. Und wozu, frage ich Sie, wollen die fliegen lernen im Himmel, oder was?*
Theresa: *Ich weiß nicht.*
Verkäufer: *Fünf Euro fünfzig Cent, bitte.*
Ich setze mich auf eine Bank. Ziehe die Kappe tiefer. Die Nussschnecke dreht sich galaxienhaft. Elliptische, lentikuläre, irreguläre und Gezeitenarm-Galaxien. Zwerggalaxien, ultradiffuse, aber dies hier: eine Spiralgalaxie. Ich entwickle sie. Langsam, mit spitzen Fingern, voller Konzentration, bis sie ausschaut wie die Milchstraße mit nur einem Arm. Die Nussstücke, ein Mischmasch aus Sonnen und Monden und Nebeln, das sehen auch die Wolken, die haben sich über mir zusammengerottet mit Mienen, die unbeugsam und grimmig sind. *Eine einzige Cumuluswolke von etwa 100 Metern Breite und Höhe hat ein Gewicht von fünf bis zehn Tonnen.* Ich zieh den Kopf ein. *Ich bin sanft*, sage ich besänftigend zu ihnen, zähle sie unauffällig ab. Zwanzig Stück, das habe ich mir schon gedacht.

Da bin ich einmal ausgerastet, letztes Jahr. Hab einen kleinen Notfall ausgelöst, *white clouding,* so nennt man das, wenn sie zusammenlaufen in unsrer Abteilung im AKH.

Am gleichen Tag, an dem sich Peter mit den Heiligenbotschaften in seinen Knochen aus Furcht zu ertrinken in die Badewanne übergeben hat. Die Badewanne ausgesoffen, bis er nicht mehr konnte, selbst übergelaufen ist er dann. Inzwischen weiß ich, wie man die Wolken heraufbeschwört: Speiseraum. Tische. Stühle taubenblau. Graublau der Boden. Da sitze ich und schneide aus Buntpapier einen Hasen, das Schweinchen ist für Marianne. Das geht sehr gut mit der stumpfen Schere, die eigentlich für Kinder ist. Ich schneide *zwick, zwack* und ich schaue hoch, weißer Lichtschalter auf einem hellblauen Stück Wand. Den seh ich an. Soll das eine Wolke sein? Dann Gewissheit: Wand zu eng herum um mich. Eingeschlossen bin ich in ein Zimmer, das so blau ist wie ein Himmel, das vertrag ich nicht, dieses Himmelblau sickert mir zu tief in meine himmelblauen Augen. Also stehe ich auf von meinem taubenblauen Stuhl, mit der Schere in der Hand. Mir ein wenig die Wände zu weiten. Es ist einfach. Unter der Farbe ist es weiß. Schönes, zartes, unberührtes Zimmerweiß. Das will ich freilegen, Luft soll es schnappen. Nur: Dieses Himmelblau ist listig, mit der Schere rutsch ich ab, brauch ein spitzes Messer, nur spitze Messer gibt es nicht. Also rufe ich Peter. Auch Eulalia, bei dem Namen, den sie sich selbst gegeben hat, *Eulalia!* Und ich sage: *Gemeinsam auf die Wände los!* Peter versteht mich, Eulalia nicht, Eulalia macht ein Gesicht, Eulalia macht dennoch mit. Sie ist im Kopf wattig von den Medikamenten, aber immer noch ist sie sehr stark, bis vor ein paar Monaten Chefin in einem Fitnesscenter. Wenn sie sich vor mich hinstellt, kommt niemand mehr zu mir. Also gebe ich Anweisung, *Eulalia, bleib,* und Eulalia drückt jeden ohne Wimpernzucken an die Wand. Zuverlässig ist sie, muss man sagen.

Das haben die Ärztinnen und die Ärzte und auch das ganze Pflegepersonal gesehen. Folge: Hausalarm. Ein Taster unter jedem Tisch, den drücken sie oft mit wirren Knien versehentlich, schöner, schönster Fehlalarm, mich glücklich machendes richtungsloses Durcheinander. Jedoch: Dies ist jetzt echt. Da kommen sie gelaufen auf quietschenden Sohlen, in weißen Kostümen wie Wolken, umgeben von piependem Alarmgeräusch, das mir die Trommelfelle kitzelt, und auf der Anzeige im Gang tummelt sich ein hübsches Blinken, *ALARM, ALARM, ALARM*.

Ich mag Radau. Sollen sie kommen wie aufgeregte Hühnchen auf aufgeregten Hühnchenbeinen, sollen sie rufen und zetern wie wild, es ist mir das alles lieb und recht, hab Eulalia, hab Peter, hab meine Hände, und wenn das alles nichts hilft, ist da auch noch die kleine Schere, versteckt in meinem Rücken. Mit ihr leise an der Wand geschabt. Wie die schauen, ängstlich mit Seitenblicken meine Furorkräfte überwachen. Wie die sich fürchten und sich sammeln, mich umzingeln, mich hinterlistig überwältigen wollen, mit beruhigenden Stimmen. Peter haben sie. Auch Eulalia ist eingeknickt. Da stehe ich und überschlage: zwanzig Stück wolkenweiße Personen. Mehr als ich. *Unfair!,* rufe ich, als sie mich schon an meinen Händen halten.

Das ist schon länger her. Aufregende Erinnerung an den letzten Mai.

Es ruft jemand: *Bello!* Wieder: *Bello!* Und bleibt vor mir stehen. Das macht den Tag noch dunkler, als er schon dunkel ist.

Verzeihen Sie, gnädige Frau. Ist das eine Nussschnecke?

Ja.

Ich hatte schon lange keine Nussschnecke mehr.

Ja?

Aber wenn ich Sie so sehe, wie Sie die Nussschnecke ausrollen wie eine Schlange. Dann entwickle ich eine Gier.

Ja?

Natürlich! Und ich erzähle Ihnen jetzt etwas: Zuerst, da, als ich Sie gesehen habe mit der Nussschnecke und wie Sie Ihre Finger so halten, da hab ich mir gesagt, ich kaufe der gnädigen Frau ein Nussschneckerlstück ab.

Ja?

Für mich!

Nein.

Hören Sie zu! Ich habe es noch nicht ausgesprochen! Für mich wollte ich dahergehen und abkaufen. Nun aber möchte ich es für den Hund kaufen.

Aha.

Bello, komm her da! Platz. Gib Pfote.

Dort drüben, da seh ich Linde in der Weite, vielleicht hat sie mich schon entdeckt und auch den

Mann und seinen Beißhund, wie schnell sie geht. Ich schau den Mann nicht an und schau den Hund nicht an mit seiner nassen Zunge, weil wenn der Mann mich anschaut, richtiggehend seinen Blick in meine Augen drückt, da starren meine Augen vollkommen ausdruckslos zurück. Linde kommt. Sie marschiert über die Wiener Flachheit mit ganz wundersamer Schnelligkeit, es ist zu sehen, dass ihr ein paar malerisch unter Straßenzügen begrabene Felsen fehlen.

Den Mann zischt sie an, *Hören Sie sofort auf, die junge Frau zu belästigen, oder ich ruf die Polizei.* Sie küsst mich auf die Wange links, die Wange rechts, die Wange links, setzt sich neben mich. Sie schaut besorgt, holt dann aber seelenruhig, als wären der Mann und der Beißhund nicht noch immer hier, als hätte mir der Beißhund nicht eben seinen knochigen Fuß aufs Knie gelegt, ein Stofftaschentuch aus der Manteltasche, in das sind die Initialen meiner Urgroßmutter reingestickt. Josefa Neges. Wie Ja und Nein. Und Linde nimmt das Taschentuch, poliert damit die Gläser ihrer Lesebrille, die hat nur einen Bügel.

Bitte entschuldige, die Tram hatte Verspätung.
Macht nichts.
Was will der?
Die Nussschnecke.
Du schaust ganz blass aus. Wie geht es dir?
Ich glaube, ich habe gut geschlafen.
Gut.
Josef hat mich angerufen.
Hast du abgehoben?

Ich habs zu spät gesehen.
Habt ihr gestritten?
Reden wir über was anderes, sonst geh ich.
Morgen Abend hab ich Premiere.
Weiß ich.
Filmmuseum, morgen.
Wie war es noch mit Mama?
Es ist immer das Gleiche. Birke wird wunderlich, sobald der erste Schnee fällt. Sie verlässt zwar das Haus, um im Dorf die Dorfstraße so lange hin- und herzugehen, bis sie müde ist, aber den Wald betritt sie erst wieder, wenn es Frühling wird. Dabei ist sie wegen des Schnees in die Berge gezogen.
Mama ist hin wegen dem Schatten.

Linde dämpft die Zigarette aus. Nimmt aus der Tasche einen kleinen Behälter aus Plastik, drin sind grüne Oliven vom Naschmarkt. Sie hält dem Hund eine hin.

Na, kleiner Hund?
Grr.
Koste einmal.
Grrr.
Was?! Na, hoppla! Sag, wollens den Bello vergiften?

Das ist aber freundlich, dass Sie jetzt endlich einmal mit uns sprechen. Sie sind ja richtig in ihr Telefon verliebt.

Na, na! So würde ich das nicht sehen. Immer beschäftigt, Sie wissen.

Gr.

Und jetzt habe ich etwas kommentiert und bin so richtig auf Radau gebürstet.

Grrr.

Komm, Bello, wir gehen. Die zwei Gfraster sind unsre Anwesenheit nicht wert.

Sag einmal, ist heute was seltsam?

Der Wind hat etwas. Und die Tiere. Der Nussschneckenmann findet das auch.

Wer ist der Nussschneckenmann?

Da, dort drüben. Im Kiosk. Der, siehst ihn, der mit den schwarzen Haaren und dem Hemd da, der jetzt aus dem Kiosk hinausläuft.

Was ist mit dem los?

Der läuft dem Mann nach. Dem Mann und dem Beißhund.

Er hat eine Nussschnecke gestohlen.

Wir schauen den beiden eine Weile zu. Linde isst die Oliven, sammelt die Steine in der hohlen Hand.

Mann: *Fass! Bello! Gib!*

Nussschneckenmann: *Ich bring dich um!*

Mann: *Gib ihm. Bello! Braves Hundi.*

Passant: *Es rufe jemand die Polizei.*

13

Wir verlassen den Park, die Waldgasse ist nebenan. Im Erdgeschoss eines Gemeindebaus Lindes Atelier. Ein großer Arbeitstisch. Auf dem steht eine Vase, so elegant, dass niemals eine Blume in sie kommt. Der Projektor von Bauer, P6 steht in großen Lettern auf der Oberkante. Rechteckiger Silberkörper, auf dem sitzen an kurzen Armen zwei Räder. Eines größer, das andere kleiner.

Linde verdunkelt die Fenster.

In der flachen runden Dose ist der Film. Mit der Bolex aufgenommen, sechzehn Millimeter, vierundzwanzig Bilder pro Sekunde. Linde spannt ihn ein. Wie ungeduldig sie das immer macht.

Woher hast du eigentlich die Kappe? Die ist fürchterlich.

Von Papa.

Die schaut schmutzig aus.

Das geht nicht raus.

Was ist das?

Farbe.

O.k.? Ich spiele jetzt.

An der Wand eine rechteckige Lichtfläche, wie zwei Bildschirme groß. Das Schaben des Films in den Rollen, Luftzug rattert aus einer Öffnung raus.

Zu sehen: die blaue Wohnung, in einem Winter vor ein paar Jahren. Ich lehne mich vor und sehe mich an, wie ich da sitze. Zurückweichend. Wie ich mir entgegenschaue, ganz ernst, ein bisschen schüchtern. Mein Gesicht groß. Augen, Wangenknochen, Mund. Hals unsichtbar, weil ich den Rollkragenpullover trage. Ich hatte schon vergessen, dass er in dieser Zeit mein liebster war. Mein Blick ist ernst, und wenn es nicht nur vierundzwanzig Bilder pro Sekunde wären, man würde sehen, dass ich zittere. In Lindes Filmen wird das unsichtbar, fällt klanglos zwischen die Kader hinein, die folgen so langsam aufeinander, kommen meinem Zittern nicht hinterher, das ist für die Bolex viel zu schnell.

In meinem Rücken, in der Tiefe des Zimmers: der Gang. Blick durch ihn aufs Bett. Darüber: Bild vom Meer.

Und neben mir, das weiß ich noch, ein Gegenstand. Eine winzige Requisite, die Linde dort liegen lassen hat, als könnte es ein Irrtum sein. Sichtbar nicht für die Kamera, sichtbar nur für mich: eine kleine, schwarz angemalte Schachtel. Die Kammer. Das ist alles. Wegen ihr sitze ich an diesem Wintertag in der blauen Wohnung und zittere, und Lindes Kameraauge klebt auf mir. Zu nahe, zu lange, in meiner Erinnerung sind es Minuten. Jetzt sehe ich: Es sind nicht einmal zehn Sekunden. Unendlichkeit. Hinter mir ein Schatten, der größer wird, zu einem Menschen, der sich zu mir herunterbeugt. Josefs ernste Augen. Er küsst meine Wange, sofort ist er wieder aus dem Bild, aber er lässt mich anders zurück, in einem Reflex neige ich mich leicht nach vorne und lächle, es ist unwillkürlich, wie ein Versehen, denn es dauert nicht länger als zwei Sekunden, dann ist dieses Lächeln wieder verschwunden. Und meine Augen sind wieder dunkel.

Das alles ist schon ziemlich lange her. Vielleicht in unsrem zweiten Jahr war das.

Am Anfang war ich nicht verliebt. Nicht sehr zumindest. Keine Aufregung. Mein Herz wie immer, schlägt seine Schläge unbefangen, auch in Josefs Gegenwart. Manchmal Bangen, dass das Vibrieren meines Handys schon wieder eine Nachricht von ihm ist. Gewissheit: Nur noch einmal, ein Kontakt zu viel, schon wär ich wirklich vollständig überhaupt nicht mehr verliebt. Meine Zuneigung zu ihm etwas Flüchtiges, mühselig zu Beschaffendes. Heimliches Nachdenken und Katalogisieren von Gefühlen, die ich am Anfang habe oder doch nicht habe. Es ist, wie auf mich selbst durch eine Lupe schauen, die mich mir stückchenweise zeigt, in größter Überdeutlichkeit. Kleine Kreise wie gläserne Konfetti, die ich zu keinem Ganzen fügen kann.

Hast du gesehen, wie verliebt du da schaust?, sagt Linde, und ich nicke. Ich sehe den Film zum ersten Mal. Morgen wird er im Filmmuseum vorgeführt, Linde zeigt ihn mir, dass ich mich an mein Gesicht gewöhnen kann, das auf der Leinwand riesig ist.

Die zweite Phase: ausgelöst durch eine kleine Eifersucht. Nicht wegen Wera. Wegen irgendwem.

Beginn von etwas, das Liebe vielleicht näher war. Die Dritte: Josef zieht ein. Er streicht die Wände. Farbe Blau. Phase Nummer vier, in der ich pausenlos Dinge nach Hause trage wie in einen Bau. Ich will Schuhe, will Bücher, will Platten, will alles, und Josef will beinahe nichts, nur mich. Und irgendwann, Phase fünf: die Drehung. Josef kühl. Ich, Gefühle zu stark. Verunsicherung. Mutmaßungen über Josef. Der Abstand zwischen den Worten, die er sagt, und den anderen, die er denkt.

Ich entferne mich. Gebe die Entfernung wieder auf. Wie ich mich manchmal in die Zeit der Unverliebtheit zurückwünsche. Josef wie ein schönes Steinchen, das ich sammle. So halte ich ihn zwischen meinen Fingern, ruhig, und drehe ihn, alle seine Seiten sehe ich, wie die von meinem Meteoritensplitter, an einer Seite ist er spitz. In Sibirien wurde der gefunden, Mama hat ihn mir einmal zu Weihnachten geschenkt. Der liegt in der Schublade in der Küche, dort zwischen den Löffeln. Josef vermutet, dass er radioaktiv ist, aber woher will er das wissen.

Josefs Körper, mit unverliebten Augen betrachtet: sein Hintern winzig. Was ist mit seiner Nase los. Sein Körper, als er mir andauernd fehlt: seine Augen. Hände. Seine Haare, wenn sie nach dem Waschen schon fast ganz trocken sind.

Dennoch: manchmal Sehnsucht nach der Zeit vor Josef. Noch keine Diagnose. Kein Mittelchen, das mir die Stimmung trübt. Ich studiere Mode, arbeite in einer Konditorei, betrieben von einer alten Dame, die hat jeden Tag ein Hütchen mit schwarzem Schleier auf. Kardinalschnitten. Punschkrapfen. Ich trage Ohrringe, zwei Kirschen aus Glas. Die Männer mögen das. Schnellste Episoden, dann wieder Finsternis. Erneut abgelöst von zu viel Licht. Onlinedating. Rasche Entwicklung der Angewohnheit, wildfremden Männern Nachrichten zu schreiben, voll winzigster Übergriffigkeit. Komme mir verwegen vor. Nackte Fotos zu Mittag oder Mitternacht. Zwischen den Tageszeiten gibt es keinen Unterschied. Eine kleine Aufregung, die spürte ich beim Senden. Schreibe über die Gebiete meines Körpers, an denen ich Berührung wünschte, und über die Stellen der Körper der anderen, die ich in die Hände nehmen wollte oder in den Mund. Diese Nachrichten und die Antworten auf sie, die umrissen mich mit Deutlichkeit. Da konnte ich wieder sehen, dass ich existierte, so von außen betrachtet. Meine Dunkelheit, die alles um mich in Dunkelheit tauchte wie eine wirklich außerordentlich finstere Sonne, die wurde dadurch aufgebrochen. Überall: ein feines, fernes Blinken fremder Männer.

Dann war da plötzlich Josef. Rehauge. Blitzeschlau im Kopf. Wir gehen die Ränder der Stadt entlang. Das Führen seltsamer Gespräche. Mit leiser Stimme spricht er mit den Händen. Zurückhaltend. Abneigung gegen Menschen, die laut lachen. Sagt die wichtigsten Dinge nicht. Nur weiß ich das noch nicht.

Befremden: In seiner Wohnung riecht es seltsam. Der erste Zorn: Er lässt mich warten in einem Park, fast Nacht. Über mir Gewitterwolken, auffrischender

Wind, Wut. Später sagt Josef, da hat er es zum ersten Mal gesehen.

Die Zeit der beinahe stattgefundenen Trennung.

Lanzarote, lichtlose Insel, schwarzer Sand. Von allen Seiten vom Atlantik eingefasst und nirgendwo darf man Scheinwerfer in den Himmel richten. Strenge Auflagen, unzählige private Observatorien. Ich male mir die Reise aus, monatelang. Auf Lanzarote zu sein ist so, wie Orion entgegenzugehen, Beteigeuze, prächtig, gleißend rot, mitten in der Mitte des sterngesprenkelten Septemberhimmels. Am Boden muss man sich festhalten, um nicht versehentlich in das große Glänzen zu fallen. Nur: Insgeheim hat Josef nicht hingewollt. Wusste das schon länger. Sagte kein Wort. Erst auf dem Flughafen, eine SMS auf seinem Telefon, leuchtend. Das hielt er hoch, wichtige Besprechung in drei Tagen, Verschiebung unmöglich. Erst die Vermutung, das war die Flugangst, nur die Flugangst hielt ihn zurück. Aber er wollte wirklich nicht, hatte es nur für sich behalten, um einen Umweg um einen Streit herum zu machen. Schließlich ein Kompromiss: Josef kommt mit für drei Tage, dann fliegt er wieder zurück. Noch am Flughafen sage ich es Papa am Telefon, der antwortet mir: *Der Strand dort ist verbrannt, fahr nicht.*

Der Flug. Josef, der Bloody Mary trinkt. Erster Tag auf der Insel verkatert. Ich gehe im pechschwarzen Atlantik baden. Tauche tief unter, warte auf Fische. Josef schläft am Strand, ich sitze neben ihm, über mir Sterne. Josef wacht auf, wir gehen schlafen.

Essen Muscheln in einem Strandlokal, der Kellner schlägt eine Wespe mit der Speisekarte tot. Dann sind drei Tage um. Eine Umarmung. Josefs Flugzeug verschwindet, spätabends die Mailbox. Erst am nächsten Tag erreiche ich ihn, ich soll nicht böse sein.

Tagsüber am schwarzen Strand. Fast nicht nachts. Nie dauert es lange, bis sich jemand zu mir setzt, und ich setze mich weg, weil ich mich nicht über die Unendlichkeit unterhalten mag. Knapp vor dem Rückflug die Erfindung einer Vielzahl von Ausreden für Josef, warum es ihm unmöglich gewesen ist, mich einzuweihen.

Ich steige aus dem Flugzeug aus. Terminal 1, Ankunftshalle. Josef steht da, ich schaue ihn an. Viele Schritte um uns herum und undeutliche Worte, die von hoch oben aus Lautsprechern fallen. Zu Hause: Ich will einfach gehen, weg von ihm. Tu aber nichts. Will nicht ohne ihn in meiner blauen Wohnung sein. Josef schaut an mir vorbei, dicht an den Schläfen meines Kopfes. Dann eines Abends: irgendein Gespräch. Wie anziehend es plötzlich war, ihn zu bitten, rasch zu gehen, wie eine Tanzfigur, die es für mich noch zu probieren gab. Weiß nicht mehr, wie er reagierte, weiß nur, dass ich mich alleine auf dem Balkon wiederfand. Da sitze ich und schluchze, dass es mich schüttelt. Bin ein kleines, blasses Tier, bin nur noch Wimmern. Hab nicht gewusst, dass ich so weinen kann, und es ist egal, dass der Hof wie ein Verstärker wirkt. In jedem Winkel hört man mich. Die Arme der Paradeiser wiegen sich.

Dann Josef neben mir. Streichelt mit zwei Fingern meine Wange. Ich dreh den Kopf weg. Josef geht und es wird dunkel. Ich rolle mich auf den Waschbetonplatten zusammen, meine Hand liegt in den Zinnien, das kommt mir ganz natürlich vor.

Wie ich mich zu ihm ins Bett lege in der Nacht.

Er schläft. Ich will nicht schlafen, denke ich und sträube mich, aber ich schlafe schon. Bis zum nächsten Nachmittag, fühle mich so geborgen neben ihm. Also bleibe ich. Und auch Josef bleibt. Obwohl ich nicht will.

Angst: dass ich allein bleiben muss, wenn ich gehe. Bin so schwierig, so dunkel und gleichzeitig so hell, dass mans nicht aushalten kann, alles zu viel.

Josefs Erleichterung. Zuerst ist er ganz da mit seiner Zuneigung, dann werde ich wieder misstrauisch, studiere ihn. Ob das, was von ihm da ist, mich noch trägt. Ich folge ihm mit meinen Augen, blau, wie eine Detektivin dem Spion. Ein Schattengewebe werfe ich über Josef, da ist er drin verfangen. Ich nehme alles wahr, die kleinste Unregelmäßigkeit, nur manchmal täusche ich mich.

14

Ich gehe durch die Stadt, zähe Schritte mache ich, halte mich dicht an den Mauern. Wie sich die Stadt an mir reibt, meine Hände schwarz macht mit ihrem Staub. Grau, wo ich mit den Händen mein Gesicht berühre, das sehe ich in allen meinen Spiegelbildern, die trotten fügsam neben mir, wie zahm die heute sind. Ich mache eine Abkürzung, Josefstadt, eine Arkade, die hat ein Dach aus schmutzigem Glas. Gebrochenes Licht. Als würde eine Lawine über den Häusern liegen.

Einmal, da fahre ich mit Josef mit dem Bus. In den Bergen wars. So fröhlich, das Tal seiner Familie zu verlassen, in dem wir tagelang festgesessen waren, wegen dem Schnee. Schmale Straße. Rechter Hand eine senkrechte Wand aus Felsen direkt hinauf in den Himmel, auf der anderen Seite stürzt der Berg ebenso steil hinab. Vor uns: Lawinengalerie. Über die hatte sich eine ins Tal gewälzt, ein Teil von ihr war zurückgeblieben, prächtig über den Verbau gebreitet wie die Schleppe eines Brautkleids, die schon etwas schmutzig ist.

Der Bus schlüpft unter die Lawine hinein. Milchiges Licht und etwas Dumpfes. Ein Knirschen, wie weit entferntes Gletscherächzen. Schneeige Kühle. Die Durchfahrt dauert nicht lange, doch lang genug, dass alles in diesem Bus erstarrt.

Ich schiebe mir die Kappe tiefer ins Gesicht, dass mich das grelle Museumslicht nicht sieht. Halte den Kopf stolz und die Schultern gerade und eine Hand leg ich vornehm ans Kinn, sodass man denken kann, dass die Gesamtheit dieses Museums mir gehört. Da ist Josef. Am Rand des Foyers. Ich nähere mich vorsichtig, vielleicht ist er zornig wegen heute früh. Der Vorteil hier für mich: Josef streitet nicht gerne, am allerwenigsten in der Öffentlichkeit. Er hält eine Semmel in der Hand. Von der beiße ich ab. Josef erschrickt. Jetzt hat er mich nicht gleich erkannt. Ich lache und ich kaue, ein Krustensplitter sticht mir in den Gaumen, den zerbeiße ich schonungslos, lass mir nichts anmerken davon.

Wo warst du?, sagt Josef halblaut.
In der Arbeit. Dann spazieren.

Ich liebe es, wenn Josef nicht zornig ist, obwohl er Gründe dafür hat.

Eine Rattenskulptur wird auf einem Wägelchen hereingebracht. Sie ist nicht besonders schön. Aus der Weite nicht und auch nicht aus der Nähe. Im letzten Jahr: Die Wohnung der Künstlerin liegt im Erdgeschoss, davor ein wilder Garten. Allerlei Tiere leben dort. In den Ästen die Vögel und auf dem Boden die Mäuse und in der Wohnung Lila, die Katze. Die füttern sie nie, Lila schafft sich ihr Essen selbst heran. Manchmal vergisst sie im Überfluss, wo sie ihre Beute liegen gelassen hat. Erzählungen von einer Maus, die hing wie eine tödlich entspannte Königin zwischen Kissen und Kopfkissenbezug. An einem Nachmittag:

Die Künstlerin verlegt ein neues Brett. Bohrmaschine, Schraube, die erwischt das Köpfchen einer Ratte, die versteckt kriecht. Tage später: Geruch. Monate später: Entdeckung des Tiers, unter dem Brett vertrocknet, mumifiziert. Trägt die Schraube durchs verzogne Köpfchen wie einen kessen Hut. Die Künstlerin bringt die Ratte ins Atelier und vergrößert sie auf einen Meter dreißig, so steht sie auf dem Wagen neben uns.

Zwei Konservatorinnen hieven sie auf ein winziges X aus Klebeband.

Das war ein bisschen viel heute, sagt Josef.

Entschuldige. Bei mir auch. Begleitest du mich nachher aufs Land?

Er flüstert: *Ich kann nicht.*

Bitte.

Ich hab so oft versucht, dich zu erreichen, und ich hab dich gesucht.

Wieso?

Weil ich mir Sorgen gemacht habe. Ich war auch im Café, weil du nicht abgehoben hast, da warst du nicht.

Ja. Ich war heute nur kurz.

Ich hab mit der Chefin gesprochen.

Irene?

Kann sein.

Das ist die Mutter vom Chef. Egal.

Sie hat gesagt, alles halb so schlimm und du sollst übermorgen einfach wiederkommen.

Ja.

Die mögen dich dort.
Ja. Vielleicht.
Und Wera ist auch hier.
Wo?
Als hätt ich nicht schon genug zu tun. Sie hat angerufen und ich wollte nicht, dass sie hierherkommt, weil ich sowieso keine Zeit hab, bitte sei mir nicht böse.
Wo ist sie?
Sie kommt in fünf Minuten. Es tut mir leid. Sie fährt extra durch die halbe Stadt.

Ich mache einen kleinen Schritt zur Seite, von Josef weg, und streife dabei die Skulptur, dass sich die Schraube aus dem Rattenkopf ganz in meinem Mantel drin verfängt, und Josef schaut mich erschrocken an und Josef schaut mich liebevoll an, *es tut mir leid*, sagt er. *Ich weiß, dass dir das unangenehm ist, mir auch.* Ich fasse kurz den Kopf der Ratte an. Das ist Papiermaché, aber es fühlt sich nicht so an.

Da stehe ich und hier steht Josef.
Gleich wird Wera kommen.
Ich gehe jetzt.
Bleib doch noch kurz.
Lieber nicht.
Bitte.
Nein.

Josef schweigt. Ich küsse ihn auf die Wange, so leicht, beinahe berühre ich ihn nicht, ich mache das mit Absicht so, weil ich weiß, dass er dieses Umherstreifen von meinem Mund auf seinem Gesicht nicht mag. Freundlich winke ich der Kuratorin, die bewundert mich, das spüre ich, vielleicht sollte ich auch sie zum Abschied küssen. *Theresa Neges, nicht!*, sag ich zu mir, schon gehe ich, bin schon ganz fort.

15

Ich steige in den Nachtbus. Setze mich in die Mitte der letzten Reihe. Vor mir der Gang, wie ein grauer Läufer bis zur Windschutzscheibe ausgebreitet. Geheul von Sirenen. Feuerwehr.

Nach einiger Zeit hat der Bus das Stadtgebiet verlassen.

Ich setze die Kopfhörer meines Walkmans auf. Da ist die Kassette von Lilly drin. Sie haucht: *Uranus, the Magician.* Ich sitze da und höre zu und kriege plötzlich einen Schlag am Kopf, der ist so stark, unwillentlich wirft es mich in meinen Sitz zurück, dass der Buschauffeur so viele Sitze vor mir erschrickt, und es fällt mir wieder ein, wie es gewesen ist.

Einmal: Theresa, Plejaden und Ebner Feldner auf dem Acker. Gestrüppgewucher. Das sollen wir mähen. Rabenhaft sitzen wir nebeneinander am Zaun. Ebner Feldner nimmt eine Haltung ein, als würde er einer Gruppe Studierender die fünf Bände des *Traité de mécanique céleste* zusammenfassen. Holt Streichhölzer aus der Lederjacke, weicher Kragen aus Pelz, *US Army Air Force*, umgehendes Verscheuchen aller Gedanken das Schicksal des Soldaten betreffend. Er schüttelt die Schachtel zwischen Daumen und Zeigefinger, mustert uns verächtlich.

Jeder wirft fünf Streichhölzer. Mitten ins struppige

Unkraut hinein. Fünfundvierzig Flämmchen geistern durch die Luft. Sinken ins Gras, das ist so hoch. Längst haben wir uns vom Zaun entfernt. Umkreisen das Feld. Zuerst nur Rauch, dann rasch: Flammen, die sich durch die Gräser beißen und hängen bleiben, wo das Unkraut ohne Dürre dunkel wächst. Ein paar Funken springen auf fedrige Spitzen, rot besetztes Halmeschwanken, schon verbrannt.

Wir laufen um das Feld herum, treiben das Feuer bei seiner Arbeit an, unsere Augen rinnen und die Finger sind schwarz, mit Zweigen schlagen wir die Glut, schön soll sie fliegen, Elektra ruft: *Flammen!* Als Erster springt Taygeta ins Feuer und gleich wieder hinaus, durchkreuzt es mehrmals, mit wilden Augen.

Ich starre in die rote und auch in die orange, gelbe Farbe. Bin hypnotisiert, in ihren Bann geschlagen. In meiner Nähe der Zaun, auf den mach ich rücklings ein paar Schritte zu, hieve mich hoch. Schlafschwer sitzt mir der Kopf am Hals. Zutrauliche Flammen, so mit Zärtlichkeit streichelnd, greifen nach mir, ist nicht schlimm, im Herbst sind Abende schon kühl, eine Flamme klebt an mir, eine andre leckt hitzig meinen Schuh, und plötzlich Ebner Feldner, gibt mir einen Stoß, dass sich der Himmel mir ganz wolkenlos entgegenhebt, dann schlag ich auf, um mich jetzt Dunkelheit, die dauert.

Ich taste. Boden. Stoppelig, wie schlecht rasiert. Schulter tut weh. Schläfe auch. Ebner Feldners Gesicht hängt in großer Höhe über mir, als ich die Augen öffne. Der sitzt am Zaun. Schaut herunter. Meine

Hand wird festgehalten, ist aber nicht Ebner Feldners Hand, ist die Taygetas. Weitere Gesichter schweben wie fremde Planeten, so weißlich, mit dunklen Kratern, in denen manchmal Zähne stecken. Meine Geschwister. Lachen mit staubigen Gesichtern.

Meine Haare stinken schwefelig. An einer Stelle sind sie kurz.

Felder um den Bus.

Schlaftrunken beschließe ich, hier bleibe ich.

Kein anderes Fahrzeug weit und breit, auch entlang der Straße nirgendwo ein Mensch.

Einmal aussteigen bitte, rufe ich nach vorne zum Chauffeur. Der ruft zurück, *da müssen Sie noch warten bis zur nächsten Haltestelle!*

Schwankend gehe ich nach vorne. Da steht der Kiefer vom Chauffeur jetzt still, die Maske baumelt von seinem Ohr, der malmt nicht mehr den Kaugummi, der liegt fest eingeklemmt zwischen den Zähnen, das tut mir leid, für diesen Kaugummi.

Bitte lassen Sie mich aussteigen.
Setzen Sie sich hin. Das geht jetzt nicht.
Ausnahmsweise. Ich erzähls auch nicht.
Ich bleib hier nicht stehen.
Es dauert nur eine Sekunde.
Bitte hören Sie auf, mit mir zu sprechen.
So schnell wie ich kann niemand aus einem Bus rausspringen, das sage ich und springe die Treppe zur Türe hinunter.

Gehns weg da! Das is lebensgefährlich.

Ich muss auf die Toilette.

Setzen Sie sich jetzt endlich hin. Ich sage Ihnen: Wenn ich bremse, da krachen Sie aus der Windschutzscheibe heraus, mein lieber Schwan.

Sie fahren ein bisschen schnell.

Wollens meinen Stil kritisieren?

Da drüben ist ein Schild mit sechzig.

Na, ich fahre mit achtzig, das ist drin.

Ich befehle es Ihnen: Fahren Sie langsamer.

Behalten Sie die Nerven. Ist ja außer uns beiden niemand auf der Straße. Schnurgerade Fahrbahn, noch dazu nicht regennass. Optimale Bedingungen. Auch kein einziger von den Bäumen, den Oarschlöchern.

Mögen Sie Bäume nicht?

Na, wenn Sie die Wahl haben zwischen tot sein oder einem Quadratmeter Schatten, was wählen Sie.

Den Schatten.

Falsch. So war es nicht gemeint. Ich meine: Die Bäume stehen an der Straße nur zu dem simplen Zweck, den Vorüberfahrenden eine Todesfalle hinzustellen. Wir dürfen dann in die Stämme kleschen. Nur: Was brauch ich einen Schatten, wenn ich tot bin?

Ganz verstanden hab ichs noch immer nicht.

Sie schaun ein bissl blass aus.

Nein, das sage ich und schaue fröhlich.

Ich denk es mir schon die ganze Zeit. Blass ist die wie eine Leich.

Herr Buschauffeur, ich versprechs.

Was?

Dass ich gleich ganz laut zu schreien beginn, wenn du mich jetzt nicht sofort aussteigen lässt! Ich brüll dir ins Ohr, dass es dein Trommelfell zerreißt, und dann knallen wir beide gegen den Busch da vorn und dann ists vorbei. Verstanden?

Mit Schadenfreude seh ich, der Buschauffeur bleibt stehen mit seinem Bus. Die Türe öffnet sich, wie schön. Ich bleib noch stehen, Maske ab, und seh ihn an, dass er sich mein Gesicht gut merken kann. So eindringlich. Das wird der nimmer mit mir machen.

Steigen Sie bitte aus, sagt er, da verkneif ich mir ein Lachen, steige zeitlupenlangsam aus. *Theresa Neges warte!,* ruf ich halblaut. *Nicht jetzt die Straße überqueren, lass doch um Himmels willen zuerst einmal diesen Bus vorbei.* Wenn der mich erwischt, zerschmiert er mir auf dem Asphalt die Füße. So bleibe ich geduldig stehen, eingehüllt in reifenwirbeligen Staub. Ich wedle Luft mit der Hand, zische, *Zieh ab!* Als der Staub weg ist, seh ich mich um.

Straße, Schilder, Büsche, Felder. Hebe den Kopf zum Himmel, dort sitzt die Vergangenheit mit ihren Lichtern.

Orion, murmle ich, *wo bist du*. Ich sehe auf dem Handy nach: Im Osten geht er zur Zeit um null Uhr dreißig auf. Ich seh ihn schon. Orion streckt mühselig den Arm zu mir, in dessen Faust die Keule liegt, und hebt dabei die Schulter hoch, die Beteigeuze ist, *komm schon, nur einen halben Meter noch*, das sage ich. Strengt ihn an, das spüre ich, Orion möchte seine Arme entspannen und sinken lassen, nicht immer die

Waffen nach oben halten, seine Hunde spüren das und kläffen schon. *Gst, Sirius,* sag ich. *Gst, Prokyon.* Da ist er.

Ein leuchtend rotes Steinchen, knapp über dem abgemähten Feld. Das letzte Mal, dass ich ihn hier an dieser Stelle sah, da stand er höher. Rotes Scheibchen Beteigeuze, links unterhalb des Mondes. Wie ich mich auf den Winterhimmel freue. Da machen sich die Sterne in der Dunkelheit groß wie die Goldäpfel im Märchen, dass ich sie mir aus dem Himmel brocke und einen nach dem anderen verspeise, wenn ich denn einen essen will. In einem Monat ist November, da werd ich Beteigeuze wieder zu Hause vom Balkon aus sehen, jetzt lugt er kaum noch über die Krümmung der Erde. Leuchtet verdunkelt und dennoch fließt da ein Sirren wie Strom in einem Kreis durch mich hindurch und wieder zu Beteigeuze zurück, dass meine Haare knistern und mein Herz schneller schlägt. Beteigeuze ist gerade verdunkelt. Wird wieder heller werden. Pulsiert. Herzgleich, schlägt alle 2070 Tage. Und dennoch, trotz Schwäche, ist er zehntausendmal heller als die Sonne, sein Durchmesser achthundertmal größer als sie; *das Volumen der Sonne passt somit etwa eine halbe Milliarde Mal in Beteigeuze,* nur schwer ist er nicht. Federleicht: sechzehnmal schwerer als die Sonne. Sein Rotieren wiederum unendlich rasch. Je größer er wird, desto langsamer sollte er werden, *ähnlich wie ein Eiskunstläufer, der bei einer Pirouette die Arme ausstreckt,* nur geschieht das nicht, *er wirbelt die äußere Gas-*

hülle fast zehnmal schneller herum als die Sonne. Eine Erklärung könnte sein, dass Beteigeuze vor rund hunderttausend Jahren einen früheren Begleiter verschluckt und sich dessen Drehimpuls einverleibt hat. In der Antike leuchtete er gelb, verfärbte sich erst gelblich orange, jetzt ist er rot und seinem Ende nahe. Der chinesische Hofastronom Sima Qian circa hundert Jahre vor Christus über Sternfarben: *Weiß ist wie Sirius, Rot wie Antares, Gelb wie Beteigeuze, Blau wie Bellatrix.* Allein grüne Sterne gibt es nicht.

Ich sehe Beteigeuze an. Sein Rot, wie lebendig das wirkt, dennoch ist er vielleicht schon explodiert.

Am Rand des Feldes breite ich die Arme aus und stehe dann da, Blick nach vorne, am Bug der Welt. Die gegenwärtige Rotationsgeschwindigkeit der Erde: mit durchschnittlich 1000 km/h durchs All, Berlin 1020 km/h, Wien schneller, 1117, aber nichts gegen den Äquator, der rotiert mit 1670 Kilometern pro Stunde. Die Erde dreht sich mit 107 500 km/h um die Sonne, die Sonne bewegt sich mit 792 000 km/h durch die Milchstraße, die Milchstraße selbst fliegt mit 2,3 Millionen km/h durch den Kosmos. Raserei. Standort der Erde: Sonnensystem, Lokale Flocke, Lokale Blase, Gouldscher Gürtel, Orionarm, Milchstraße, Lokale Gruppe, Virgo-Superhaufen, Superstruktur Laniakea. *Die Milchstraße setzt sich aus 100 bis 400 Millionen Sternen zusammen. Die im gesamten beobachtbaren Universum existierenden Galaxien kann man ebenfalls nur näherungsweise bestimmen, aber man vermutet, dass es ein paar Billionen sein können.*

Ich stehe an der Straße, da ist die Haltestelle vom Bus.

Der Bus kommt nicht.

Da kommt der Bus, ich steige ein.

Es ist mir flau im Magen. Leichte Übelkeit. Beißender Geruch von Asche.

Der Buschauffeur hört eine Symphonie, die klingt ganz schief. Die Maske zwickt hinter meinen Ohren. Hab ein Kratzen im Hals. Will husten. Also huste ich. Und atme durch den Mund, den sperr ich auf. In dieser Luft um mich kein Sauerstoff. Der Blutdruck sirrt in meinem Ohr. Ich atme tief und stelle mir *Fomalhaut* vor, momentan mein zweitliebster Stern: *Der Name bedeutet »Maul des Fisches«. Fomalhaut befindet sich, wie auch die Sonne, derzeit in der Lokalen Flocke (Local Fluff).* Wie gerne ich aussteigen würde. Flimmerige Flecken vor meinen Augen, die schauen aus wie schwarzer Schnee. Seh ihm aufmerksam beim Flimmern zu. In einer Schneekugel sitze ich, in der ist nichts als Asche drin, und ich sage mir, der Mensch besteht aus Kohlenstoff, aus Wasserstoff sind die Sterne. Die Farbe von Kohlenstoff ist *schwarz (Grafit), farblos (Diamant), gelbbraun (Lonsdaleit), dunkelgrau (Chaoit)*, die Farbe von Wasserstoff, je nach Gewinnung: grün, blau, türkis, gelb, braun, grau, schwarz. Beteigeuze ist größer als Wega, Arktur und Rigel; kleiner jedoch als VY Canis Majoris, UY Scuti, NGC 1277, Ton 618 und immer so weiter. *Von der Erde aus gesehen ist er der* zehnthellste Stern. Aufgelistet nach ihrer scheinbaren Helligkeit: 1, Sirius. 2, Canopus. 3, Arktur. 4, Alpha Centauri A. 5, Wega. 6, Capella. 7, Rigel. 8, Prokyon. 9, Beteigeuze.

Die Musik aus dem Busradio reißt mir an den Ohren. Da schlagen Bläser auf Trommeln und Harfensaiten prasseln nieder auf Steine, macht mir eine durchdringende Kalthändigkeit. Hastig setze ich die Kopfhörer auf und drücke *Play*, Lillys Stimme, ich stelle sie lauter, bis sie schreit. In jeder meiner Bewegungen eisiges Knirschen.

Ich rufe: *Schalten Sie die Musik aus!*

Was?

Ich bekomme keine Luft!

Was?

Könnten Sie ein Fenster aufmachen!

Hören Sie, ich habe zu tun!

Nur kurz! Können Sie wenigstens die Musik ausmachen!

Die Musik ist jetzt vorbei. Eine Träne hängt auf meiner Wange, die wische ich ab. Atme. Der Atem breitet sich im Brustkorb aus, stößt ans Zwerchfell, in dem sitzt eine Falltüre, die öffnet sich, durch die stürzt er in den Bauchraum hinein. Beim Ausatmen brumme ich *Brrr* mit den Lippen, die Vibration kitzelt an der Nasenwurzel, so stark, dass ich mir die Nase halte, dass ihr Vibrieren schwächer wird, ich mache weiter, immer weiter, so lange ich kann, bis nicht der kleinste Luftrest mehr in meinen Lungen ist und ich wieder Atem schöpfen muss.

Frauenfels. Steinerner Vorsprung in einem engen Tal und oben auf ihm drauf, da steht ein Kloster. Der Felsen, obwohl er sich schon lange dort befindet, hat etwas Provisorisches, als könnte er sich jeden Moment doch noch zum Absturz in den darunterliegenden See entschließen. Meine Urgroßmutter Josefa fuhr dorthin zum Sterben.

Einmal war ich gemeinsam mit Josef dort. Wir saßen im Klostercafé unter wehenden Fahnen, bedruckt mit glückselig durchbohrten Heiligen mit Heiligenscheinen, und irgendwann schaute mich Josef todernst an, weil ich so blass geworden war, das Einzige, das ich weiß, die Stille, die plötzlich in mir war. Und dass ich kaum atmete, obwohl dort der Wind ging wie am Meer und die Heiligen über unsren Köpfen so halbtot flatterten, dass man doch nur den Mund zu öffnen brauchte, und der Wind würde mich von selbst beatmen und mir rote Wangen machen. Lindes Erinnerung an Josefas Augen knapp vor ihrem Tod: die Farbe matt, das Rehbraun in ein seltsames Grau verloren, und über allem der müde Glanz von etwas, das schmilzt, das doch nicht schmelzen soll.

16

Allgemeines Krankenhaus, Zimmer 144, Lavendelschaumbad, genau richtig heiß. Aber nicht hier. In unsrem Wasser ist es kalt. Mit angezogenen Beinen sitze ich in der Badewanne, die Arme um die Knie geschlungen, und es hilft nicht viel, wenn Josef wieder einen Topf Wasser bringt, das auf dem Herd schon Blasen schlug. Wie schnell sich die Hitze verliert. Ich stelle mir heißen Dampf vor, der hängt über allem, macht alle Fliesen feucht und auch die Haut, die nicht unter Wasser ist, aber nichts davon.

Ich tauche unter. Warte, bis sich die Oberfläche beruhigt hat, und schaue an die Decke. In den Ecken Schimmel. Als hätte jemand mit einem flach in der Hand liegenden Bleistift die Mauer schraffiert. *Von italienisch sgraffiare, »kratzen«, vergleiche Sgraffito.* Ich tauche auf. Josef wäscht mir die Haare, während ich mit zusammengezogenen Augen die halbierte Plastikflasche betrachte, die am Warmwasserspeicher hängt, in der sich ein paar Röhren sammeln. Der Installateur hat etwas improvisiert, damit wir keinen Neuen kaufen müssen. Er tropft. Ist riesig und alt und hängt, mit einem einzigen Haken rücklings befestigt, an der Badezimmerwand, direkt über der Wanne, meistens denke ich nicht daran, was passiert, wenn die Verankerung abreißt und der Speicher auf mich fällt. Die Therme ist so hoch wie ein Mensch, aber breiter ist sie und tiefer auch.

Ich glaub, ich bin hier noch rußig auf den Wangen.
Wo?
Hier.
Da?
Beim Ohrläppchen.
Da ist nichts.
Doch, ich spür es, da ist Ruß. Das geht nicht runter.

Josef macht ein Stück vom Handtuch nass und fährt mir damit über die Wange, das Ohr.

Jetzt ist es fort, sagt er.

Er schlägt die *Bösen Geister* auf. Ganz vorne. Da steht ein Gedicht von Puschkin, das weiß ich, hab es öfters überflogen, Josef kann es auswendig. Es heißt wie das Buch. Ich beobachte ein Haar winzig auf dem Wasser.

Josef liest mir vor.

Seine Stimme klingt ein bisschen rau. Von irgendwo ein Rumpeln, wahrscheinlich von der Straße her. Dann ist ein Rütteln in unseren Wänden drinnen und ich sage nichts und auch Josef sagt nichts, was bebt da so, stattdessen liest er weiter, die Stelle aus dem Lukasevangelium zwei Finger unter Puschkin.

Ich stehe unvermittelt auf. Wie das Wasser von mir stürzt. Fröhlich springt es von den Spitzen meiner Brüste hinunter, über meinen Bauch rinnt es, durch die Schamhaare, meine Beine entlang ins Wannenwasser, gleich wird es im Abfluss sein. Ich stehe nackt vor Josef und ich möchte Josef berühren, aber ich tu es nicht. Und ich möchte ihn nach Wera fragen, aber wage es nicht. Und weiß dann nicht, weil er so dreinschaut, ob ich nicht doch gefragt habe nach ihr, und ich frage, *Josef, habe ich etwas gesagt?* Und Josef schweigt. Ich bin nicht glücklich, denke ich, und wie zum Ausgleich lege ich meine Hand auf seine Schulter.

Sie hat schon etwas gefunden, sagt Josef.
Wo denn?
In einer Boutique. Rate, wie viel dort so eine Schale für Sojasauce kostet.
Zweihundert Euro!
Tausend Euro.
Wieso?
Sie ist aus dünnem Metall.
Hoffentlich fällt sie ihr nicht hinunter.

Ich stehe starr in der Badewanne. Josef trocknet mich ab.

Plötzlich ein Heulen vom Wind im Lüftungsschacht. *Da ist vielleicht ein Sturm draußen.*

Wir wechseln einen Blick über den Spiegel. Josef sagt meinen Namen, *Theresa*. Dann fällt das Licht aus.

Komm, sagt Josef und ich weiß, er deutet auf die Matte vor der Badewanne, aber ich bleibe stehen, ganz steif, will mich nicht mehr bewegen.

Was machst du?
Ich bin versteinert.
Komm, lass locker, ich kann dich so nicht abtrocknen.

Ich bin tiefgefroren.
Du bist einfach nur müde. Komm jetzt raus. Wir haben doch Kerzen, oder, haben wir nicht irgendwann welche gekauft?
Ich steige aus der Badewanne. *Theresa Neges, setz dich da hin,* sag ich zu mir und setze mich eingewickelt in das Handtuch auf den Rand der Wanne und warte, weiß nicht, auf was.

Am Balkon ist es heller. Ein Lastwagen grollt auf der Praterstraße vorbei.
Josef hält ein Teelicht in der Hand, an dem zündet er sich eine Zigarette an.
Über den Bäumen Dunst, der auch die niedrigsten Dächer umfängt.
Siehst du was?
Nein.
Ich auch nicht.
Das Bellen eines Hundes unten im Garten.

Im Supermarkt kaufe ich keine Zwetschken. Ich besehe sie mir genau, dreh sie in alle Richtungen. Es sind sehr viele Leute hier, die Angestellten haben zu tun, niemand schaut auf mich. Josef ist beim Kühlregal.
Haben Sie vielleicht Erdbeeren?
Haben Sie keine Augen?
Zwei.
Da stehen sie, direkt vor Ihnen.
Wie viele Stück sind da drinnen?

Zählen Sie ab.
Darf ich das Zellophan aufreißen?
Nein! Sobald offen, bezahlen.
Ja, gut, ich leg es wieder hin, da, sehen Sie, hier. Liegt alles wieder da.
Gut.
Und Brombeeren?
Nicht!
Brombeeren?
Die haben wir nicht.
Schade.
Brombeersaison schon beendet. Tot.

Draußen: Hektik. Jemandem fällt ein Deodorant aus der Tasche, das kugelt sich unter die Räder vom Bus, der an der Kreuzung wartet.

Ich stehe dort, wo warme Luft zum Supermarkt rausströmt. Den Pullover zieh ich mir über den Kopf, den lass ich in dieser Hitze gewiss nicht an.

Auch ein Hund ist da.

Er ist hungrig, sag ich zu ihm.

In der Hand halte ich eine Großpackung Küchenrolle, weiß nicht, ob wir welche brauchen, aber ich muss mich loben, das hat Theresa Neges gut gemacht, denn diese Rollen sind sehr teuer, bedruckt mit Eicheln, Eierschwammerln, Fliegenpilzen.

Dies hier ist mein Hund, sage ich zu einem Passanten, *haben Sie vielleicht eine Tschick*.

Die kriege ich. Das Feuer lehne ich ab.

Jemand kommt auf mich zu.

Passantin: *Hören Sie, dieser Hund ist eine Frechheit! Wie der alle Passanten anbellt.*

Theresa: *Der Hund ist lieb.*

Passantin: *Also, wirklich nicht!*

Theresa: *Er mag Kastanien. Werfen Sie ihm eine Kastanie, das lenkt ihn ab.*

Machens das selbst.

Ich hab keine mit.

Dann binden Sie Ihrem Hund gefälligst einen Beißkorb aufs Maul.

Nein. Das mache ich nie.

Wieso?

Aus Prinzip.

Passantin 2: *Können Sie bitte alle von meinem Hund weggehn! Sie bringen ihn ganz aus seinem Gleichgewicht!*

Theresa: *Ihr Hund? Ich lache gleich!*

Passantin 2: *Wollen Sie mich provozieren?*

Theresa: *Nein. Aber den hab ich gefunden.*

Passantin: *Sie hat gesagt, das is ihrer.*

Theresa: *Ist auch so.*

Passantin 2: *Jetzt ist es genug. Verschwinde, aber sofort, ja?*

Passantin: *Eine Hundediebin ist das.*

Theresa: *Niemals!*

Passantin: *Ja, Sie sind eine Diebin, eine gemeine Diebin sind Sie!*

Passantin 2: *Ich sags ein letztes Mal: Entfern dich von meinem Hund.*

Da schüttle ich deutlich den Kopf. Bücke mich hinunter zum Hund, ihn beruhigend zu kraulen, nur reicht mir meine Hand plötzlich nicht mehr bis zum Hund, weil die Frau sie gepackt hält und mir in den Rücken verdreht, dass ich trotz starkem Widerstand die Frau gar nicht mehr aus meinem Rücken schütteln kann, aber das macht nichts, denn jetzt kommt Josef, der läuft, die Hände mit den Handflächen nach oben, so beschwichtigend, dass die Frau mich gleich loslässt und Josef meine Hand nimmt, die darf nicht allein sein heut, und so gehen wir wieder zu unserem grünen Haus zurück, das nur um eine Ecke liegt, langsam steigen wir hinauf durchs Stiegenhaus in unser Versteck und halten uns an den Händen fest, erst ganz oben lassen wir einander wieder los.

17

Gleich bin ich da. Mariannes Atelier: großer weißer Raum voll Malerei in Öl. Planeten. Zähflüssige Tropfen. Nasenlöcher, die klaffen, und in einer Ecke ein riesengroßer Wasserbär aus Plüsch. Misst in der Natur weniger als einen Millimeter. *Niedliches Aussehen.* Bärengleich, jedoch so klein, bleibt mit bloßem Auge ungesehen. *Die Europäische Weltraumorganisation (ESA) schickte 2007 eine Gruppe von Bärtierchen auf eine Weltraumreise an Bord eines unbemannten Raumfahrzeugs. Der größte Teil der Kolonie überlebte die Einwirkung von Vakuum und kosmischer Strahlung.* Einzige auf der Erde ansässige Kreatur, die ohne weiteres überleben könnte auf dem Mars. Ich renne, bin schon wieder so spät dran.

Sternwartepark.
Ich bücke mich zu einem runden weißen Steinchen, stecke es ein. Marianne stottert, wie Demosthenes, der größte Redner. Mit Kieseln im Mund hat er seine Stimme geübt, das will ich später auch probieren. Es riecht nach Tannen, obwohl wir umgeben von Laubbäumen sind. Zwischen ihnen die Kuppel. Universitätssternwarte Wien, Marianne studiert hier. Sie drückt die Eingangstüre auf, ich folge ihr, an einer Stelle loses Mauerwerk, Rost braucht mehr

Platz als Eisen, er sprengt die ihn umschießenden Steine.

Hörsaal. Erste Reihe. Ich habe es so ausgesucht. Die Professorin spricht über Emmy Noether, Mathematikerin, *revolutionierte die Theorie der Ringe, Körper und Algebren.* Eine Formel an der Tafel, die Marianne offensichtlich liebt. Ihre Lippen bewegen sich leise mit. *Zu jeder kontinuierlichen Symmetrie eines physikalischen Systems gehört eine Erhaltungsgröße. Jede Erhaltungsgröße ist Generator einer Symmetriegruppe.*

$$\frac{\mathrm{d}}{\mathrm{d}t} Q\left(t, x_{\mathrm{phys}}(t), \frac{\mathrm{d}x_{\mathrm{phys}}(t)}{\mathrm{d}t}\right) = 0$$

Dies verstehe ich nicht ganz. Ich hebe den Arm. Marianne erschrickt. Berührt meine Hand.

Theresa: *Ich hab eine Frage.*
Professorin: *Bitte.*
Theresa: *Ich interessiere mich für Sterne.*
Marianne: *Theresa!*
Professorin: *Das ist schön.*
Theresa: *Und ich frage mich –*
Marianne: *Nein! Frag mich später. Frag nicht sie.*
Professorin: *Bitte, fragen Sie nur.*
Marianne: *Sie möchte sagen, dass sie das Noether-Theorem beeindruckt. Vor allem das Verhalten des physikalischen Systems!*
Theresa: *Ich wollte fragen, wegen Beteigeuze.*
Professorin: *In welchem Zusammenhang?*

Marianne: *Komm, gehen wir.*
Professorin: *Nun lassen Sie sie doch!*
Marianne: *Nein, gl... gl... glauben Sie mir, das geht ... nicht.*
Theresa: *Wieso? Ich möchte mich gerne noch unterhalten.*
Professorin: *Also bitte, dann gehen Sie, aber stören Sie nicht weiter die Lehrveranstaltung.*
Marianne: *Theresa ... wir müssen los.*
Gut, sage ich und stehe auf, ein paar Kiesel fallen mir aus den Hosentaschen auf den Boden. Ich knie mich nieder und sammle sie auf, auch Marianne bückt sich, selbst die Professorin hebt ein Steinchen auf, das ist direkt vor ihre Füße gerollt, und drückt es Marianne in die Hand, der Hörsaal lacht. Marianne schaut beschämt. Theresa Neges denkt: Schwach ist sie.

Im Kino Gedränge. Da stehen zu viele Leute rum, nur Josef ist nicht da, weil er nicht hier sein kann. Wir gehen zu Linde. Sie sieht angespannt aus, wenn sie es nicht wäre, würde sie jetzt winken. *Ich trinke einen kleinen Likör, wollt ihr auch einen, dann trinke ich auch noch einen, das ist übrigens Paul.* Wir nicken uns zu. Paul ist etwas älter als ich, von irgendwoher kenne ich ihn, er steht sehr dicht neben Linde, schaut neugierig die Leute an. Winziges Glas mit zwei Eiswürfeln. Der Likör ist durchsichtig und dünn, ich dachte immer, Likör müsste zäh und dunkel sein. Marianne erzählt von ihrem Kater. Merlin ist sein Name.

Wir betreten den Saal. Linde nimmt die Maske ab.
Sieht man es stark?
Fast nicht.
Noch nicht. Ich möcht sie so gern unten lassen.
Dann lass sie unten. Ist eh keine Maskenpflicht mehr.
Aber diese Husterei macht mich ganz wahnsinnig.
Dann setz sie auf.
Ich mag nicht wie ein Insekt ausschauen.
Du siehst sehr schön aus.
Ich meine, du hast es gut, wenn man jünger ist, dann sieht man den Abdruck nicht so stark. O Gott, wie ist es stickig hier.

Theresa: *Was glaubst du, wie viele haben es?*
Marianne: *Weiß nicht. Wie viele Menschen sind hier drinnen?*
Linde: *Zweihundert?*
Marianne: *Vermutlich vier oder fünf.*
Linde: *Ist mir egal. Ich nehme sie jetzt runter.*
Ansprache. In der Reihe hinter uns sitzt eine Frau, die atmet laut und knarrend. In ihrer Handtasche raschelt es nach Staniolpapier. Dann geht der Film los. Plötzlich bin ich aufgeregt. Zuerst die Wohnung in Schwarz und Weiß, die Wände so dunkel, blau sind sie, das sieht man nicht, auf der Leinwand bin jetzt ich, riesig großes Riesinnenhaupt, und Linde zuckt zusammen. Am Ende des Gangs, der sich auf der Leinwand hinter mir öffnet, hängt das Bild vom Meer über dem Bett, ganz unbewegt wie immer, lediglich verkehrt herum. Steht auf dem Kopf. Im Hinter-

grund ein flinkhändiger Schatten, der sich entfernt, jetzt kommt Josef, küsst meine Wange, Josef wieder weg. Da sitze ich und lächle und neben meinem Ohr im Hintergrund ein Fitzelchen des umgedrehten Meeres. Ich schließe die Augen, sehe das Wasser ins All fallen, wie es verzischt. Schwaden Dunst. Auf der Erde bleiben zurück: mückenverseuchte Tümpel voller halbtoter Tiere, die bald verendet sind. Mondlandschaft. In meinem Buch vom All ein Bild vom Mond in Grau. *Tafel 3: Eines der schönsten Gebiete auf dem Mond, das Mare Imbrium.* Meer des Regens, das zweitgrößte der Mondmeere, für die man seine Flecken früher hielt. *Oben die Gebirgskette der »Apenninen«. Links begrenzt das Bild der »Kaukasus«, unten ziehen sich die »Alpen« hin, wie ein Beilhieb das »Tal der Alpen«.* Das größte Mondmeer ist der Oceanus Procellarum. Ozean der Stürme, der Erde zugewandt.

Der Film ist vorbei, noch zwei weitere werden gezeigt. Ein Brunnen, Gesichter von Frauen, dann sind die Lichter im Saal ganz finster. Es reißt dem Film sein Ende ab und Linde seufzt, Stromausfall. Da geh ich weg.

Feiner Regen. Sirenen. Vom Himmel kommt noch etwas Licht.

In einer Seitengasse altmodische Laternen, länglich wie Zuckerl von Heller. In einem Kegel, bestimmt vier oder fünf Häuser fort von mir, geht eine Frau, ihre Spitzen drehen sich. Ist das Wera. Am Handgelenk hat sie ein rotes Band, ganz dünn, eher ein Faden, gleich wird sie sich umsehen, nach meinen flotten Schritten schauen, es wäre besser, diese Straße wäre dunkel. Ich bleibe stehen, wartend zähle ich bis zehn, dann pfeife ich der Dämmerung, dass sie sich rascher senkt. Das war ein Fehler, die Frau schaut sich jetzt um. Theresa Neges schnurstracks in den Hauseingang. Da stehe ich, die Luft ganz angehalten. Absatzklappern. Die Frau geht weiter. Ich betrete die Straße. Beinahe unsichtbar in meinem straßengrauen Mantel. Weiter folge ich ihr, zwei Häuser zwischen ihr und mir, sie weiß von nichts und nicht, wie leis ich schleichen kann. Sie nimmt die Straßen so, wie man sie zu unsrer blauen Wohnung nehmen muss, im grünen Taborhaus, was will sie da. Um ein Haar stolpere ich über meine Füße, die Sohle löst sich vorne ab. Der Sternwartepark hat den Schlangenschuhen nicht gutgetan.

Zum Schuster, sag ich mir.
Der arbeitet auch spät.

Vor seiner Türe sag ich leise: *Herr Schuster?* Nach einer Pause, etwas lauter, *Herr Schuster!,* und klopfe an das Fenster.
Deutliches Rumpeln hinter der Türe.
Herr Schuster!
Frau Theresa?
Ja!
Bitteschön Frau Theresa, was bringt Sie denn um diese Zeit zu mir, was ist passiert?

Die Sohle. Da. Die geht runter.
Ach so. Schon wieder?
Ja.
Lassen Sie mich sehen.
Hier.
Haben Sie noch andere Schuhe da?
Ich gehe barfuß. Ist nicht weit.
Frau Theresa, dass Sie sich nicht verkühlen.
Ich laufe.
Gute Nacht!

18

Das Meerbild hängt korrekt. Niemand hat es umgedreht.

Sanfte Brandung, flaches Wasser. Das präge ich mir ein, zwei Wochen lang, da ging ich jeden Tag über den Technostrand zum Hundestrand und weiter bis zu den Felsen, die das Ende des Strands bezeichnen. Chioggia, *venezianisch Cióxa*. Ich schau mir Satellitenbilder an. Smaragdgrün das Land. Nachtblau die Adria, nachtblau die südliche Lagune. Die im Norden viel heller. Ich seh die *Velme*, bräunliche Schatten unter Wasser, versunkenes Land. Am ersten Tag der zweiten Woche: Allerlei Dickicht im Schatten einer Mauer, Zweige mit Dornen liegen da, ich acht nicht darauf, wir halten uns fest an den Händen, ich spinn die Zukunft vor unsren Füßen zurecht, wir werden wiederkehren nächstes Jahr, für Wochen werden wir hier leben, in einer grünen Wohnung über grünem Wasser, die Lichtreflexe der Wellen werden auf den Wänden sein, so silbrig und golden und niemals gleich, dann steh ich da wie gefroren, hab mich in einem Stachelzweig verfangen. Josef erschrickt, etwas steckt in meiner Ferse drin. Ich halte die Luft an. Mit kalten Händen seh ich es flimmern, wie Schneeflocken im Winter.

Aber nicht jetzt. Mama hat Gewürzsalz geschickt. Da ist zerstoßener Lorbeer drin, der leuchtet giftgrün. Josef telefoniert mit ihr und bedankt sich, Symbol für Sieg, das sagt sie ihm, er wiederholt es laut für mich.

Ich höre ihm nicht wirklich zu, ich schaue eine Doku über Wale. Wie lang ein Pottwal tauchen kann. Zwei Stunden. Riesengroße Blaslöcher, durch sie wird der *Blas* ausgestoßen. Luft, *mit Feuchtigkeit gesättigt. Wenn sie das Blasloch verlassen hat, entspannt sie sich, wobei durch den geringeren Druck und die niedrigere Außentemperatur die Feuchtigkeit der Atemluft kondensiert und als Nebelfontäne sichtbar wird.* Senkrecht hängen sie im Wasser, wenn sie schlafen.

Ich übe zuerst das Atmen. Dann übe ich das Luftanhalten. Beides ist etwas andres, beides gehört zusammen. Auch um Beteigeuze fehlt der Sauerstoff. In der Hand halte ich die Kiesel vom Sternwartepark. Wie Demosthenes nehme ich sie in den Mund. Sage die Worte des Doku-Sprechers nach.

Josef murmelt etwas. Noch immer telefoniert er mit Mama, er weiß viel über sie, diese Telefongespräche gehen mir auf die Nerven.

Josef fragt etwas, ich höre nicht hin, *die Orcas haben eine spitze Flosse.*

Ich verstehe dich nicht, sagt Josef.

Orcas attackieren eine Eisscholle, auf der liegt eine leckere Robbe. Orcas umzingeln blaue Wale, fressen von Haien Leber und Herz. Taucherinnen, die mit Haien schwimmen. Falls sie zu nahe kommen, fest gegen ihre Nase stoßen.

Kannst du das kurz aus dem Mund nehmen.
Später.
Birke sagt, du sollst mit Holst aufhören.
Vögel erwarten kreisend die Ankunft der größten und beeindruckendsten tierischen Freibeuter der Meere.
Und auch auf keinen Fall die Greatest Hits *anhören.*
Tatsächlich handelt es sich um die gewaltigen Mäuler einer Schule Buckelwale.
Theresa, hörst du mich?
Ich hab die Steine nicht in den Ohren.
Für was soll das gut sein?
Jede Stimmübung ist eine Übung im Atmen.
Sie sagt, wenn du die Holstkassette schon hören musst, dann zumindest nicht laut. Ja, Birke, mit Kopfhörern, ich habe es ihr doch gerade gesagt. Ja, kein Problem. Wieso kommt der so spät?
Wer?
Der Postler. Theresa. Birke möchte bald auf Besuch kommen.
Nein. Sag ihr, das geht nicht.
Wir können nicht schon wieder absagen.
Wir haben keine Zeit. Wir müssen arbeiten.
Nur kurz.
Gut. Nächstes Jahr.
Vielleicht versteht ihr euch dann wieder besser.
In einem Jahr, gut, sag ihr das.
Das ist unhöflich.
Und?

Sie hat einen neuen Freund. Sie möchte ihn dir vorstellen.

Nur mir?

Auch den anderen. Sie möchte essen gehen.

Ja?

Herr Bsobtka, er wohnt in einem Schloss.

Weiß ich.

Ja?

Ich höre Birkes Stimme deutlich, obwohl das Handy nicht auf laut gestellt ist. *Mon dieu, da ist es drinnen so kalt wie draußen, weil er nie heizt außer mit einem Radiator aus den Siebzigern, wegen der Stromkosten. Aber wegen dem Radiator haut es andauernd die Sicherung raus. In dem ist Öl drin.*

Sie sagt, sie kann den Atem sehen. Und Bsobtkas Sohn ist gerade in Wien.

Schön.

Wir sollen ihn treffen.

Bestimmt nicht. Soll er Onlinedating machen.

Ich richte mich auf. Ein kleiner Griff zu Josefs Hand, da ist das Telefon, ich lege auf.

Wende mich wieder der Orcadoku zu, ein zorniges Zittern in mir drin. Sinnlos, ich schalte die Orcadoku ab. Stattdessen die Nachrichten. Film des Wiener Filmemachers Johann Lurf, ★ heißt er, nicht ausgeschrieben, sondern fünfzackig und schwarz. Gestern Nacht ist er im Gartenbaukino gelaufen. Ich hab ihn verpasst. Weiter zu einem Video, in dem eine Schauspielerin einen rosa Stift in die Kamera hält, *you can use it as a weapon.* Dokumentation: *Wenn die Vul-*

kane erwachen. Der Kern der Erde ist eine Kugel aus Metall, die schwimmt in einem Ozean aus Eisen und Nickel. *Vulkane sind die Boten des Inneren der Erde.* Ich nicke. Manchmal brechen sie aus. Ein Schütteln und Rütteln geht durch mich hindurch, mit meinen Geschwistern liege ich unter Rosenbüschen, durch ihre Äste sehen wir zum Himmel rauf. Alkione liest eine Geschichte vor, sie hat einen Refrain. *Bäumchen, rüttel dich und schüttel dich, wirf Gold und Silber über mich.* Taygeta und ich sprechen es auswendig mit, wiederholen es, auf den Ästen hängen Rosen, auf dem Himmel, da wachsen die Wolken, wir rufen, *Bäumchen, rüttel dich und schüttel dich, wirf Gold und Silber über mich,* wir springen auf, tanzen wie wild, *Rucke di guh, rucke di guh, Blut ist im Schuh,* die Haare gerauft, steigern uns in eine rotäugige Wut hinein, die erst gespielt ist, aber immer echter wird, bis wir schreien, *Rucke di guh, rucke di guh,* nimmer aufhören können damit. Taygeta ist irgendwann müde. Theresa Neges nicht. Weiter im Furor, von Elektra durchs Haus verfolgt, auf die halbschlafende Maia draufgesprungen, nur Atlas hat mich abgeblockt. Am nächsten Tag verstecke ich mich wie ein schüchternes Raubtier in der Kammer unter der Treppe, beiße Taygeta in die Hand, als er sie öffnet. Da habe ich es dann verstanden. Dass etwas mit mir ist.

Plötzlich Josefs Kopf dicht vor mir. Da spuck ich vor Schreck doch gleich zwei Kiesel aus.

Ich gehe. Ich komm vielleicht erst morgen früh.

Ja.
Kommt darauf an, wann ich fertig bin.
Ich lass mir die Iris fotografieren.
Wann?
Morgen Vormittag.
Leg dich jetzt schlafen, ja?

Wo ist mein Heft. Ich habe es gekauft und auf den Tisch gelegt, wo ist es jetzt. Liegt doch immer offen auf dem Tisch, obwohl sein blaues Gummiband alle Seiten schließen kann. Hier halte ich alle Momente des Tages fest. Josef ist weg und ich notiere: *Josef schläft.*

Ich sehe mich um.

Ein fröhliches, ruheloses Kribbeln in mir drinnen, wie soll ich so schlafen können, rasch nehme ich einen Stern, kleb ihn über dem Sofa an die Decke. Orion. Fünf Sterne aus Plastik. Beteigeuze (α Orionis), Bellatrix (γ), Rigel (β), Saiph (κ), Meissa (λ).

Die Gürtelsterne interessieren mich nicht. Geh raus auf den Balkon. Schau in die Dunkelheit empor. Die Sterne starren mich an. Ich dreh mich weg, will das große Himmelsglotzen nicht erwidern.

Auf dem Sofa höre ich Holst. Das mit den Kopfhörern lasse ich sein, ein bisschen tu ichs Birke zufleiß.

Play.

Lillys Stimme. *Venus, the Bringer of Peace.* Die schöne Stimme Lillys.

Ich schließe die Augen.

Sehe Josef, er geht zwischen finstren Häusern. Zuerst vielstöckig hoch, den Blick auf den Himmel versperrend, dann immer niedriger, bis sie zu flachem Land geworden sind. Josef dreht sich um zu mir, er ist jetzt Ebner Feldner. Der sagt: *Wie bitte?* Und: *Wiederholen!*

Wieso der das bloß sagt.

Das Kinn kippt mir zum Brustkorb hin, das reißt mich aus dem Schlaf.

Wiederkehrender Traum:

Ich trage eine Tulpe durch die Kälte.

Die Tulpe ist zart. Unter meinem Mantel berge ich sie.

Aber es hilft nicht.

Sie sieht aus wie gekocht, als ich sie Marianne überreiche, vollkommen erschlafft.

19

Ich sitze auf dem Sofa, erschrockene Augen, weit offen. Die schauen sich um. Ich brauche eine Decke, in meinen Händen halte ich Kälte, balle sie zur Faust. Zwei Kerne sind sie, gleich wie der Kern, der im Mittelpunkt der Erde steckt, außen flüssig, innen fest, groß wie der Mond, heiß wie die Sonne, zarte Hitze glüht in meinen Fäusten, muss nur achtgeben, dass ich mich nicht verbrenne.

Das Schlafzimmer ist weit entfernt. Da gehe ich hin. Schlaftrunken. Das Bild vom Meer. Verkehrt herum. Das schau ich an. Schnell bin ich wach.

Jemand muss das getan haben, jemand, der da ist, im Badezimmer oder am Balkon. Vorsichtig, militärisch durch die Zimmer. Wohnung durchsuchen. Den Vorzimmerschrank. Zur Sicherheit sehe ich unter den Tisch, da liegt der Staub, sonst ist da nichts.

Das Schließen der Augen. Vergewissere mich, ich bin wach. Das Öffnen der Augen. Eingehende Betrachtung des Meeres. Es ist noch immer umgedreht. Unsagbar glatt. Ganz wellenlos. Wie gefroren. Noch mehr Kälte brauche ich. Dass mir dieses Meer nicht schmelzen kann.

Balkon.

Die Sterne starren. Wie die tuscheln. Haben sich zu

einer unangenehmen Gruppe zusammengerottet. Führen etwas im Schilde. Am Taghimmel. Am Himmel in der Nacht. Ein Kitzeln in der Nase macht mir das.

Lasst mich in Ruhe, rufe ich. Spür ein Wummern. Pulsierend, greift nach mir, als hätte ich irgendwo in diesem All einen weit entfernten Zwilling. Kann mich auch irren. Aber: 2019 bin ich ohnmächtig geworden im Supermarkt, es war gerade in den Tagen, in denen sich Beteigeuze schlagartig verdunkelt hat. *Englisch: »great dimming«. Vorzeichen einer kurz bevorstehenden Kernkollaps-Supernova.*

Ich skizziere Orion zwischen den Plastiksternen an die Decke. Zur Orientierung, so wird er in den längsten Dezembernächten über Wien zu sehen sein.

Plötzlich: ein Zirpen. Wie von Zikaden. Kommt näher. Hängt sich in meine Ohren.

Ich seh mich um.

Wackle mit dem Kopf. Loswerden will ich das. Dieses Gezirpe. Aber alles bleibt gleich. Lässt sich nicht abschütteln.

Dann: ein Kichern.

Fahr ich herum.

Schrille Stimme: *Ich lach mich tot.*

Dreh mich im Kreis, niemand da.

Hihihi! Eitles Kichern.

Blue?, sag ich, ganz tastend.

Armes Menschlein. Hast noch immer nicht meinen Namen in deinen kleinen Kopf gebracht.

Hinaus!

Haha. Geht leider nicht. Bin ja nicht da.

Raus!

Calm down, honey.

Fort, fort, fort, flüstere ich, *fort, fort.*

Setz dich hin. Ich hab mich noch nicht vorgestellt.

Da ist die Tür.

Schau, ich bin schön. Von solch einem Wesen kann keine Furcht ausgehen. Fünf Schichten Silber, der Rest ist Gold.

Ich hab Angst.

Bling! Vierundzwanzig Karat.

Diese Stimme von diesem unsichtbaren Wesen da, die ist von einer seltsamen Macht. Mit der Hand greife ich nach dem Türstock, halte mich an.

Unnötig, Sugar! Geht doch kein Wind hier drinnen. Was ist nur los mit diesem Menschlein. Alle anderen sind blown away von mir. Hui. Gleich sage ich, wie viel ich insgesamt gekostet hab.

Weg da! Nimm das!

Unhöflich? Menschen weinen wegen mir! Aus Freude! Du bist mir übrigens äußerst sympathisch.

Wären Sie jetzt endlich so freundlich!

Unmöglich. Wie ich schon sagte.

Geh!

Na, na, na. Von Gastfreundschaft hältst du nicht viel, Erdelchen. Nun ja, weil du nicht fragtest. Mein Name. Ich sage es: James Webb.

…

Hui. Jetzt bist du still.

…

Webb? Noch nie gehört?! Webb! Webb! We-we-webb Telescope! Benannt nach NASA-Manager James Edwin Webb, aber von dem wollen wir schweigen, Sashay – away! Ich dagegen: drei Millionen Follower bei Twitter. Drei Komma sechs Millionen auf Instagram. Hashtag: Universe, Hashtag: Moment.

Ich gehe zum Tisch. Da steht die Flasche. Da das Glas. Das fülle ich bis zum Rand mit Wasser. Mache einen Schluck. Schwer ist das, weil ich so zittere.

Pst! Stell das Glas weg! Hörst du das?
Nein.
Ich sage, sagte, hörst du das?

Tiefes, tiefstes Gewummer kommt auf. Verzieht sich.

Ui, wusst ichs doch. Er kommt.
Wer?
Na, Beteigeuze! Hat doch dieses Menschlein tatsächlich ein Hirn aus Erdenschleim. Horch, ich seh ihn schon, das ist er.

Lautes Wummern. Immer lauter.

Jetzt müssen wir ganz ruhig sein. Wollen ihn nicht verschrecken.
Was will er?
Na, was glaubst du? Nach dem Rechten sehn will er. Nach dir sehn.

Totenstille.

James Webb flüsternd: *Jetzt. Ist. Er. Da.*

Da dreh ich mich mit spitzen Ohren. Theresa Neges ist ganz horchend. Absolute Stille, in der das

Wasserglas zerspringt. Jedoch: tonlos. Wie in einem stummen Film.

Pst.

…

Pst.

…

So! Jetzt stell dich vor.

Reglos steh ich. Da fällt mir auf, meine Wangen sind ganz nass.

Gut, dann sag halt ichs: Theresa. So und jetzt ich. Mein Name ist James Webb! Schieße Fotos von allem, zisch, in allen Farben. Meine neuesten Schlagzeilen: James Webb Space Telescope Discovered Planet Even Better for Life Than Earth; JWST Just Found a Galaxy That Is So Old and Extreme That It Is Like a Fossil from the Early Universe; James Webb Discovered Mysterious Planet-Like Objects That Float in Pairs in Space. Alles kann ich über Sterne sagen: Wie viele galaxies gibt es? Wie viel kostet 1 Stern? Wo kommt das Universum her? Wie heißt der schönste Stern? Kann man ein Stern anfassen? Aber was red ich nur von mir. Wie unermesslich groß you are, Beteigeuze. Soll ich Sie dem Schleimchen introducen? Nichts leichter als das: weiße Zwerge, braune Zwerge und auch rote. Blaue Riesen, Nachzügler, Quarksterne, schwarze Witwen, Runawaystars, gelbe Hyperriesen, Unterzwerge, rote Überriesen. Rote Überriesen! That's you, Beteigeuze in English, jetzt kommt die Erzählung von Artemis und dem Pfeil und vom Wellenkamm. Gibt tolle Oriongeschichten. Ach was, überspringen wir. Kennt jeder schon, nicht wahr? Beteigeuze? Antworten Sie! Alpha Orionis? Al Mankib! Mirzam! HD 39801, FK5 224, TYC 129-1873-1? Hui! Das Internet ist voller Fragen: Wie geht es Beteigeuze? Wann implodiert der Stern endlich? Welcher Stern stirbt bald? Hihi. Vielleicht sind Sie schon hin. Oh no! Sehn Sie doch nur. Das Erdenschleimchen geht kaputt. Sie müssen sich besser um sie kümmern, hören Sie? Mehr Empathie. Liegen zwar im Sterben, aber dennoch brauchen Sie nicht allen andren die Stimmung madig machen. Ja, zusammenfallen zu einem winzigen Neutronenstern werden Sie, brauchen nicht maulen, sind gewiss nicht der Erste, dem das geschieht. Aber zuerst Supernova, spectacular. Möchten Sie ein Bild sehen? Ich hab eines gemacht. Hier, einen Moment, wo hab ich es gleich nochmal. Schleimchen? Sagst du bitte auch mal was, anstatt hier rumzuheulen? Ich versteh, von dieser Sternchenstrahlung wird dir schlecht. Aber nein, das glauben Sie wohl selber nicht, dass ich mich verzieh. Was soll ich untergehen, wenn ich doch erst aufgegangen bin. Wär schad um mich. Bestätige mir das, Erdschleimchen, Bestätigung! Oh, was hat es denn? Liegt ja ganz am Boden! Da sind die Wangen ausgeronnen.

Später stehe ich auf.

Geh auf den Balkon.

Still ist es da. Mit dem Ärmel wisch ich über mein Gesicht.

Die Sterne schauen erwartungsvoll.

20

Mit Filzstift ziehe ich den Umriss Beteigeuzes an der Decke nach. Meine Schaltzentrale wird dies hier. Wenn ich nur die Mittel der NASA oder zumindest die der ESA hätte, in einen Teleskoppark würde ich unser grünes Taborhaus verwandeln, einen riesigen Igel, ganz Wien überragend, den sieht man schon aus weiter Ferne seine Stacheln in alle Gebiete des Himmels richten.

Ausdrucke aus dem Internet. Beteigeuze im Jänner 2019, Dezember 2019, zwei weitere Bilder von Jänner und März 2020. Eine kleine Scheibe, die untere Hälfte in verschiedenen Stadien der Verdunkelung. Diese Flecken muss ich deuten, ich trete einen Schritt zurück, diese Flecken haben etwas zu sagen, die Forschenden schauen nicht durchdringend wie ich. Die Aufnahme Beteigeuzes vom März 2020 korrigiere ich. Sieht viel zu hell aus. Eventuell ein technischer Defekt. Mehr Aufnahmen beschaffen. Wie wichtig es wäre, den Film von diesem Lurf zu sehen. Wie oft sich wohl Beteigeuze in diesem Film versteckt: ★.

Inmitten blauer Wände schau ich auf die weiße Decke. Hier werde ich den Himmel erfassen. Die Erhellung, die Verdunkelung Beteigeuzes in Zusammenhang mit allgemeiner Atemtechnik und Josefs Studium der *Bösen Geister*. Puschkin muss her, auch die Stelle aus der Bibel. Verbindungen zwischen allen

Dingen werde ich finden, die bisher niemand sah. Zuerst: Die Karte des Himmels auf diese Wände legen. Gelbe Plastiksterne. Nachtblaue Farbe. Nur Orion hängt an der weißen Decke. Stufe zwei: In das Heft kommen die exaktesten Berechnungen. Um wie viel Prozent heller oder dunkler, ich werde es festhalten, kann sein, dass den Instituten Fehler unterlaufen, die ich korrigieren kann. Wo ist mein Heft. Hier auf dem Tisch! Ich öffne es. Kann sein, dass ich schon sehr müde bin. Vier Uhr früh. Schau zu lange auf die Abbildungen Beteigeuzes, schau viel zu lange schon in dieses grelle Licht, das vierfach von der Decke brennt. Im Notizheft Nachbilder. Helle, an den Rändern grünliche Flecken hängen geisterhaft über dem Papier. Heft ausschütteln. Hilft nicht. Lichtfelder unverändert anwesend.

Ich blättere ein paar Seiten weiter. Zeichnung. Eine Hand, gemacht aus Josefs Strich. Hand nicht breit, Hand eher schmal, nicht meine, eher die von einer andren Frau. Hält etwas Unsichtbares. Die Skizze ist gerastert wie ein Plan. Kartografisch vermessen. Die Behutsamkeit, mit der er sie gezeichnet hat. Wie sich ihr Zeigefinger krümmt.

Ich rufe Josef an.

Josef?

Theresa?

Ich möchte meinen Mut zusammennehmen und fragen, Josef, wen hast du da gezeichnet in mein kariertes Heft, stattdessen sage ich, *zeichnest du wieder,* und Josef antwortet, *ja*. Und er erzählt davon, dass er

zeichnet, wenn er mit dem Text nicht weiterkommt, seit ein paar Wochen schon. *Ich hab dich gezeichnet. Im Büro. Auch auf der Baustelle. Ich hab dich oft gezeichnet, deine Achsel, beispielsweise.*
Wieso?
Wenn du den Arm hinter den Kopf gelegt hast. Das sieht schön aus.
Aber das bin nicht ich.
Wie meinst du das?
Das ist nicht meine Hand.
Hände hab ich nicht gezeichnet. Welche Zeichnungen meinst du eigentlich?
Die auf dem Tisch.
Theresa, ich muss weitermachen, bitte geh schlafen, ja? Theresa?
Ja.
Wenn du eine Zeichnung findest.
Ja?
Das bist du.

Vor dem Spiegel sitze ich. Trage den gestreiften Pullover, das sehe ich, den ziehe ich jetzt aus. Hebe den Arm, und lege ihn hinter den Kopf. Betrachte die Achsel. Meine Hand. Überprüfe, ob das mein Körper ist, den Josef malt.

Beteigeuze, linke Schulter Orions, يد الجوزاء, Achsel der Riesin ins Deutsche übersetzt. *Hand der Riesin* bedeutet es. Ich halte die Luft an und mache mich größer, *Beteigeuze, die Schulter, die Achsel, die Hand,* wiederhole ich leise, schüttle den Kopf.

Im Morgengrauen hängt das Bild vom Meer noch immer falsch herum an seiner Wand.

Das Bett sandig weiß. Dämmerung ringsum.

Josef schlüpft zu mir unter die Decke, *rutsch noch ein Stück,* flüstert er, eiskalt.

Er legt seinen Arm über meinen Oberkörper, ich kann diese Bewegung von innen hören wie ein großes Rascheln, mein Hemd, meine Haare, meine Haut, das ist mein Körper, der hier umarmt wird und umarmt, und gleichzeitig ein anderer, der einer mir nur flüchtig bekannten Person. Meine Hände sind ein bisschen taub. Ich halte Josef. Er muss lange draußen gewesen sein.

Er schiebt seine Hand unter mein Hemd, legt sie auf meine Brust.

Ich flüstere, *Josef?,* und Josef flüstert, *ja?*
Wo warst du?
Im Büro.
Aber wieso bist du so kalt.
Ich war danach im Park.
Was hast du denn dort gemacht?
Ich bin dagesessen.
Hast du gelesen?
Nein. Ich bin einfach dagesessen.

Seine Stimme klingt rau, aber auch ein wenig glücklich.

Durch die Pyjamahose berührt er meine Vulva. Ich zieh mich aus. Er reibt mit seiner Eichel über meinen Kitzler, so lange, bis ich kaum noch weiß, ob sein Penis schon ein Stückchen in mich eingedrungen ist oder nicht. Ich seufze und sage, *flitsch, flatsch,* und Josef erschrickt.

Ich kichere.

Und ich schließe die Augen und Josef sagt, *Komm, lass sie offen.* Er schaut mich fest an, sagt, *geh nicht fort,* und ich schaue ihn an, wie er mich dazubehalten versucht mit dem Blick, als könnte er mich verlieren, sobald er blinzelt, *Schau mich an,* sagt Josef, *Bleib hier, bleib,* was interessiert mich das.

Nicht so!, sage ich entschlossen.

Was?

Knickst mich! Vorsicht!

Zu fest?

Mein Gold.

Gold?

Mein Gold wird schmutzig. Geh jetzt endlich weg mit deinen Fingern. Mit Handschuhen berührt man mich!

Josef hinein in die Küche. Öffnet den Schrank. Ich höre ein Tablettenrascheln.

Du hast sie nicht genommen.

Du hast sie nicht genommen, äffe ich ihn in einem schönen Singsang nach.

Hast du es vergessen? Oder absichtlich?

Wozu! Wozu, ich mag nimmer, ich bin doch gut, so wie ich bin, hui, perfekt, das sage ich.

Er legt sich wieder neben mich, schlingt einen seiner Arme fest um mich und rüttelt an meiner Schulter. Was macht er da. Ist nicht angenehm. Soll er mich lassen. *Hör auf,* sag ich. Und Josef hört auf. Schließt seine Augen. Nach einer Weile regelmäßiges Atmen. Beinahe schläft er schon. Wie er das macht. Ich schau ihn an. Ich denke daran, dass ich ihn liebe, und muss lachen. Aber es dauert bestimmt nicht mehr lange, bis ich ihn nimmer ausstehen kann. Im letzten Winter wars. Ein Fremder in der Nacht, steht neben dem Keyboard mit gefährlicher Gelassenheit, als er sich dann nähert, schrei ich um Hilfe, es kommt die Polizei. Die Nachbarin hat sie verständigt. Am nächsten Tag stoße ich Linde zur Seite, so fest, dass sie stolpert, als sie mich zur Begrüßung auf die Wangen küssen will. Marianne nehm ich in den Schwitzkasten im Wald. Als ich sie loslasse, ist sie gerannt.

Josef schläft. Er ist jetzt wieder warm, nur ich bin kalt. Kann es frostig knirschen hören, wenn ich die Mundwinkel zu einem Lächeln anhebe. Ich möchte heiß sein, flüssig in meinen Bewegungen, ein blauer Stern wie Rigel, Fußstern Orions, *12 300* Kelvin an seiner Oberfläche. Ich wünsch mir Fieber. Will mich freuen über Glut, und ich stelle mir vor, ich bin ein Stern, in meiner Mitte trag ich das Myom, das ist mein Kern, kleine rosa Kugel mit roten Adern drin, wie lieblich.

Ich drehe mich zu Josef. *Ich liebe dich,* sage ich, er hört mich nicht, so schreie ich: *Ich liebe dich! Josef! Liebst du mich?* Und zieh ihn an den Armen.

Nein, murmelt Josef, und seine Stimme klingt schlafend, aber seine Augen sind hellwach, das erkenne ich, ich leite es aus ihrem Glitzern ab.

21

Ich schließe die Augen, als ich sie öffne, ist es Tag.

Im Wohnzimmer stehe ich vor der Heizung, hier werde ich mich schmelzen, und suche über mir Beteigeuzes Bild vom 15. Jänner 2019. Ist nicht da. Vielleicht hinter die Heizung gestürzt, schon zu Asche zerfallen, in der Heizung lodert eine Flamme. Ich leg mich auf den Boden, schau mit einem flachen Auge unter sie, da kann ich nichts erkennen, als ich wieder aufstehe, habe ich das vage Gefühl, am Sternenhimmel ist etwas verrutscht, vermutlich wegen mir.

Im Küchenschrank steht das Parfum neben dem Salz.
Durchsichtige Flasche. Hellgelbes Wasser. In schwarz: *ck one*.
Im Internet: *zitrisch, weiße Blüten. It has also been described as the first fragrance to be openly marketed as unisex.*
Geschlossene Augen, geöffnete Arme, so hab ich es von Linde gelernt.
Nur lasse ich die Augen offen. Ich stehe in der Wolke aus Parfum und denke an die Gelsen von Nanterre.

Im Kasten liegt ein teurer Pullover. Der gefällt mir nicht. Ein Katzenkopf ist ihm aufgestickt. Einen solchen Katzenpullover besitz ich nicht, das denke ich und schlüpf in ihn.

Josef schläft. Ich schau auf seine geschlossnen Lider.

Am Boden neben dem Bett die *Bösen Geister*.

Rote Lippen, grüne Wand.

Ich bleibe stehen.

★

Ich muss diesen Film sehen, in dem sind alle Sternenhimmel, die jemals fürs Kino festgehalten wurden, einer nach dem andren, zu einem eigenen Film geschnitten, und ich weiß, das spüre ich mit übergroßer Deutlichkeit, wenn es bedeutsame Sternenhimmelsverschiebungen und Sternenhimmelsrochaden gab, dann werde ich sie in diesem Film auffinden, in dem ist alles, nirgends sonst. Den Film sehen. Himmelsaufnahmen betrachten. Himmelsaufnahmen überprüfen. Ob etwas geschehen ist und ob sich etwas ankündigt.

Nach dem Telefon tasten. Lurf! So war der Name des Regisseurs.

Im Filmmuseum rufe ich an!

Lutz, Filmmuseum, Hallo?

Hallo, ich bräuchte die Telefonnummer von Johann Lurf.

Wie bitte?

Ich brauche die Telefonnummer von Johann Lurf.

Am besten, Sie rufen bei der Auskunft an. Da kann ich Ihnen nicht weiterhelfen.

Schade.

Wer spricht da bitte?
Neges.
Die Regisseurin? Linde?
Ja.
Warten Sie, ich geb Ihnen die Nummer, also ausnahmsweise.

Ich lasse keine Zeit verstreichen. Vor dem Haus das zweite Gespräch dieses Tages, hab ein bisschen Herzklopfen davon, so viele Personen rufe ich sonst niemals an. Den Film sehen, mir nichts anmerken lassen.
Lurf.
Ja! Herr Lurf!
Ja?
Ja! Ich veranstalte ein Festival für Film.
Wer?
Ich veranstalte …
Wer spricht bitte?
… ein Festival.
Woher haben Sie diese Nummer, bitte?
Vom Herrn Lutz, ich möchte …
Das ist meine Privatnummer. Ich kenne keinen Lutz. Was soll das?
Ja, aber ein Filmfestival.
Hören Sie, solche Dinge besprechen Sie bitte mit meinem Verleih. Woher, sagen Sie, haben Sie diese Nummer?
Von Herrn Lutz. Ich müsste dringend Ihren Film sehen und wissen, welcher der älteste Filmhimmel ist und welcher der jüngste, und welcher Stern wird am häufigsten gezeigt und welches Sternbild. Mein Name

ist Neges, Linde Neges, die berühmte Regisseurin, geboren am 14. Februar 1954.

Schweigen.

Hören Sie mir jetzt genau zu. Ich kenne Linde schon sehr lange, und wenn Sie mir nicht auf der Stelle sagen, woher Sie diese Nummer haben und wer hier spricht, dann find ichs selber raus und zeige Sie an.

Da lege ich auf, ganz unsichtbar und schnell.

Wind auf der Straße. Ich lass mich von ihm schieben. Die Markisen der Bäckerei sind so grün und die Blätter so gelb und die Autos so rot und so grau, sonnengrau wie die Häuser, nur wo das Licht nicht hinfällt, da liegen die Schatten tief und schwarz und kühl, bald wird es Winter sein. Hihi.

Hallo Papa.

Was sagst du?

Sehr cool!

Nicht wahr? Schön, dass du da bist, wie geht es dir?

Hast du das aufgenommen?

Nein, das Poster hat mir die Kette zur Verfügung gestellt. Ist aber beeindruckend, nicht wahr?

Der Tisch sieht futuristisch aus.

Setz dich hier her. Gut. Und jetzt reiß das Auge weit auf.

So?

Ja, warte, du musst die Finger so hinlegen, genau, dass die Iris ganz zu sehen ist.

Unangenehm.

Dauert nur kurz. So. Das war es schon.

Beide Augen?

Zuerst das Linke, dann das Rechte. So schnell geht das.

Cool.

Hier. Nimm das mit, hab ich dir mitgebracht.

Was ist das?

Getrockneter Salbei.

Kann man das essen?

Räuchern. Du zündest das Sträußchen an und gehst damit durch die Wohnung. Du kannst es dir auch über den Kopf halten.

Wozu?

Oder Josef. Halte das glimmende Sträußchen dem Josef über den Kopf, das schadet ihm bestimmt nicht.

Aha. Und was passiert dann?

Es vertreibt alles Mögliche. Schlechte Energie. Geister.

Geister?

Es hilft gegen böse Geister. Du weißt schon.

Weiß nicht. Woher weißt du das?

Wird schon seit Jahrhunderten praktiziert. Reinigt. Zieht positive Energien an.

O.k. Danke.

Jetzt ist es fertig. Schauen wir mal. Ein perfekter Irisshot!

Gelb?

Blau.

Ja, aber da oben gelb.

Zeig.

Wieso ist meine Iris da oben gelb? Und wie sie ins Augenweiß zergeht. Papa, da ist überall dieser dunkelblaue Ring um die hellblaue Farbe herum, nur da oben, wo sie gelb wird, da ist gar nichts.

Vielleicht solltest du seltener blinzeln.

Kommt das öfter vor?

Nun, jedes Auge ist individuell. Aber immer ist es beeindruckend. Eine meiner Klientinnen hat sich ihre Iris und die von ihrem Mann im Maßstab eins zu eintausend über die Couch gehängt. Richtig magisch.

Hast du auch manchmal das Gefühl, andere zu schneiden mit den Augen, wenn du sie ansiehst?

Nein. Beschreib das genauer.

Ich weiß nicht. Zu stechen. Mit den Augen, die irgendwie geschliffen sind. Dass ich drauf achten muss, nie zu lange in die Augen von wem andren zu schauen.

Theresa, was ist los? Deine Aura gefällt mir heute nicht.

Was ist mit ihr?

So weiß. Wie Nebel.

Nebelweiß?

Ja.

Ich hab ein Myom. Hab ich das schon erzählt? Ich glaub, es hat das Herz befallen.

Ein Myom? Du weißt, was das ist?

Ein gutartiger Tumor.

Nein. Ein verdrängter Kinderwunsch. Das könnt ihr ganz einfach lösen.

Papa, sei still.

Auf einem Grundstück steht ein Baum, die Zweige angeschüttet mit Äpfeln. Ganz reif sind die noch nicht, die haben keine roten Wangen. Um den Fuß des Baumes Kinder. Sehen mich grimmig an.

Eines ruft, *Geh fort. Wir bewachen den Baum.*

Wieso?, frag ich.

Auf dem hängen Äpfel drauf. Damit die niemand nimmt.

Das Wechseln der Straßenseite.

Ich schaue nach oben. Wie seltsam es ist, dass zwischen der Unendlichkeit und mir nur fünf Stockwerke eingezogen sind, aber daran soll ich nicht denken, sagt Schaller, wirklich nicht, und ich sehe nicht nach oben, in den Himmel, den bodenlosen, an Rauchfängen, Antennen, Satellitenschüsseln müsste ich mich halten, wär die Schwerkraft kurz vergessen, ich schüttle den Kopf, versuch mich zu fassen, *blue*, sag ich, Farbe des Himmels, *blue*, da erschrecke ich, *blue*, das wollte ich nicht, wie sehr ich stürzen würde, abfallen von der Erde wie ein leichtes Steinchen, an Dächern vorbei mitten ins Milchstraßenfinster hinein, nur selten aufgehellt vom Licht von einem toten Stern. Wie leer doch dieses Weltall ist. *Blue*. Ich gehe. Schneller, die Häuser sind mir schwer. *Blue*. Fassaden, makellos, als wären sie ganz frisch erbaut, nur die, die ich passiere, die neigen sich, Häuser gemacht aus Butter, instabil, ein bisschen rutschend, die neigen sich von ganz oben so zu mir hinunter, ist mein Magnetismus, zieht sie an. Die Häuser sind müde, die Häuser stehen seit Jahrhunderten Schulter an Schulter aneinandergepresst und von oben stößt der Himmel unaufhörlich gegen ihre Dächer, die warten nur darauf, dass ich komme, da lassen sie sich gehen und knicken ein, wollen sich zum Ausruhen auf meine Schultern legen, sonst haben sie keinen Wunsch. Die andren Leute mit ihren Larven, die spüren das Gewicht der Häuser nicht. Obwohl es Indizien dafür gibt, der Kreuzung hat man zur Entlastung die große achteckige Uhr abgenommen, dem Wagen aufgeladen liegt sie da. Die Häuser so schwer und der Grund von einer solchen Hohlheit durchdrungen, Katakomben voller Fledermäuse, Kakerlaken, Mäuse, Ratten, der ganze Untergrund durch Baustellen aufgescheucht, nicht einmal repräsentative Stiegenhäuser scheuen sie mehr. Einem Freund von einem Freund, dem hat eine Ratte die Nasenspitze abgebissen. Ich ducke mich davon. Breche einen dürren Ast vom Busch, mit dem kratze ich parkende Autos.

22

Vor mir erhebt sich das Riesenrad.

Unweit davon: Kettenkarussell.

Ich bezahle zwei Euro fünfzig Cent. Vier Schritte über hohle Stufen hoch. Josef ruft an, ich geh nicht ran. Armer Josef. Der Betreiber reißt das Ticket ab. Nur Kinder außer mir, von denen die größten mit den Schuhen den geriffelten Metallboden erreichen, die Beine der kleineren baumeln in der Luft. Dieses Fliegen ist unangenehm, aber ich verfolge damit ein konkretes Ziel: Schwindel suchen, Schwerkraft lockern. Ist eine Übung fürs All. Dort möchte ich sein, mit Leichtigkeit, ohne Luft und schwebend. Endlich sitze ich wieder da in meinem Sitz, der ist geflochten aus Schnüren aus Plastik, und muss so stark lächeln, dass ich verlegen auf den Boden schaue, will nicht, dass jemand meine Freude sieht. Blondkinder und Dunkelaugenkinder schauen mich verstohlen an. Wollen wissen, was ich hier mache, aber sie fragen nicht, das trauen sie sich nicht, ich bin erwachsen. Da setze ich besser die Maske auf, nigelnagelneu, FFP2, sollen sie schauen, meine Augen schauen zurück, aber nicht der Rest von meinem Gesicht, der ist verhüllt. Der Besitzer wendet sich zu mir.

Meine Dame, nehmens das Ding bitte ab.

Nein, sag ich.

Sie auch!? Sind auch Sie ein Schlafschaf, gnädige Frau?
Vermutlich.
Bitte die Maske herunter, hier sind Sie an der frischen Luft.
Es geht los!, ruft die Frau aus dem Tickethäuschen raus, die dreht an einem Schalter. Kinderjubeln. Bewegung. Ich schwebe am Betreiber vorbei, erst langsam, dann immer rascher geht er neben mir her.
Schauen Sie. Sie verängstigen die Kinder mit dieser Maske.
Macht einen katzenhaften Satz auf mich.
Gebens her. Sie schädigen Ihre Lunge.
Das Kettenkarussell hebt mich höher.
Na warte, Hundsfott.
Der Besitzer schnappt nach meinem Bein, das ziehe ich weg und lache.
Berta, dreh das Schinakl sofort wieder ab. Berta, Notsituation!
Na geh, wo?
Politisch!
Herbert, geh, hör auf, die Kinder fliegen ja alle schon, was willst du die denn jetzt landen, Herbert, wenn du mich fragst …
Berta, geh, bitte, jetzt halt einmal zu mir! Kommens da sofort runter von meinem Karussell mit Ihrer Maske!
Das ruft der Betreiber, kommt näher, obwohl ich raschest schwebe, was will der von mir, der streckt sich, will mich vom Sitz pflücken, wo sind die Apfel-

kinder, sollen die kommen, mich beschützen. Meine Beine erwischt er nicht, da bin ich schlauer und schneller, lasse einen Schuh auf ihn hinunterfallen, *nimm das,* rufe ich, der Betreiber schimpft: *Hundsfott.* Lauter Kindergesichter da in der Luft um mich, die wirbelt es in meine Augen. Die reiß ich auf, auch meinen Mund ganz voller Zähne sperr ich auf, aus dem schleudere ich ein wildes Lachen, sympathisch, da verrutscht mir gleich die Maske.

Sicher sitze ich in meinem geflochtenen Sitz, spüre, wie stabil er ist, wie er sich gegen meinen Körper drückt, an jeder seiner Ecken eine Kette, vier feste Ketten, die halten mich, binden mich am Karusselldach fest und tragen mich höher, bis meine Füße beinah so hoch um die Kurve zischen wie mein Kopf.

Gegen den Wind wirbelt es mich. Kinderquietschen. Ich nehme in die eine Hand die Kette links und in die andere Hand die Kette rechts, ich halte mich weit oben an, ist mir trotzdem mulmig, was geschieht, wenn eine der vier Ketten reißt oder auch zwei, was wird dann sein, soll ich aus dem Sitz geschleudert durch die Luft steigen, vorbei am Zaun mit Zackenspitzen zum Dach vom Haus da drüben hin, dessen Wände beinahe schon meine Füße berühren.

Auf allen Seiten stehen sie da, Häuser, wie Schaulustige dicht um dieses Karussell herum. Einer meiner Schuhe einsam auf dem Asphalt, niemand beachtet ihn, werde auch den anderen abwerfen, beiläufig vom Fuß mir streifen, fallen lassen mit Eleganz, nur gelingt es nicht, der sitzt zu fest, was schauen die alle, wenn ich mich im Flechtsitz fliegend nach unten krümme, meine Hände helfen nach, jetzt segelt auch der zweite. Der Betreiber schreit: *Sie sind ein Viech! Ein Viech sind Sie!*

Heiße Füße hab ich an den Beinen. Und oben auf dem Kopf, da wehen die Haare, wehen wild. Dauert nicht mehr lange, dann habe ich den höchsten Punkt erreicht, am Ende der Ketten segeln die Sitze waagerecht dahin und der Betreiber wird tief unten stehen, mindestens zwei Beine lang unter dem Ende meines Beins, aber nicht jetzt. Dauert noch ein bisschen, kann noch höher werden, immer höher hebt mich das Karussell, dreht mich gut und dreht sich schnell, ich reiße die Augen auf, Taumel setzt ein. Abrupter Wunsch, auf der Stelle die Füße voran ins glitzernde All hineingeschleudert zu sein. Einmal ausgiebig durch Cosmic Latte rauschen, bis ich genug habe davon. *It is the average color of the galaxies of the universe as perceived from the Earth.* Die liebste Schaukel von mir, die steht am Land, zwischen den Mauern von Altenheim, Friedhof, Gefängnis, aber dieses Karussell ist besser. Das öffnet den Himmel so beiläufig mit seiner sonnengelb, zuckerlrot gestrichenen Spitze, die sich unauffällig in ihn hakt. Folge: das Verschwinden der störenden Atmosphäre der Erde. Gleich direkt über mir plötzlich Einblick in das All, das glitzert finster, auch am Tag. Der Plan: Mich exzellent im richtigen Moment in perfekter Drehbewegung zu Beteigeuze rüberstürzen. Die Wichtigkeit des Sternenkartenstudiums ist in dieser Sache nicht zu unterschätzen. Standort Beteigeuzes um vierzehn Uhr, siebzehn Uhr oder ein Uhr nachts. Das alles muss ich wissen, notfalls schaue ich auf dem Handy nach. Wobei ich meinen Stern in diesem Karussell ganz ununterbrochen spüre. Riesig über Wien rollt sich Beteigeuze. Die Ahnung: dass wir beide eventuell exakt das Gleiche sind. Könnte ich mich im Universum spiegeln, mein Abbild wäre er. Mein großer roter Körper. *Hundsfott,* schreit der Betreiber.

Wie gut das Licht wär, wär er an Stelle der Sonne hingesetzt. Beteigeuzesystem, wie schön das klingt. Die Erde leider ausgelöscht, auch Merkur, Venus, Mars. Wie hell das wäre. Rote Hitze. Das Heizen könnte man sich sparen. Beteigeuzes fauchender Mantel aus Gas, wie locker der sitzt, der dreht sich wie ich mich in diesem Moment, im nächsten Moment, in jedem Moment, und auch mein Mantel flattert, Gabardine, von der grauen Farbe kalter Steine, rutscht mir fast schon von der Schulter, pulsierender Stern. Bläht sich, zieht sich zusammen. Beteigeuzes veränderliches Leuchten, das ist meines. Gleich wie mein Stern strahle ich hell und manchmal strahle ich finster. Heiße Blasen aus Gas, die kühl werden, sich wieder sinken lassen. Manche platzen. Material, das abgegeben wird, verwandelt sich zu Staub, Verschleierung des Sterns, Verdunkelung von mir. Ich denke an Josef. Lucy, Diamantenstern. *BPM 37 093. Durchmesser von etwas weniger als 4000 Kilometern. Kristalliner Kern. Er hat 10 Milliarden Billionen Billionen*

Karat. Wenn seine Familie meine Asche an sich nehmen und drücken könnte, so fest, bis aus Kohlenstoff schließlich Diamant geworden ist, versehen mit Kalette, Rundiste, Tafelfacette, das würde sie freuen. Da schweigt es kurz in meinem Kopf. Wenn ich hier, jetzt, mitten in meinem Schweben auf dem Karussell den Atem anhalte, kann ich es hören, das dröhnende Gasschwappen der Sterne. Im Universum sind angeblich keine Geräusche drin, nur großes Vakuum und des Vakuums Stille, nur meine Meinung ist das nicht.

Kann es beweisen. Am lautesten das fiepende Geräusch der Sterne, die gerade eben erst geboren sind. Da hab ich einmal auf YouTube ein Video immer wieder angeschaut, den Titel weiß ich auswendig: *Star Cluster Formation by Collapse of a Molecular Cloud.* Wie schön ein solcher Kollaps ist! Den kann ich nicht vergessen. Dichte Wolke aus Staub, die ein hohles Gewitterwälzen in sich trägt. Zartes Krachen fusionierender Kerne, schon kugeln hell leuchtende Punkte aus dem Gas. Die jüngsten Sterne. Schlingernd, kreiselnd. Die kennen die Fröhlichkeit, da bin ich mir sicher, *du Viech,* schreit der Betreiber.

Sternschwerer Himmel. Wie viel Tonnen die wiegen und was für ein Glück es ist, dass sich die Himmelskörper selber schleppen. Was da alles ist! Helle Sterne, dunkle Materie. Sterngekreische höre ich. Nein! Ist das von Kindern in plastikgeflochtenen Sitzen, die Sterne sind zu weit entfernt, stecknadelige Augen, die auf diesem Himmel blitzen, der ist jetzt wieder blau und blendet mich. Da ist die Sonne. Die leuchtet. Gelber Zwerg, gehst mir auf den Nerv. Irrelevantes Dingelchen. Eifersüchtig auf Beteigeuzes Glanz. Und natürlich auch auf mich, mein sternenhelles Flirren. Sonne sendet Magnetfeldsturm! Sonne schickt Protuberanzen. Die greift nach mir, verpiss dich, du Sonne, *durchschnittlich großer Stern im äußeren Drittel der Milchstraße,* von unendlich großer Irrelevanz. *Haha!* Mein schallendstes Lachen werfe ich zum Karussellbetreiber runter und die Maske hinterher.

Auf meinen Wangen: Hitze. Die an manchen Stellen kühler ist, aber nie kalt, nur weniger heiß. Verziehe mein Gesicht, auf dem sind jetzt dunkle Flecken wie Sonnenflecken drauf, die wandern in einem fort, verschieben sich. Unangenehm. Leg die Hände vors Gesicht. Dort bin ich verwundbar, ist nicht eingebildet, da ist eine Larve, golden, silbern, wie die von Ebner Feldner, wie die von Tycho Brahe, glüht auf in der Karussellbeschleunigung ganz rot wie Glut. Da hilft aller Wind nicht, der kühlt nicht, nicht genug, sein Wehen verhundertfacht vom Karussell, wie hoch ich jetzt bin, dies ist der höchste Punkt, die Erde trag ich wie eine Krone auf dem Kopf, gleich will ich mich schwindelig zu Beteigeuze fallen lassen – aber schon ists dazu zu spät, der höchste Punkt liegt hinter mir, die Ketten sinken millimeterweise, ich verziehe das Gesicht. Will raus hier. Karussell soll endlich halten. Ich stelle mir Wurzeln vor, die aus meinen Sohlen wachsen, wie Schaller mir geraten hat, feste Wurzeln, die verbinden mich baumstark mit dem Untergrund, so kann ich jede Drehung stoppen. Seh ein paar Büschel feiner Fäden aus meinen Fersen ragen, die helfen nicht, das spüre ich, kann man nichts machen, da kreische ich, wie tut das gut. Dies empfinde ich als richtiggehend erfüllend. Wie die Kinder schauen. *Fürchtet euch nicht!,* schrei ich in ihre in der Drehbewegung verwirbelten Gesichter, da lache ich. Geblendet von Sonnenschnipseln. *Anhalten! Ich hab genug!,* ruf ich. Die Kettenarme senken sich, das mach ich mit, ich atme tief und halt mich fest, ich will nicht mehr. Blut ist rot wie Beteigeuze. Wird heller, wieder dunkler. Zeigt die Verdunkelung den großen Krieg an, der bald kommt? Ist er schon da, ich lehn mich zurück, wie schön ein solcher Kollaps ist! Der surrt mir in den Ohren. Der Bruder von Lilly, ihr um zehn Jahre jüngerer Bruder, den hab ich niemals kennengelernt, auch niemand von den anderen, von dem wussten wir lange nichts, von Linde weiß ich nur, er ist in die Maschine gekommen. Leise hat sies mir gesagt. *Saturn, the Bringer of Old Age,* murmelt Lilly in mein Ohr. Sonne leuchtet zersplittert wie Klingen. Messerglänzen, gleich groben Juwelen, so neu. Wie schön die Maschine dasteht, am Rand vom Feld. Edles Gerät. Hat viel gekostet. Ungeheure Erfindung. Vorsichtig gehen Lilly und Lillys Bruder an die Maschine heran, staunend, dreizehn Jahre ist er alt. Sie umstreifen das Glänzen, der Bruder will es berühren, glatt und kalt, *Finger weg,* sagt Lilly und schaut sehnsüchtig zum Horizont, in dieser Richtung ist der

Krieg, das sechste Jahr schon. Dort ist ihr Mann. Ebner Feldner, wie schön das klingt. Der Motor wird angeworfen vom Knecht. Großer Hebel, der gibt Gas. Einfache Apparatur. Kann jeder bedienen, ist gut gemacht. Schade, dass es ihr Vater Ackermann nicht sehen kann. Auch der ist seit Kurzem im Krieg. Trotz Zittern in seinem Zweiten. Dieser Krieg jetzt, so sagten sie, der wird ihn wieder heilen.

Im Feld: Der Bruder geht der Maschine nach, da ist ein Stocken in ihr drinnen, etwas hat sich verkeilt, ein krummer Ast. Verlaufen hat der sich, schon steckt er in der Maschine, nigelnagelneu, wie schade. Und Lillys jüngerer Bruder geht näher zu den Armen der Maschine, *Finger weg!*, der will die Maschine vom Ast befreien, oder den Ast von der Maschine, er geht rasch heran, mit leichten mutigen Schritten, an denen schwer die Erde klebt, er sieht den Ast und fasst schnell in die Maschine und die Maschine fasst schnell nach ihm. Klingengeprassel. Die bewegen sich plötzlich. Klirren so hart, als wären die Knochen vom Bruder nicht Knochen aus Knochen, sondern Knochen aus Glas, aber das sind sie nicht, obwohl es so klingt, denn der Bruder ist ein Mensch, aus Blut und Fleisch und allem.

Die Maschine macht Lärm, dann wird es leise am Feld. Es verstummt.

Da steht die Maschine. Ich stelle sie mir rot vor und ich stelle mir vor, dass sie voller Erde war. Die Messer der Maschine glänzen fettig von dieser fruchtbaren Erde. Höfliche Erde, die nur begräbt, wen man hineinlegt in sie. Anders an diesem Tag, an dem die fette Erde hungrig war.

Als Lilly merkt und der Knecht merkt und als auch der mutige kleine Bruder gemerkt hat, dass alles zu spät ist, dass aus den schönen Fängen der Maschine kein lebendiges Herauskommen mehr ist. Die Hand halten. Hat ihm jemand die zerschnittene Hand gehalten.

Vielleicht Schreie. Riesige. Die es über die Felder reißt, dass sich der Boden von alleine öffnet und umgräbt, ganz ohne teure Maschine hinunter bis zum Stein, der dort liegt seit Ewigkeiten wie ein harter Deckel über der glühroten Erdkernschmelze, die sich dreht.

Lillys Bruder verblutet. Das Leben entwischt ihm aus den Augen. Wie soll man da zusehn. Wie soll man davon erzählen. Wie Bescheid geben. Josefa muss verständigt werden vom Nesthäkchentod. Jemand läuft ins Dorf. Ist das Lilly. Läuft nach Hause. Oder ist es nicht sie, läuft jemand anders. Der Knecht. Und Lilly bleibt bei ihrem Bruder, draußen auf dem Feld. Vögel aus der Luft, von überallher. Kein Gesang. Die holen den Bruder ab. Wollen seine Seele tragen, jedes Vögelchen ein Stück.

Die Glocken der Kirche läuten *ding, ding, ding*. Als sie verklingen, ist es still. Auf allen ebenen Feldern.

Der Wind holt Luft. Fährt über die Halme wie übers Wasser.

Ein letztes Glitzern vom Himmel.

Dann ist es vorbei, alles vorbei. Und alles dreht sich weiter. Auch ich dreh mich, ich dreh mich schnell auf meinem Sitz vom Kettenkarussell. Die Gesichter aller Kinder da um mich, die sehe ich, kleine Gesichter, plötzlich von dem des Betreibers verdrängt.

Ihnen werd ich Beine machen, das sagt der. Muss er sich beeilen, mich einzufangen, bin noch nicht richtig hier, sondern beseelt von übergroßer Drehgeschwindigkeit.

Da sinken die Sitze. Lassen sich hängen.

Ich möchte hier raus, murmle ich, ist es klüger fortzutaumeln oder in eine aufgesetzte Ohnmacht zu fallen. Der Betreiber greift nach meinem Gesicht, nimmt meinen Sitz am Haltegriff, ich schließe die Augen. Um die Wimpern, dunkel, wirbelt Licht. Ist es wie Regen, ist es wie Schnee, begleitet von wunderschönem Zikadengeräusch, heftiges Zirpen, schrei ich so laut ich kann: *Polizei, Polizei,* krähig lacht es heraus aus meinem vollen Hals. Der Betreiber lässt meinen Sitz erschrocken los. Um ihn und um mich herum die Kinder.

Berta! Die Rettung!

Polizei, Polizei! Das rufe ich und renne weg. Fass nach den Schuhen, greif mir den Ast, der ist für solch einen dürren Ast ganz prächtig.

23

Auf der Praterallee leuchtet Sonne zwischen Schatten. Stabil stehe ich da.
Gib den her.
Los. Gib den heraus!
Den Ast?
Ja. Woher hast du den trockenen Ast.
Von einem Busch.
Der Prater is unser Gebiet.
Also her damit. Da bringt niemand einen Ast hinaus ohne Bewilligung.
Ich hab ihn nicht von hier.
Woher dann?
Von der Praterstraße.
Das kann ja jeder sagen.
Vielleicht sagt sie die Wahrheit.
Die Praterstraße ist nicht unser Gebiet.
Zögerlinggebiet. Wenn ders erfährt!
Weiß die doch nicht.
Also, gib her!
Wenn du ihn nicht hergibst, holen wir ihn.
Den Zögerling?
Niemals!
Wir holen wen andren.
Wen denn?
Das wüsstest du wohl gerne.

Brauder.
Er is der Älteste.
Steinstark!
Gegen den kommt niemand an.
Wie alt ist der?
Nein, nicht!
Sags nicht!
Vierzehn.
Sags doch nicht, wenn ich doch sag, du sollst nix sagen.
Geht dich nichts an, Erwachsene.
Die Kinder lachen mich aus und ziehen ab. Haben vergessen auf den Ast. Den verberg ich unter dem Mantel.

In der Zuckerwatte steckt ein Stäbchen Holz. Es gab auch dunkelblaue zu kaufen, die färbt die Zähne blau, die Zunge, die hab ich nicht genommen, ist wegen meinem roten Mund.

Klebende Lippen. Schaut nach einer Mahlzeit aus, nur löst sich die Watte auf, sobald sie mit meiner Zunge in Berührung kommt.

Da kommt eine Katze.

Soll ich dir ein Stöckerl werfen?

Da bleibt sie stehen. Wendet ihren Kopf zu mir.

Da, fass. Ja! Fass das böse, böse Stöckchen.

Will die Katze das Stöckchen mit ausgestreckten Krallen kratzen.

Na komm! Fester, fester, na, so wirst du das Stöckchen nicht besiegen!

Plötzlich wendet sich die Katze ab.

Na, dann nicht. Hau ab.

Da haut die Katze ab. Aber nicht wegen mir. Hat einen andren Grund.

In der Weite steht ein scheuer Hund. Dort drüben, zwischen den Bäumen. Wo der Auwald beginnt. Er hat ein dunkles Fell, struppig ist er und seine Schnauze spitz. Ich sage mir, das kann kein Hund sein, das dort ist ein Wolf, so struppig, mit solch einer zugespitzten Schnauze. Da muss ich hingehen. Das möchte ich überprüfen. Aber ich bleibe sitzen, soll der Wolf doch selber kommen. Scharfäugig entgegne ich den Blick, mit dem das Tier sich mich besieht. Anstatt zu kommen, geht er weg. Scheint wirklich scheu zu sein, der Wolf.

Wo ist der Wolf?
 Hast du den Wolf gesehen?
 Er ist im Auwald verschwunden.
 Wirklich?
 Tiefer Wald.
 In dem leuchtet es grün, auch in der Nacht.
 So erkennt man ihn.
 Red nicht so, wo ist der Wolf hin?
 Is weg.
 Wann war das?
 Vor einer Stunde.
 Sagt sie die Wahrheit?
 Ist sie eine Lügnerin?
 Das is die mit dem Ast.

Wo ist der Ast?
He, gib uns die Zuckerwatte.
Ich hab sie schon aufgegessen, seid ihr blind.
Gib lieber den Stiel her.
Der brennt sicher gut.
Denkst du?
Fürs Lagerfeuer.
Das ist das billigste Holz.
Stinkt sicher.
Wenn wir das Stäbchen jetzt nicht mitnehmen, ich versprech es dir, in der Nacht werden wir es vermissen.
In der Nacht, wenn wir dann frieren.
Wohnt ihr im Wald?
Sag nicht wo.
Wir sagen nicht wo!
Habt ihr Schlafsäcke?
Wir haben Decken.
Ja. Die trocknen über dem Feuer.
Dass der Tau wieder rausgeht.
Da muss man aufpassen.
Dass wir nicht wieder verkohlte Decken haben.
Die noch immer nass sind.
Was habt ihr für eine Unterlage?
Sags nicht.
Ich sage es nicht.
Ja, wieso ist die so neugierig? Kommt, gehen wir lieber.

Ich warte an der Ampel. Solang es rot ist, stelle ich ein Foto hoch auf Instagram. Es ist ein wirklich wunderschönes Selfie, mein Mund voller fröhlich blendend weißer Zähne zu einem Lächeln aufgebogen und über meinem Scheitel winzig Beteigeuze, auch der grinst ganz unsichtbar, weil ich mir an die Brüste fasse, das ist witzig, die Nippel sieht man nur ein bisschen. *Just a perfect day*, schreib ich auf Instagram.

Prompt Nachricht von Josef auf WhatsApp.
Warum zeigst du das?
Was?
Das Foto!
Es gefällt mir.
Was für einen Sinn soll das haben?
Es macht mir Freude.
Ich verstehe es nicht. Zeig das doch nicht.
Wieso!
Es ist doch privat. Warum gibst du das preis?

Ich überlege. Soll er sich nicht immer einmischen, was ich mit meinen Fotos mache, er schreibt schon wieder, *Theresa, dieses Gesicht von dir ist doch geheim, und dieser Körper von dir, der ist doch auch geheim.*

Etwas Schnippisches will ich schreiben, nur, etwas Schnippisches weiß ich jetzt nicht.

Schwindeliger Duft.
Schild: *Parfümerie*. Da geh ich rein.
Pro Handgelenk zwei Stöße *Eau Duelle*. Rechts das Eau de Toilette und links das Eau de Parfum, beides zusammen ist vielleicht ein bisschen viel.
Weihrauch, gnä' Frau, sagt die Verkäuferin.

Ja?
Ist nicht für jeden.
Riecht irgendwie esoterisch.
Atemberaubend, so könnte man auch sagen. Es ist die eleganteste Vanille.
Wer sagt das?
Die Magazine. Und, welches ist Ihnen lieber?
Ich warte noch.
Ja, das ist normal. In einer Stunde dann.
Oder länger.
Ja, gnä' Frau, dieses Parfum ist intensiv.
Es kostet viel.
Es ist nicht preiswert.
Würden Sie sich selbst so ein Parfum hier kaufen?
Natürlich. Etwas Luxus muss gerade in diesen dunklen Tagen sein!
Gut. Ich komme später wieder.
Lassen Sie sich Zeit.
Muss noch einmal drüber schlafen.
Wie Sie wollen, gnädige Frau, gerne. Hab ja selbst auch keinen Geldscheißer, das ruft sie mir noch hinterher.

24

Ich sehe Josef an, so abwartend und ruhig. *Was wolltest du denn sagen?*

Er steht verlegen da mit seinen braunen Josefsaugen. Sagt aber nichts. Soll er was sagen. Kann er nicht, witzig. Ein paar Kisten stehen um uns herum. Die kenne ich nicht, die sind ganz fremd. Auch eine Tasche, fest von einem Zipp verschlossen. Prall gefüllt, die wird gleich platzen, dicht neben ihr eine stachelige Stachelpflanze. Aloe Vera.

Sagst du nichts?
Theresa.
Stummling!
Bitte.
Schimmeliger Stummling.
Theresa, nicht.
Von wem sind die Sachen? Von wem sind diese schönen Sachen da?
Theresa, ich wollte …
Sind das Weras Sachen? Josef? Sind das Weras Sachen in den Schachteln da.
Ja.
Und auch in dieser Tasche?
Ja.
Und die Stachelpflanze? Diese Stachelpflanze gehört ihr auch!

Theresa!
Stech, zerstech! O weh.
Theresa. Ich weiß nicht, was ich tun soll.
Der Josef ist verloren.
Nein, das nicht.
Herzallerliebster Josef, was machen wir.
Wera ist aus der Wohnung geflogen ...
Wie ein kleiner Vogel, zisch!
Ja! Es war plötzlich, weißt du, heute früh, da war es, ich hab mir alle Annoncen im Internet angeschaut und auch in den Zeitungen, alles, Wera war nur kurz hier, hat ihre Sachen abgestellt und sie ist gerade nicht hier, weil sie ist bei einer Besichtigung, weil sie hat kein Geld für ein Hotel und ich auch nicht und du doch auch nicht, also wir.

Ich sehe Josef an. Das ist sein Gesicht. Es ist mir ganz vertraut. Und er spricht weiter mit seinem Mund, nur höre ich nicht wirklich zu, weil ich damit beschäftigt bin, mir Weras Gesicht hier in unserer Wohnung vorzustellen, ihre Wimpern, die Augen, herzförmiger Mund, aber ich sehe nur den leichten Schwung am Ende ihres Pferdeschwanzes, der schwebt jetzt neben Josefs Kopf.

Der nähert sich jetzt mir, umgeben von leisem Haarewippen, trägt auf seinem Hals ein unruhiges Gesicht, nimmt meine Schulter in die Hand und meine Fingerspitzen. Redet auf mich ein, ganz flüsternd, erklärt mir die *Situation*, so nennt er es, sie ist die folgende: Heute morgen, da musste sie aus ihrer Wohngemeinschaft raus, wegen einer schlimmen

Meinungsverschiedenheit, Weltpolitik, und so rasch in einer andren Wohnung unterkommen, das ist unmöglich, sie hat es versucht. Eine einzige Wohnung gäbe es, nur liegt die weit draußen, im Burgenland, stell dir das vor, das wäre eine Zumutung, da immer hin- und herzufahren, das wäre von Wera zu viel verlangt und Josef sagt: *Theresa, nur eine Nacht.*

Eine Nacht?

Bitte. Es geht ihr nicht gut.

Wieso?

Ich hab versprochen, nichts zu erzählen. Und ich weiß nicht, was ich machen soll. Weil dir geht es doch auch nicht gut.

Es geht mir ausgezeichnet.

Es geht dir manchmal ein bisschen ausgezeichnet, Theresa, aber manchmal nicht so sehr, finde ich, das weißt du doch auch, oder?

Heute Nacht?

Heute Nacht?

Heute Nacht schläft Wera hier!

Erlaubst dus?

Eine Nacht dauert nicht lange. Ungefähr sieben Stunden.

Ja, ungefähr. Oder zehn.

Eine Nacht ist fast zu kurz.

Findest du?

Sie soll zwei bleiben.

Nein, eine reicht. Sie bleibt nur kurz, ganz kurz, bis sie etwas anderes gefunden hat, dann ist sie wieder weg.

Aber wo soll sie schlafen?

Hier, schlage ich vor.
Wie, im Wohnzimmer?
Ja.
Das geht nicht.
Wieso nicht? Da ist das Sofa.
Sie kann hier nicht schlafen.
Wieso denn nicht?
Hier arbeite ich. Siehst du das nicht? Mein Observatorium.
Observatorium?
Ja. Hier entsteht eine neue Welttheorie. Politik und Astronomie. Vorhersagen! Hier findet alles, was es gibt, Verbindung, aber das verstehst du nicht, so wie du schaust, das ist, fürchte ich, für dich zu hoch, ja, viel zu komplex.
Verzeih. Ich verstehe dich. Und ich versuche auch, alle Dinge zu verstehen, die hier von der Decke hängen, zwischen den Plastiksternen.
Red nicht so über mein Observatorium.
Verzeih bitte.
Dann im Schlafzimmer.
Im Schlafzimmer?
Ja, sie soll im Schlafzimmer schlafen.
Aber wo schlafen wir beide dann denn?
Auf dem Sofa.
Theresa, auf dem Sofa hat ja eine Person kaum Platz.
Da hat der Architekt natürlich recht. Also gut: Ich schlafe im Wohnzimmer. Du kannst im Schlafzimmer schlafen.

Nein.

Du und Wera, ihr teilt euch das Schlafzimmer. Ich bleibe im Wohnzimmer, weil das Wohnzimmer kommt für Wera nicht in Frage. Die bringt nur alles durcheinander. Selbst du würdest alles durcheinanderbringen, wenn du immer hier wärst. Nein, hier drinnen hat Wera nichts verloren.

Ist gut. Ich sags ihr. Aber bist du sicher.

Ja.

Ich müsste mit Wera in einem Bett schlafen.

Dann spannt ihr eben eine Schnur. In der Mitte vom Bett. Da spannt ihr eine Schnur. Du schläfst auf der einen Hälfte, auf der anderen schläft Wera. Und jetzt weg, raus mit dir, ich muss arbeiten, ich hab für solche Gespräche wirklich keine Zeit.

Wie willenlos nur Josefs Körper ist. Lässt sich ganz einfach aus dem Zimmer schieben. Steht jetzt unbeholfen draußen vor der Tür. Das ist bedenklich. Was ist mit ihm. Langsam muss ich mir um den Josef wirklich große Sorgen machen.

Ich trinke Kaffee. Es ist noch von gestern welcher da, ganz schwarz in seiner Tasse. Was in der Flüssigkeit alles mit den besten Adleraugen sichtbar wäre, vielleicht etwas, das der Schönheit des Hubble Deep Field vergleichbar ist. 1995, im Winter: Die *Wide Field and Planetary Camera 2* wird auf eine scheinbar lichtlose Stelle des Alls gerichtet. Das entstandene Bild: Galaxien über Galaxien, leuchtend rot, leuchtend orange und weiß. Eine neben der anderen, so dicht wie Staubpartikelchen, die tanzen in der Luft. Möcht gerne ein solches Teleskop besitzen. Mit dem schaue ich auf mich, mit dem schaue ich auf Josef. Da sehe ich, was wir gemeinsam sind und jeder für sich. Was noch ist und ob es reicht oder ob es nicht doch zu wenig ist. Mit einem Teleskop kann ich sicher sein, mit hundertprozentiger Wahrscheinlichkeit. Wie soll ich sonst auch wissen, was alles in ihm vorgeht, da drinnen in seinem Kopf. Ja, wie denn auch. Solch ein Mensch ist zur freiäugigen Betrachtung wirklich nicht gemacht. Problematisch alleine: Sind wir aus großer Weite überhaupt getrennt voneinander wahrnehmbar oder eines. Sehen wir aus wie die Stelle vor Alaska, wo Gletscherwasser gegen den Pazifik stößt, bläuliche Wassermasse dicht an eine bräunliche gepresst, wegen unterschiedlicher Temperaturen, unterschiedlicher Salzgehalte und Strömungen kaum vermischt.

In der Thermoskanne Tee. Ein Quietschen presst sich am Verschluss vorbei, in der Kanne ist kein Platz für so viel Dampf, die ist zu fest verschraubt. Auch alle diese Fenster sitzen eng um mich. Das Quietschen windet sich, wird lauter, dieses Quietschen dreht sich, wie Weras Zopf, immer wieder, vom Ansatz bis zur Spitze, das stört mich, möchte mir die Gedanken durch diesen Zopf doch nicht verfilzen, die Gedanken sollen glänzend glatt sein wie immer, soll die Thermoskanne die Klappe halten, und ich stehe mit der Tasse, in der der Kaffee drin ist, am Fenster, die Tasse ist hellblau, ein Erbstück von Lilly, neben dem Henkel ein Sprung, der wie ein langes schwarzes Haar auf dieser Tasse klebt, da schlage ich mit ihr gegen die Scheibe, und noch während ich das tue, weiß ich nicht, was geschehen wird, wird die Tasse zerbrechen, wird das Fenster zerbrechen, fast bin ich neugierig und eigentlich sicher, dass es die Tasse sein wird, aber es springt das Fenster. Interessant. Das hat nun scharfe Zähne. Wie im All hängende Supernovareste, genauso sieht die von mir hergestellte Glasruine aus. Es liegt auch welches um meine Füße herum. Ein Splitter hat mich am Oberschenkel berührt, ein Tropfen Blut, der kullert grazil über meine Haut hinweg, und ich rufe Josef, *Josef,* rufe ich, aber Josef hört mich nicht, und ich rufe lauter, *Josef,* kann plötzlich nicht mehr sagen, ob er sich überhaupt hier befindet, in dieser Wohnung an diesem heutigen Tag. Dann Schritte. Josef um die Ecke, schaut erstaunt, denkt: *Was zum Teufel,* das seh ich ihm an. Und ich denke, es ist wohl besser, wenn ich mich setze, in mir ist ein massiver Wirbel entstanden, der mich dreht, da streckt Josef seinen Arm nach mir, *nein,* sagt er, und zieht mich weg und setzt mich auf den Sessel, den einzigen, und ich denke noch, dieser Sessel wird mich nicht halten, so wenig Josef mich halten kann, und ich sage: *Sofa.* Ich sage es leise, vor meinen Augen arges Flimmern, arges Tanzen, orange Farbe, die dunkel wird, lebendiges Braun, in das lasse ich mich fallen, untertauchen, es ist sehr angenehm in dieser schönen schwarzen Schwärze und meine Ohren sirren, in denen sind jetzt wieder die Zikaden.

Danach bin ich verschwitzt.
Blue, blue, flüstere ich.
Berühre mit der flachen Hand die blauen Wände unsrer Wohnung.
Komm, wir rauchen eine Tschick, das sag ich mir, *komm, Tschick,* wir gehn auf den Balkon.

25

Über unsrer dunkelblauen Wohnung ist der Himmel dunkelblau. Der Wind reißt Blätter ab. Die fallen. Vogelgeschwatze, das von unsichtbaren Vögeln stammt. Wir haben eine Amsel, schon kommt sie geflogen. Die Hand strecke ich aus, dass sie sanft auf ihr landet, krallige Füßchen, fedriger Körper, und ich kichere, weil die ist doch gar nicht wirklich, das ist doch alles, das ist doch alles eingebildet.

Josef taucht auf. Ich schau ihn an.

Josef ist blass.

Und ich weiß ganz unvermittelt, das Bild, das ich von ihm behalten werde, ist das folgende: Er steht vor der einen Spalt geöffneten Balkontüre und raucht, sein Rücken ist mir zugewandt.

Schnell geh ich hinein ins Wohnzimmer, da ist das Sofa. An dieser Stelle werd ich schlafen. Hier werden von nun an alle meine Träume sein.

Traum: großes, rotes, türenloses Haus.

Das Land ringsum besteht aus Streifen. Und über den Streifen dieser Welt, da erhebt sich eine Karte, wie ich sie in einem mittelalterlichen Buch gesehen hab. Direkt um die Erdenscheibe ist die Flammenschicht gewickelt. Darüber der Mond, drei Schichten höher die Sonne, noch etwas oberhalb der finstre

Himmel einer Nacht, durchlöchert von Punkten, durch die scheint helles Licht. Das sind die Sterne, zusammengefasst zur Sternenschicht. Darüber schweben Männerpersonen.

All das präge ich mir ein, noch während ich träume. Schaller nach der Bedeutung fragen, das will ich unbedingt, wenn ich wieder bei ihm bin.

Das Aufschlagen der Augen. Schmerzen: In meinem Kopf drin hat sich ein Nordlicht verfangen. Strahlt grell grünlich von der Stirn. Nur das Kinn bleibt unberührt.

Das Aufstehen. Beschwerlich. Eine solche Schwere in mir drin.

Ich putze die Zähne. Den Kopf an die Fliesen gelehnt, will ihn nicht halten. So müde bin ich von diesem Gewicht, das nicht allein das Gewicht meines Kopfes ist.

Leere Straße. Stehen bleiben. Muss zur Arbeit. Fühl mich schwach. Aurora borealis, um mich gewickelt wie ein Schal. Fass mit der Hand in meinen Nacken, rasch, als wär der nicht meiner, fast spür ich einen Pferdeschwanz, der pendelt munter über den Rücken meiner Hand.

Da ist ein Haus. An das lehne ich mich. Halte meinen Kopf mit beiden Händen. Der zieht mich runter, aufgepasst, dass ich nicht kopfüber von diesem schmalen Gehsteig kippe. Das größte Gewicht hat sich in meine Lippen verlagert, die kommen mir größer vor als sonst, sind angeschwollen. Ich spitze sie. Dies ist erotisch. Ich möchte gerne diese Last abladen. Die Mauer des Hauses fasse ich an, kühl ist die. Ich küsse das Haus mit meinem Mund. Bleibt ein roter Abdruck an der Mauer. *Lady Danger*.

Ankunft Café. Ausgezeichnete Arbeitsmoral! Exakt rechtzeitig zur Arbeitszeit. Ich schminke mich.

Etwas Lippenstift geb ich auf meine Lider, verreibe ihn bis zu den Schläfen, diese Methode wird mir wie Tigerbalsam mein Köpfchen kühlen, schönes rotes Gesicht, das sich entfaltet, da strahle ich, das hat Theresa Neges gut gemacht, hinter mir räuspert sich ein Mann. Witzig, der möchte sich die Hände waschen. Nur, dieser Spiegel ist besetzt, sieht der nicht, dass ich mich nicht aus den Augen verlieren darf in diesem glaskörperglatten Spiegel, der nicht blinzeln kann. Da tippt er mir jetzt tatsächlich schmutzhändig auf meine Schulter. Soll er eine Wolke machen. Soll er in der Küche um Wasser bitten, davon haben wir in jedem Zimmer hier genug. Räuspern vom Mann.

Wenn Sie mich bitte kurz zum Waschbecken …
Nein!, entgegne ich mit Entschlossenheit.
Herrgott im Himmel, was ist denn mit Ihnen?
Das Waschbecken ist im Moment besetzt.
Lassen Sie …
Schauen Sie! Blau wie der Himmel sind meine Augen. Die meiner Mutter sind grün wie der Wald. Lassen! Ich schreie, das schreie ich.

Juschik: *Theresa! Milutka! Was passiert?*
Der Mann da mit ungewaschenen Händen!
Weg, Mann.
Ich möchte mir nur die Hände waschen!
Geduldung, bitte. Erst Dame, dann Herr, ja?
Ich stehe hier schon seit drei Minuten! Eine Sauerei ist das!
Do widzenia!! Husch!

Theresa Neges schnuppert. Ein stechender Geruch hängt im Lokal. Metallisch.
Schön wäre jetzt ein Sturm. Schon huste ich, so fest ich kann.
Da kommt der Chef. Was geht der nicht. Der geht nicht fort. Steht mir im Weg. *Verpiss dich,* denke ich und sehe ihn mit netten Augen an. Ich sage: *Guten Morgen,* und mache einen Knicks dabei.
Der Chef ist fasziniert von meinem Lippenstift.
Geh dir bitte das Gesicht waschen.
War schon.
Hast auch in den Spiegel geschaut?
Ja.
Mädchen. Bitte. Sprich. In ganzen. Sätzen. Mehrere Worte.
Ja.
Weg jetzt, ich muss telefonieren. Grüß Gott! In meinem Café, es gehört mir, wurde wieder eingebrochen. Nein. Aber es schaut so aus, als wär da wer eingestiegen und hätt hier übernachtet. Da liegt auch der Rest von einem Wurstbrot im Lager, pardon, Schin-

kenbrot, wann schicken Sie eine Streife? Wie lange dauert das? Top!*

Milana: *Souverän, Chef.*

Chef: *Theresa, bitte wasch dir das Zeug ausm Gesicht. Wenn die Polizei kommt, was sollen die glauben. Du siehst aus wie –*

Milana: *Sieht sie aus wie ein Viech, gell, Chef?*

Chef: *Und kann mir bitte jemand sagen, was hier so riecht.*

Milana: *Habe auch schon nachgedacht.*

Chef: *Ein Schinkenbrot! Der Kiberer glaubt jetzt, ich hab ihn wegen einem Schinkenbrot angerufen. Der muss jetzt denken, ich bin ein Depp! Und was zum Teufel riecht da so streng, ich speib mich an.*

Milana: *Na, ich bin auch streng.*

Chef: *Komm, komm, Milamauserl. Fang du nicht auch noch an, bitte. Was hats nur heut mit euch Weiberleuten.*

Theresa: *Weiß nicht.*

Chef: *Mutti? Geh her, schau, ist dir schon aufgefallen unsere neueste Schönheit. Mutti? Was sagst du nichts.*

Irene: *Ich reagiere nicht.*

Chef: *Du reagierst nicht?*

Irene: *Mach dich nicht über sie lustig. Ich schäm mich für dich. Komm, Theresa, ignorier die zwei. Schau da: Die Lilie, die ist schön, na wirklich. Die ist mir schon gleich in der Früh aufgefallen.*

Theresa: *Ja. Sehr.*

Chef: *Theresa, geh, schau einmal nach, ob da etwas Schimmeliges unter den Tischen liegt.*
Ja.
Und?
Nein.
Schau nochmal. Da muss was liegen.
Geh, lass sie doch. Jetzt hat sie überall unter die Tische und auch die Bänke geschaut.
Ich kann noch einmal.
Theresa, jetzt hast dus verstanden. Schau noch einmal nach, und wennst dir dann das Gesicht waschst, werf ich dich vielleicht doch nicht endgültig raus.

Juschik im Bügelzimmer, bunte Torten auf Etageren im Vorratsraum. Die warten, dass ich sie in die Vitrine stelle, das hat mir Irene aufgetragen, nur hab ich keine Lust. Ausruhen will ich. Schlafen, bis der nächste Morgen kommt, mich hier unter diesen Tisch, auf diesen Boden setzen. Noch kleiner könnt ich mich machen, hätt ich nicht diesen großen Laib Brot unter den Tisch gebracht, von dem gibt es hier zehn Stück, wem soll das schon auffallen, wenn ein solch klitzekleiner Brotlaib fehlt. Ich beiße ein Stück ab, dass es kracht. Da lache ich leise: *Haha.*

Irene: *Weißt du, wo sie ist?*
Juschik: *Wer?*
Irene: *Theresa.*
Juschik: *Nicht Kuchl?*
Nein.

Toilette?

Nein. Ich kann auch selbst die Torte holen, aber ich hab es ihr aufgetragen.

Irene, nicht böse.

Ich hab schon so viel Worte eingelegt bei meinem Sohn für sie, und da trage ich ihr einmal etwas auf und sie verschwindet. Wie ein Pudel, ein begossener, so fühl ich mich.

Schauen einmal Lager? Haben schon geschaut?

Da ist sie nicht, wenn ichs doch sage.

Ich schau.

Bitte, dann geh du und schau, Juschik, aber da wirst nur ein paar Würstel finden.

Juschik: *Theresa?*

Theresa: *Juschik?*

Juschik: *Was unter Tisch? Schnell heraus!*

Theresa: *Müde.*

Juschik: *Irene sucht.*

Irene: *Juschik? Hast du sie?*

Juschik: *Schnell, raus, sonst Problem.*

Theresa: *Gib mir die Hand.*

Irene: *Hab ich dich! Unter dem Tortentisch?*

Theresa: *Entschuldigung.*

Irene: *Zuckerbeschmierter Mund?*

Theresa: *Ist Mehl.*

Irene: *Jetzt bin ich wirklich wild.*

Theresa: *Es tut mir leid.*

Irene: *Das ist mir wurscht!*

Juschik: *Frau Irene, Theresa Kopfschmerz. Manchmal Menschen müde.*

Irene: *Wenn das jeder machen würde, na dann Pfiat di Gott. Du kommst da jetzt raus und klopfst dir den Hosenboden ab, und dann gehst du dir das Gesicht waschen. Jetzt ists genug.*

Juschik: *Frau Irene. Theresa nur Pause. Kurze Pause.*

Irene: *Na, da fehlt sie schon zehn Minuten vorne im Service der Milana.*

Theresa: *Ja.*

Irene: *Um Himmels willen. Was ist da jetzt passiert. Ist das Hemd gerissen?*

Theresa: *Da ist ein Nagel.*

Juschik: *Hängen geblieben.*

Irene: *Hast dir wehgetan?*

Theresa: *Ich glaub nicht.*

Irene: *Zeig her.*

Juschik: *Blut!*

Irene: *Sie blutet!*

Theresa: *Ist nicht so schlimm.*

Irene: *Na, warte, setz dich da her, ich muss jetzt ein Pflaster organisieren.*

Juschik: *Schene Hemd kaputt.*

26

Rasend E-Scooterfahrt mit der Lilie unter dem Arm, nach allen Seiten umgeben von großer Dämmerung, und über mir ist Sturm. Ein riesiger Wind, der aufgebrandet ist und sich dem E-Scooter entgegenwirft. Büsche beugen sich, in der Platane ist ein Ächzen drin, Splitter von zerborstenen Ästen, wie schön das knirscht, wenn ich darüber rase mit heroischem Gesicht; wie lächerlich langsam schleichen windgebeugte Passanten, verlieren ihre Kleider, witzig, schon schüttle ich mich in einem eleganten Lachen. Was bin ich sanft! Kann alles vernichten, was man vernichten kann, nur selten sieht man so deutlich, was geschieht, wenn ich mir einmal etwas wünsche: Murmle Sturm, schon stürmt das Sturmtier grausig an. In der Mitte von allem: ich. Wie Jeanne d'Arc auf dem Scooter, der Sturm donnert, der Sturm hämmert, ich fahr schneller, ohne zu schauen auf die Kreuzung, wird kein Auto kommen, in der Mitte der Straße die Straße entlang, E-Scooterschrägstellung, Wind stößt mir den E-Scooter fast um. Verfange mich in Mänteln, da wird mir warm und alles friert, wieso ist der graue Mantel nur so dünn, eine Frau, was schreit die da, ihr Schall ist viel zu lahm für mich, dass ich nicht lache, muss ihr Schall schon schneller kriechen, Theresa Neges, rasanter als alle, Polizei, Polizei, versucht erst gar nicht, mich zu fangen. Wind wirft Blätter, Wind rauft Haare, Blätter braun, auch braune Haare, Wind legt sie mir über die Augen, hinterhältige Pflasterung, *Ahhhh*, brumme ich, lass mir einen langen Laut zersteinen, endlich Pflasterung verschwunden, wie ich wieder fliegend flitze. Vor mir ein rotes Auto.

Was steht das da so unbewegt.

Hinterer Kotflügel VW Beatle: *Klonk*.

Theresa: *Scheiße*.

In diesem Kotflügel ist eine Delle. Seh ich meine Arme an und auch die Beine. Stelle fest, ganz triumphal: Theresa Neges ist wohlauf. *Dies ist das Wichtigste,* rufe ich aus.

Seh ich mich verstohlen um. Rasch zum E-Scooter, ganz erledigt liegt der auf dem Boden, schnell fort, E-Scooter komm, auf und davon.

Passant: *Hö, Fahrerflucht!*

Anderer Passant: *Die fahrt wie eine gesengte Sau, bist du gscheit.*

Die Lilie ist schwer zerzaust, auffälliges Fehlen von Blättern, als ich den Vorplatz zum Stadthallenbad betrete, der Wind hat sie für mich gezupft. Er liebt und er liebt nicht, er liebt und nicht, mich nicht, ich beiß mir auf die Lippe und dem Josef ins Gesicht, und Wera reiß ich den kleinen Kopf von ihrem Hals und schieb ihn Josef in sein Maul, so küssen sie sich. Hihi. Gerade jetzt, da ruft er wieder an. Wegdrücken, prompt stürzt ein Blumentopf von einem hohen Fenster ab.

Dort ist das Stadthallenbad, auf das ich starre, perfekt stelle ich mir vor, wie ich in das windgeschützte Becken springe, nur noch Sekunden, dann werd ich die schöne glatte Oberfläche durchtrennen und friedlich unter Wasser sein, werd mir die Larve kühlen, und wenn sie weich geworden ist, da wasch ich sie herunter von meinem schönen Gesicht. Mit der Schulter stoße ich gegen die Eingangstüre, worauf es jedoch zu keiner Öffnung kommt. Verdächtig. Trete ich noch einmal nach. Tatsächlich. Diese Türe ist versperrt. Ist nicht Feiertag. Nicht nach zweiundzwanzig Uhr. *Wegen Sturm*, da klebt ein Zettel, *geschlossen*. Versteh ich nicht. Haben die Angst.

Weil Sturm ist, sagt der Bademeister.

Drinnen geht kein Wind.

Eh. Ärgert mich ja auch. Ich kann dich nicht reinlassen.

Kurz nur.

Muss ja selber raus. An der Decke hat sich etwas gelockert. Eine Platte. Die müssen das reparieren, dann erst gehen wir wieder in Betrieb.

Komm, lass mich rein, ich kenn mich drinnen aus. Und ich fürcht mich nicht alleine.

Nein.

Wenn du mich reinlässt, küss ich dich.

Ich darf nicht.

Da nimmt der meine Hand und ich erschrecke, weil von meinen Haaren Tropfen für Tropfen Wasser in meinen Mantelkragen fällt.

Donaukanal. Wenn ich schwimmen will, dann schwimme ich, denkt der Bademeister, dass ich nach Hause stürze, nur weil das Bad geschlossen ist. In der Nacht könnte ich zurückkehren, die gläserne Türe geringfügig zertrümmern, durch die Lücke still schlüpfen mit Noblesse. Nur, hab keine Zeit, so lang zu warten, unter dem Wasser will ich sein, will tauchen, mich üben im Anhalten der Luft.

Im Mittelalter war der Lauf des heutigen Donaukanals der Hauptarm der Donau. 17,3 km lang. Strand aus Zement. Bräunliches Wasser. Gegen die Strömung fahren Schiffe.

Ich knote meinen Mantel an den Laternenpfahl. Schuhe, Jean und Hemd behalte ich an.

Über die Stufen hinunter zum Wasser. Glitschig, wo Wellen auf sie klatschen. Da stelle ich mich rücklings hin. Der Körper der Heiligen Teresa liegt in meinen Gedanken, wie sie sich zurückfallen lässt. *Nada te turbe*, murmle ich. Aufgerissene Augen, undurchsichtiges Wasser. Lateinisch *aqua*, englisch *water*, wärmer als Luft. Ein paar kräftige Züge hinunter. Schnell in die Tiefe. Weit unter den Schiffsschrauben möcht ich sein. Der Donaukanal, der rinnt und rinnt, wie einsam ist es in diesem Wasser drin, ein Grollen von der U1 im Nebenschacht, das Wasser finster, da hab ich Angst, kein Rand, an dem ich mich noch halten kann. Begleitet von Wasserbärchen will ich sein. Selbst wenn ein Gammablitz die Erde trifft, kochende Meere, gebratenes Land, die einzige Überlebende: ich selbst, im hintersten Winkel vom Ozean.

Eine Heerschar Wasserbären rund um mich. Unmöglich, sie auszulöschen. Mit einer Raumsonde stürzen sie 2019 auf den Mond, dort sind sie noch immer, dehydriert, aber sonst wohlauf.

Finsternis. Hier bleibe ich. Halte die Luft an. Nicht halbherzig, sondern ernst, auch um einen Stern fehlt Sauerstoff, hier muss ich leben lernen. Kein Atem, bis in meinem Körper nichts als unendlich zarte Totenstille ist. Die Luft halte ich an, ist so dunkel hier, kämpfe gegen Furcht. *Nada te turbe,* murmeln meine Gedanken, *blue, blue,* summt es in meinem Kopf. Forellenhuschen. Vielleicht lebt hier ein Kalmar. Im Internet ein Video, das zeigte einen bei der Jagd, ein kleines Lebewesen hat er sanft umtakelt und leuchtende Partikel umschwebten ihn, so helle Punkte, die waren wie Sterne auf einem Unterwasserhimmel in der Nacht.

Erschrecken. Der Grund. Den hab ich versehentlich angefasst. Ich dachte, der Kanal wäre tiefer. Ein Wummern unter dem Boden macht mir eine angenehme Wärme. Verlangsamt die Zeit, die wird ganz weich. Ein Prickeln in mir drinnen. Ums Herz herum aller Sauerstoff. Mein Herz ist mittelgroß, ist blau. Pocht langsam, pocht träge, wie ein Stern veränderlicher Größe, groß, größer. Zuerst Seitenstechen. Dann ist es weg. Beteigeuze geht es schlecht. In einem Todestaumel ist er drinnen. Und dennoch, trotz Schwäche, spür ich genau, wie er strahlt. Gaskörper, dem ich mich nicht entziehen kann. Die Wärme wird stärker, wird Hitze. Die legt sich über mich, ganz plötzlich, die Protuberanzen eines Sterns, die greifen nach mir wie große Hände an langen Armen. Rumoren. Das liebste Geräusch macht dieser Stern, wie sich da alles in mir vor Sehnsucht zusammenzieht. Der umfasst mich so sacht, wie mich auch dieses Wasser anfasst. *Die chemische Verbindung H2O, bestehend aus den Elementen Sauerstoff (O) und Wasserstoff (H).* So viele Tröpfchen, in ihren Zwischenräumen für mich Luft, für niemand sonst. *Die Bezeichnung »Wasser« wird für den flüssigen Aggregatzustand verwendet. Im festen Zustand spricht man von Eis, im gasförmigen Zustand von Wasserdampf.* Da wird das Donauwasser plötzlich breiig, ausgehend vom Boden des Kanals. Was hat denn dieses plumpe Wasser, dem geht sein Fließen ganz abhanden, kalt ist es, weißlich, der tiefste Grund erstarrt und alles tot, was lebend war. Unter Eis geborgen. Ich ziehe meine Hand und auch den Fuß aus dem Brei, der höher steigt und härter wird, ganz weiß und zaghaft die schnellsten Fische umschließt. Ein Ächzen ist jetzt in diesem Gewässer drin, das höre ich, das holt mich ein, von vorne, von hinten, nur von oben nicht. *Beim Gefrieren ordnen sich Wassermoleküle in einem regelmäßigen Gitter. Sie bilden Kristalle.* Die kitzeln. Hab eine große Müdigkeit, will schlafen, auftauchen will ich nicht, da wird meinem Mund nur eine runzelige Luftblase entweichen. Ich lass den Kopf zurückfallen, der ist mir schwer, hat ein Gewicht, liegt auch an den Haaren, weil die gefroren sind. Plötzlich Angst, das Wasser wird mich festhalten, mich nimmer loslassen. Da befehle ich mir: Auftauchen, den Kopf aus dem Wasser! *Es hat eine der größten Oberflächenspannungen aller Flüssigkeiten (Quecksilber hat allerdings eine noch größere).* Luftschnappen. Luft runterschlingen, tief in mich packen. Ich verschlucke mich, wie flüssig plötzlich wieder alles ist. Auf dem Rücken liegen, treiben lassen, überall um mich ist dieses Wasser.

Es blitzt.

27

Ich lieg auf einer Bank aus Moos am tiefsten Boden vom Kanal. Ist weich wie ein Kissen. Lillys Stimme hör ich da, etwas hell, etwas scharf. *Neptune, the Mystic.* Viele Worte sagt Lilly, *dies ist die Geschichte meiner Mutter, ihr Name war Josefa Neges, es geschah im Februar, fast war noch Winter.* Da sehe ich ein Bild:

Der Park ist schön. Der Park ist still. Da geht sie. Wirft einen schmalen Schatten. Jemand folgt ihr mit großem Abstand, noch unhörbar. Irgendwann bemerkt sie es. Weiß nicht, wie. Im kalten Dickicht verwirbeln sich die Zweige, wenn sie schnell hindurchgeht, da verschwinden die Menschen aus ihren Gedanken, aber sie bemerkt plötzlich, zwischen zwei verschiedenen Sekunden, jemand geht ihr nach. Sie ist ruhig. Auch jetzt, obwohl das Dickicht um sie lang noch endlos ist, aus dem ist kein Herauskommen mehr, auch wenn sie rennt. Sie hört ihn näher kommen. Sie gibt das schnelle Gehen auf zugunsten einer Rolle: Sie stellt sich vor, den Verstand hat sie verloren und ahnt nichts von der Gefahr, in der sie schwebt, sie wird so tun, als wüsste sie nicht, was dieser Mann da von ihr wollen könnte. Den Wahnsinn stellt sie sich vor mit aller Macht. Die alte Frau am Marktplatz. Die macht sie nach. Sie wackelt mit dem

Kopf und ihre Schritte macht sie puddingweich, geht schwankend hinein in die Büsche, hinaus aus den Büschen, tritt ungeschickt auf Schneeglöckchenköpfe, der Mann kommt näher. Den kennt sie vom Sehen. Ihr Vater hat ein Geschäft. Sie hilft manchmal aus in der Buchhaltung, ihre Augen sind gut, in ihrem Kopf türmt sie Zahlen schnell wie niemand andres, nur einmal hatte sie einen Fehler gemacht, abseits der Zahlenkolonnen diesen Mann angeschaut. Ihn aufgereizt mit einem einzigen Blick. Sekundenbruchteil, schon zu spät. Blick im Rücken. Blick am Zopf. Hinterkopf. Hüfte. Überall. Wenn sie etwas zum Markt trägt. Wenn sie etwas abstellt. Sie darf sich nicht bücken. Wenn sie steht, müssen ihre Brüste zwischen den Schultern verschwinden. Kein falscher Schritt.

Sie überlegt, etwas wahnsinnig zu murmeln. Sie sucht nach Gedichten, das ist schwierig, ihre Gedanken verworren; sie hat Gedichte gehört, aber die haben für sie in diesem Moment all ihre Zeilen, alle Worte, alle Buchstaben verloren, und ohne dass sie es richtig weiß, murmelt sie dieses Gebet, das vielleicht ein Gedicht ist, *Nada te turbe,* das Murmeln und Schnauben der Frau auf dem Marktplatz ahmt sie nach, *nada te, nada te, nada te,* das Gebet kommt von alleine, das Gebet hat viele Beine, die kitzeln ihr über die Zunge. So betet sie laut und zischelnd, sind nicht mehr schöne Worte, sind erschreckend durch den Klang, den sie ihnen gibt, die tragen etwas in sich, das unheimlich ist, die gehen fast über vor Hässlichkeit.

Die Idee ist gut, nur hilft es nichts.

Als sie dann auf dem Boden liegt. Da schaut sie sich um. Gras ganz wintersteif. Ein einzelnes winziges Blatt über ihr. Sie sieht, wie sich die Äste hoch oben im Wind verwirbeln, dort will sie sein, will sich an die Spitze dieses Ästchens hoch oben setzen. Sie sieht dort von außerhalb ein Paar, das sich in sich vergraben hat. Sieht, wie der Mann sein Hinterteil bewegt und zustößt, als wäre an dem ein Messer dran, aber das sieht sie nicht, da sieht man nichts von außerhalb, sie ist nicht da, sie ist jetzt fort, so aus der Weite schaut sie zu, beinah mit Neugierde. Dieser Mann: Hinterkopf, Nacken, Oberkörper, Arme. Der Nacken sieht verletzlich aus. Wie er sie festhält, aber eigentlich nicht festhalten muss, sie wird ja nicht laufen, sie ist ja nimmer da, es fehlt nicht viel und sie lacht. Aber lacht dann nicht. Sie liegt im blassen Gras zwischen hohen, kahlen Bäumen. Sie will da nicht sein, aber sie ist da, liegt auf der Erde. Plötzlich unbändiger Widerwille. Blanke Wut. Der Mann, der schwitzt und der riecht nach einem Gericht, das ganz verdorben ist. Algig.

Sie war noch nie mit jemand beisammen. Es fühlt sich seltsam an. Im Dickicht. Wie dort die Erde riecht.

Helldunkles Licht. Wie spät ist es. Wird noch etwas Zeit vergehen. Ist es zwölf Uhr. Was wird danach geschehen. Er schließt die Augen. Das ist das Ende. Der Mann hört auf, seinen Hintern zu heben und hört auf, den Kopf in die Höhe zu werfen wie ein Hirsch ohne Geweih, was macht er in diesem schönen Licht, denn dieses Licht ist so schön, fällt durch die Äste, fast hört sie es rieseln, plötzliche Angst, so fest. Rasch zieht sie sich über die Äste hoch, reißt sich querfeldein durch Büsche, in Gedanken. Vielleicht kann sie so entkommen, allein durch das, was sie sich vorstellt mit Genauigkeit in jeder kleinen Einzelheit. Der Mann sucht etwas mit seinen Augen, der Mann sucht etwas mit seinem Arm, einen Stein, nur ist der etwas weit entfernt, den will er heranholen mit den Fingerspitzen, aber er schafft es nicht ganz, und der Mann muss sich von der Frau lösen, und als er dann steht, überlegt er es sich anders und geht. Er kehrt auch nicht zurück, der Frau den Rock zurechtzuzupfen. Unterleib unbedeckt. Es ist ihr kalt. Wie ihr Schamhaar aussieht. Verklebt. Ist das Blut. Die Frau bleibt liegen. Bewegt sich nicht. Ihr Rock hochgeschoben. Beine gespreizt. So liegt sie dort. Kein Huschen, kein Zwitschern. Totgestellt. Irgendwann steht sie auf. Muss sich zwingen. Ein paar Schritte schafft sie. Hält sich an einem Stamm. So glatt. Ist das eine Linde. Josefa legt sich auf den Boden unter ein immergrünes Gewächs. Hier wird man sie nicht finden.

Strömender Regen. Glitschige Steine. Halt mich am Rand. Da sind die Treppen.

Die schiebe ich mich auf allen vieren hoch.

Oben am Kai richt ich mich auf. Mache Schritte. Den Mantel suchen. Da ist der Mantel. Und unter der Bank muss noch die schöne Lilie liegen.

Nochmal Treppen, waagerecht hängt der Regen in den Böen vom Wind.

Marienbrücke. Fließt nahtlos in den Ring hinein. *1945 im Zuge der Schlacht um Wien gesprengt.* Sehnsüchtig schau ich hinunter. Wie weich mich dieses graue Wasser fangen kann. Wie flüssiger Beton vielleicht. Da könnt ich springen. Nein, lieber nicht, dazu ist keine Zeit. Was Wera wohl tun würde. Ein Taxi rufen? In einem Restaurant heiße Suppe essen und eine Tablette. Ich rufe kein Taxi. Will nicht schlucken einen einzigen Löffel gelblicher, grünlicher, rötlicher Suppe. Ich gehe. Nicht rasch. Eher langsam. Viele Tropfen. Die fallen auf mich und bleiben schwer hängen. Bin nass. Ein jeder Punkt an mir. Kalter Regen. Hör sein Strömen nicht, an das hab ich mich längst gewöhnt. Der Lilie fehlen vier Blätter. Drei Blätter hat sie noch. Liebt mich. Liebt mich nicht und liebt mich doch, da lache ich. Die Lilie und ich, wir sind ganz ohne Regenschutz, irgendwann werden wir wieder trocknen, ich denke an die Kugel aus Eisen, die der Kern der Erde ist, tief unter meinen Füßen, sonnenheiße Kugel, groß wie der Mond, teilweise fest, teilweise flüssig, so rollt sie sich sehr weit entfernt, die ist mir diesmal ganz entwischt. Nur Kälte. Auf meinen Armen, Beinen: Gänsehaut.

28

Unter dem Vordach Marianne.
Theresa!
(Pause)
Theresa!
Hallo, hast du –
Bi… bist du wirklich so nass!
Warte! Ich verstehe.
Ich hab noch nie! Jemanden gesehen! Der so nass war!
Es regnet, Marianne!
Du hast Waschrumpel auf den Fingern! Wie in der Badewanne.
Mir ist kalt.
Gehen wir wo rein? Wart, ich nehm dir diese Blume ab. Schau, wir gehen da rein.

Mauxiebar. Neonschild mit Wackelkontakt, manche Buchstaben finster schwarz.
Um Gottes Willen, wo kommen Sie denn her?
Aus dem Donaukanal.
Na, Sie gefallen mir. Was darfs denn sein? Ein neues Gewand?
Gast: *Haha, wer zum Heinzi in die Bar kommt, muss an Schmäh vertragen.*
Also, was machen wir mit Ihnen.

Ich hätte gerne einen Tee.

Sie können da so nicht an der Bar sitzen bleiben. Da holen Sie sich den Tod.

Wenn ich einen Tee bekomme, einen sehr heißen, dann wird es schon gehen.

Ernsthaft. Wartens, ich bring Ihnen was zum Anziehn. Die Strickjacke da.

Toll, Heinz! Ich hab noch frische Socken in der Tasche.

Danke. Aber ich brauch nur den Tee.

Wieso sind Sie eigentlich so nass und Ihre Freundin nicht? Es nieselt ja nur.

Mauxie, wieso hast du frische Socken in der Taschn.

Wir haben uns erst jetzt getroffen.

Ja. Bin übrigens die ... die ... Marianne, freut mich.

Und ich die Mauxie, sehr erfreut.

Heinzi, geh, bitte hol den Föhn aus der Kuchl. Für die junge Dame.

Jawoll!

Könnt ich jetzt bitte einen Tee haben.

Darf ich fragen, sind Sie die Mauxie Krafft?

Marianne, können wir uns dahinten hinsetzen bitte? Mir ist das grad zu viel.

Ja, wa... wa... wart noch kurz.

Siehst, Mauxie, ich sags dir immer, bist eh berühmt.

Dass mich die jungen Leute kennen! Also. Wie haben Sie von mir gehört?

Na ja. Die blaue Dauerwelle. Und Catherine Deneuve.

Wenn ichs dir doch immer sag.

Gast: *Mauxie, wenn du so lachst, gleich minus zwanzig Jahre.*

Könnt ich jetzt endlich …

Geduld, junge Dame, da, schauens. Bitte sehr, Ihr Tee. Und da, nehmens bitte noch die Schürze, die wickeln Sie um sich herum.

Was ist das für einer?

Tropical mit Honig.

Hast du auch so einen, Marianne?

Hat sie, hat sie.

Mit einem Schuss Rum drinnen, ich habs mir erlaubt. Medizinale Gründe.

Geh, Heinz, du kannst doch nicht ungefragt den Rum reinschütten.

Gast: *Beim Heinzi in der Bar geht's eben lustig zu.*

Das ist hauptsächlich meine Bar, bitteschön, gell? Kannst lesen? Da: Mauxiebar.

War ja nur ein Schluckerl. Geh, bitte verzeihen Sie, wollens einen neuen Tee?

Marianne, du, ich setz mich jetzt dahinten hin, du machst, was du willst, ja?

Theresa, alles o. k.?

Ja.

Was is los?

Der Tee.

Geh, Heinz, schau, sie verträgt den Rum nicht, schaus dir an, das Hascherl, wies da sitzt.

Nein, weißt was, ich glaub, ich mag gehen.

Was ist denn los, du schaust drein, als würdest mir

gleich was antun wollen. Komm, mach mir keine Angst.

Na! Sie gemma da nicht raus mit den nassen Haaren. Die werden erst geföhnt, dann könnens gehen, wenns sein muss, aber nicht davor, Heinzi, den Föhn, aber plötzlich!

Hoppla.

Na, das war die Sicherung, tät ich sagen.

Der war ja noch gar nicht angsteckt.

Ich war das. Und besser ists, ich geh jetzt, damit nichts Weiteres geschieht. Marianne, komm, gehn wir. Mir ist schlecht.

Halt! Sofort zurück, marsch. Da, nehmens zumindest das Geschirrtüchl als Mütze. Heinzi, turbanisiere auf der Stelle der jungen Dame den Kopf, des kann er besser als ich.

Lieber nicht. Ich glaub, meiner Freundin gehts nicht so gut heut. Danke für den Tee.

Marianne, lass mich, ich möcht den Turban, ist sicher schick.

Stillhalten.

Schauens nur, wie gekonnt er das macht.

Komm, w…w… wollen wir nicht noch kurz warten und austrinken. Jetzt regnets wirklich stark.

Bleib du ruhig. Sollst nicht krank werden. Du zahlst meinen Tee mit, ja?

Und schon fertig.

Mondän!

Theresa, komm, bleib.

29

Viele Stufen führen hinauf in unsre blaue Wohnung, die das grüne Haus enthält. Ich singe: *Tabor, Tabor, Taborhaus, großes, grünes Taborhaus.*

Das Aufschließen der Türe. Handhaltung elegant. Kopfhaltung perfekt; Beinstellung nicht schlecht. Fremdkörper: Weras Kartons. Die stehen da, so gut verpackt, die seh ich an mit neugierigen Augen. Was da wohl drinnen ist. Der Karton, der mir am nächsten ist, nach dem fass ich. Mit einer flinken Hand wird fachkundig das Klebeband entfernt. Fühlt sich wie Geburtstag an.

Zuoberst eine Schale. Sieht wie ein großes Kohlblatt aus. Ich probiere sie am Kopf als Hut. Dreh ich mich hin, dreh ich mich her, die Hand schönwinkelig auf die Schale gelegt. Des Weiteren in der Schachtel: Reifen für schmale Arme! Die ich zum Hals der Tischlampe trage, dort glitzern sie neben Lillys Uhr, auch die ist der Lampe umgehängt. *Oh! Schöne neue Bücher! Schöne neue Schuhe.* Befehl an mich: Ding für Ding damit unsre kleine blaue Wohnung schmücken. Was wohl passiert, wenn Josef kommt. Wenn er jetzt wirklich, wirklich kommt. Ich stell ihn mir vor: Da trottet er an, armer Josef, müder Josef, verschwindet im Schlafzimmer hinter Schnüren aus Perlen, die sind hier rasch festgemacht, ein Nagel links, ein

Nagel rechts, hängt ziemlich schief, jedoch: bildschön!
Für eure Privatsphäre, so werd ichs ihm sagen.
Privatsphäre?, wird Josef fragen.
Ja.
Wir brauchen keine Privatsphäre, Wera und ich.
Da lache ich. Bemerkt er nichts. Bemerkt ers doch. Wird er sagen: *Was machst du da, das sind Weras Sachen, gib sie zurück.* Die Wohnung betreten, die neue Ordnung stören. Lieber gehe ich durchdachter vor. Die Dinge Weras mit den Dingen Theresas mischen, sodass der müde Josef, wenn er von seiner Arbeit kommt, nicht sagen kann, was mein Besitz ist und was wiederum der Besitz von dieser anderen Person. So werd ich ihn verwirren, die Wohnung im Geheimen mit Weras Dingen dekorieren, unmöglich wird es sein für ihn, uns zu entwirren. Ist das meine Jacke, ist das Weras Jacke, die Kette von ihr, oder gehört sie doch dieser anderen eleganten Frau, deren Name Theresa Neges ist. Wie mir das gefällt! Dieses Kissen ist ja lieblich! Mit der Stickerei von einem abgeschlagenen Pferdekopf versehen, der brennt, in meinem Kopf geht Josef, betritt unsre blaue Wohnung, die sich geheimnisvoll im grünen Taborhaus versteckt, blasser Josef, der wie große Tiere schnaubt: *Das ist unsere Wohnung, verdammt nochmal, nicht die von ihr, leg das wieder in die Kiste zurück.* Ein schlechter Gastgeber ist er. Lädt Wera ein mit allen ihren Sachen, die sollen ungesehen gammeln. An die Luft müssen die! Alle Gegenstände wollen glänzen. Kleider müs-

sen Körper haben. Ein blaues Gewand, fransengesäumt, das zieh ich mir an. Ein winziger Pinguin aus Glas, neues Zuhause Bücherregal. Ein roter Teppich. Den lege ich zur Zierde unters Bett, dass er nicht gleich ins Auge fällt.

Überall jetzt Weras Sachen. Am unsichtbarsten ihre Socken, in der Keksdose unter dem Sofa, die wird hier niemand finden können, wenn ich sie einmal vergess. Leise reib ich mir die Hände.

Spitzbübisch stelle ich mir vor: Josef kommt, soll er jetzt endlich kommen, ich erfinde das Gespräch:

Wo ist sie eigentlich.

Wer?

Sie.

Wera?

Ja.

Sie ist einkaufen. Sie wollte was zu essen besorgen. Für heute Abend. Theresa, wo sind ihre Schachteln?

Hier.

Warum stehen die so offen? Und das, was hast du da um den Hals, ist das ihr Schlüssel, gib den her, den hab ich nachgemacht für sie, wie soll sie so die Türe öffnen.

Das sagt Josef in meinem Kopf und reißt dabei an mir mit seinen Händen. *Wera darf das nicht sehen!*

Schlüssel im Schloss. Jetzt kommt der wahrhaftige Josef. Rasch auf das Sofa. Stell ich mich tot, die Augen fest geschlossen.

Pst. Muss nur noch mein fröhliches Grinsen weg.

Da sagt er nichts, der raschelt nur.

Versuch, mich selbst zu hypnotisieren: Ich liege da lang ausgestreckt. Entspanne meine Füße. Die Waden. Oberschenkel. Becken. Gesäß. Josef ist jetzt im Schlafzimmer, weiß nicht, ob er schläft. Alles locker lassen, so habe ich es bei Schaller gelernt. Auch den Rücken, der aus so vielen Muskeln besteht, kleine Muskeln, mittelgroße, große Muskeln. Ich entspanne den Nacken, die Schultern, mein kleiner Finger zuckt. Schwer sinke ich in die Sofaoberfläche ein, tiefe Trägheit ist in mir, vermischt mit Mokkatassen und denen für Melange. Die ordne ich zu Türmchen an. Die staple ich in eine Tasche, die Tasche kommt auf den Balkon. Da draußen stelle ich all meine Sorgen ab. Kiefer locker. Stirn ist glatt. Das Schäumen der Milch. Da schlägt die Milch Blasen, steigt auf wie eine Tuchent aus feinsten Daunen, und an der Decke glimmen die Sterne in meinem privaten Himmel, der niemals nimmer Wolken kennt.

Traum von Josef. Ich sehe ihn in allen Haltungen, in denen ich ihn sah, seitdem ich ihn kenne, neun Jahre lang. Sitzend, liegend, badend, stehend, laufend, zähneputzend, gegen eine Mauer pinkelnd, einmal fliegt er über ein Kabel hin, und wie wir miteinander schlafen. Gleichzeitig alle Worte sprechend, die er jemals zu mir sagte. Besonders oft sagt er: *Theresa?*

An einer Stelle hängt die Bilderfolge fest: Da stehe ich am Gehsteig vor einer Gastwirtschaft und Josef steht vor mir, zwischen Mittel- und Zeigefinger die Zigarette, er streckt die Arme zur Seite. Ich stell mich dicht vor ihn und packe ihn, für zwei oder drei Sekunden hiev ich ihn hoch. Josef grinst. Es ist gegen den Schwindel, um mir zu beweisen, wie stark ich bin. So haben wir es abgemacht.

Die Nachteile des Aufschlagens der Augen: Zimmerlicht.
 Theresa Neges ist gerädert.
 Ich räuspere mich. Dies alles hier gefällt mir nicht.
 Durch die Wimpern hindurch sehe ich die Josefsbeine. Was geht er da, die Zehen gespitzt. Geht an der Schale vorbei, die die Form von einem Kohlblatt hat. Liegt auf dem Boden wie Biomüll. Die hebt er auf.

Alles ist wieder in die Kartons gepackt. Nur eins hat Josef mit Bestimmtheit nicht gefunden, in der Keksdose, unter dem Sofa, fest verschlossen, liegen noch immer Weras Socken. Da lach ich mir sachte ins Fäustchen.
 Josef?
 Ja?
 Josef? Hörst du mich?
 Ja! Komm her.
 Ich schlafe noch.
 Komm rüber.
 Ich möcht jetzt nicht.
 Nur kurz.
 Ich habe Bauchweh, versteh das doch.

30

Später: Jetzt kommt Josef. Setzt sich neben das Sofa auf den Boden. Nimmt meine Hand. In mir drin diffuse Angst. Das letzte Mal, dass ich ihn küsste: Sein Mund ganz leer, in dem war keine Zunge für mich drin.
Wann haben wir uns zuletzt geküsst?
Gestern.
Bestimmt nicht.
In der Dunkelheit versprengtes Augenglitzern. Josef schaut mich schweigend an. Streichelt unbeholfen meine Schulter. Was macht er da mit den Fingerspitzen, was fasst der mich so an, so zart, denkt der, dass er mich zerbrechen kann.
Komm her, sagt Josef.
Unlängst hab ich eine Dokumentation gesehen: Wie die Länge eines Igels messen, wenn er sich zu einer Kugel rollt, sobald er sich fürchtet.
Was, wenn sie kommt?
Sie kommt nicht. Und wenn sie kommt, hören wir sie schon im Stiegenhaus.
Der Igel leckt Milch aus einem Teller, speist verstohlen Apfelspalten in der Nacht. Wir küssen uns. Josef streift mir den Pullover über den Kopf, so geübt, fast fühle ich mich wie sein Körper an. Macht die Spitze seines Zeigefingers nass, zeichnet einen feuch-

ten Ring um meinen Nippel. Ich ziehe meine Schultern an, in diesem Raum ist es sehr kalt, ich sage: *Kann nicht behaupten, dass mir das gefallen hat.*

Josef streichelt meine Schläfe, gerne würde er mir jetzt mit den Fingern die Gedanken kämmen, will alles wissen, was ich im Schädel mit mir trage, da ist er sanfthändig durchtrieben, dass ich vor Arglosigkeit nicht laufen kann, mit beiden Beinen in der Hand, da lieg ich da, in einer falschen Sicherheit gewiegt, weiß nicht, was Josef heute wieder plant. Ich schau ihn an. Die Decke juckt, ich kratze mich. Die riecht nach einem Schaf. Der plant doch was, das seh ich doch, wie er da listig seine Stirn auf meine Schulter legt.

Ich drehe mich zur Seite, meine Ellbogen und meine Knie, die zeigen auf Josef, zu viert, soll der nicht denken, dass ichs nicht merke, soll der nicht denken, ich lese nicht mit meinen Augen aufschlussreiche Dinge aus seinen Zügen, die überziehen wankelmütig sein Gesicht. Ich sage: *Bist du müde, willst du schlafen, auf dem Sofa ist kein Platz.*

Wieso ziehst du den Pulli wieder an, sagt er. Soll er lieber schweigen, Marianne hat erzählt, wie gerne sie sich mit ihrem ganzen Gewicht auf das Gesicht von Walter setzt, und ich überlege, mich unvermittelt auf Josefs Mund zu legen, dass endlich einmal Ruhe ist mit seinen Sätzen, die sich aus den immer wieder gleichen Worten zusammensetzen, die er mühselig aus allen Ecken seines Mundes klaubt, keine Leichtfüßigkeit in Josefs Worten, nichts Helles in Josefs

Worten, nur knirschende Kargheit in allem, was er sagt und schweigt und denkt, da könnte ich mich jetzt ebenso gut auf seinen Mund draufsetzen mit meiner ganzen Vulvamasse, während er besorgt zur Wohnungstüre sieht, mich auf sein Gesicht setzen und hinaus in den Himmel schauen, was die Vögel machen. Die werfen sich. Aber ich tus natürlich nicht, will doch nicht, dass er denkt, ich finde seinen kleinen Wortmund anziehend. Auf meiner Zunge ein zuckriger Geschmack. *Die Paarungszeremonie nennt man »Igelkarussell«, da das Männchen die Igelin stundenlang immer wieder umkreist. Das Igelweibchen boxt den Bewerber zunächst mit aufgestellten Stirnstacheln weg.* Josef legt seine Hand, die kalt ist, auf meinen Bauch. *Seltsam!* Das ruf ich aus. Hab gar nicht mitbekommen, dass ein Finger in mir drinnen war. Auf seinem Daumen etwas Blut, plötzlich hab ich große Lust.

Mach weiter.

Ich glaub, du kriegst die Regel.

Komm mach weiter, sag ich, schau Josef an, nehm seine Hand, bin nicht sehr sanft.

Theresa!

Nur kurz noch.

Ich glaub, ich kann heut nicht.

Hast du Angst, gib zu, du fürchtest dich, dass du mit der Eichel an das kleine Ding in mir stößt wie gegen eine Kirsche, kling!

Theresa. Hast du nicht gehört, kannst du nicht hören, wie du zu mir bist?

Wie bin ich denn? Was denkt er denn, der Josefmann, hab doch keinen Fehler begangen, da sagt er jetzt, *Wie du mit mir sprichst, alles, was du sagst und wie du es sagst, so sprechen Menschen, wenn sie jemanden verachten.*

Aha, sage ich, haha, denke ich, aber lachen tu ich lieber nicht, da überlege ich, verachte ich, interessant, wusste ich nicht, sehe ich die Menschen winzig klein, sind die in Wirklichkeit größer, nämlich von ähnlicher Gestalt wie ich, jedoch Theresa Neges ist doch eher schon ein Stern nach Umfang und Gewicht. Hm. Wer weiß. Was will der Josefmann mir sagen. Ich, ein Ameislein? Kleines Ameislein mit vielen Füßen? Mit den Fingern schnippe ich. Wo hab ich die Schlangenschuhe hingeräumt. Da wein ich lieber. Lenke die Konzentration auf die Windungen in meinem Schädel, die voller Salz und Wasser sind. Schnipp, Tränen, kommt, kühlt mir den heißen Kopf! Lasst euch erst schüchtern und dann in Strömen aus den Augen fallen, wie hilfreich ist das bei der Entwaffnung des Josef, da möcht ich fast schon meine Muskeln küssen, was ich alles kraft meiner Gedanken kann, den Golfstrom schmelze ich, den Südpolgletscher trag ich ab, ein Wimpernschlag: Was ich nicht will, adieu, wird nimmer sein.

Theresa, nicht, ich weiß doch, wie viel das alles gerade ist, wein doch nicht. Das bittelt und bettelt der Josef, da fehlen jetzt nur noch Worte, mit denen geb ich ihm den Rest: *Mir tut das leid, bitte verzeih.* Das sage ich mit Souveränität, so weinerlich verzweifelt.

Josef, sag ich, *ich kann nichts spüren. Da. Nimm meine Hand. Mach einen Stich. Den festesten Stich, das spür ich nicht.*
Ich hab doch deine Hand. Ich halt dich doch.
Ich spüre nichts.
Warte, ich komm zu dir, sagt Josef, während er sich mit Plumpheit hinauf zu mir aufs Sofa hievt, wie das ächzt und wie das quietscht, Josef dicht bei mir und hält mich, nimmt mir den Schwindel ab, den ich nicht habe. *Schlafen wir miteinander,* sage ich, *schlaf mit mir, das hilft,* diese Worte spreche nicht ich persönlich, diese Worte sagt jemand anders, hab keine Lust, nur Josef schon, da drückt er sich schon schief mit seinem Penis an meinen Beckenknochen ran, mühsam verkneif ich mir ein Beißen mit den Zähnen, während ich die Beine spreize. Seine Eichel stupst gegen meine Vulva. Wie er sich wohl fühlt. Einsam oder nicht, will er lieber Ruhe haben. Will er lieber etwas schlafen, gleich wie ich, sagt auch nichts. Da zupft der Josefmann in mir drinnen mit seinem Penis mein Myom. Da lach ich nicht. Mittendrin in meinem Bauch ist er! Da ist sonst nur, was mir gehört. Die Kammer. Vollkommenes Rechteck, das übermütig eine Kugel trägt. Zum Schmuck, so aufgesteckt. Wie ich sie lieb. Und wie seltsam ists im Krankenhaus auf allen Aufnahmen, Kammer unsichtbar. Keine Spur von ihrer Schwärze. Hingegen das Myom. Leuchtet in schönster vollster Kugeligkeit. Und dennoch: Die Kammer ist alles, was ist. Die Kugel nicht. Die kann nicht sein ohne Kammer, genau wie ich.

Wieder stupst mich dieser Penis. Schmerzt nicht sehr stark, schmerzt nur ein wenig, soll er dennoch aufhören, will nicht mehr, möcht all dies innerliche Geschmiege gern beenden, *das ist unangenehm,* sag ich und Josef gefriert, hat dann aber doch einige Schwierigkeit, die Bewegungen seines Körpers so gänzlich übergangslos abzustellen, ich schnauze ihn an, *hör endlich auf*, da löst er sich von mir, schaut traurig und trottet fort. Ins Badezimmer, schaut sich nicht um. Ist lange her, dass wir zum ersten Mal miteinander schliefen, da bin ich aus dem Bett gefallen. Allgemein in jener Zeit: Josef, der meine Brüste streichelt, nicht aufhören kann damit. Das macht mich traurig, ich war schon lang nicht mehr verliebt. Von diesen Gedanken geh ich fort, öffne die Türe, betrete den Balkon. Dort ist die Kälte. Zieh den Pullover über die Knie. Zünde die Zigarette an und denke dabei über den Josef nach und diese Beziehung da. Der findet mich vielleicht sehr schwierig. Denkt er, ein Genie ist leicht. Ein Zug noch, schon ist die Zigarette fort, ganz aufgelöst in dieser Luft, ich schau genau, hängen da um mich noch irgendwo Reste von Rauch, die ich tief inhalieren kann, zu anstrengend, zünd ich mir lieber eine frisch aus der Schachtel gefischte an, das qualmt ganz unermesslich stark. Gemeinsam mit der Zigarette betrete ich die Wohnung.

Das Sofa. Dort ist er nicht, der Josefmann, der befindet sich im Bett, Kehrtwendung, wie schön sich der graue Mantel um mich dreht. Das Durchschreiten des Perlenvorhangs. Den hat er also hängen lassen. Meinen Platz einnehmen neben ihm, die Zigarette in der Hand, die Beine übereinandergeschlagen mit Arroganz. Das steht mir gut. Tut der Josef jetzt so, als würd er mich nicht sehen. Soll er doch schweigen, sich igelig kugeln, ganz stachelig ist seine Hand und meine ist löchrig, aber sagen tu ichs nicht. Ist schon zu spät. Was sollen wir noch viele Worte wechseln. Josef ist da. Möcht ihn entfernen. Fällt ihm nicht auf, weit ist er weg. Das ist das Bett, auf dem ich sitze, das ist mir fremd, in diesem fremden Bett liegt fremd der Josef.

Da spricht er schnarrend: *Kannst du die Zigarette ausmachen.*

Halt ich die Luft an mit blitzigen Augen! Begeisterung! Echte Josefsworte waren das. Hellwach ist er, möchte jedoch zurückgezogen sich nicht unterhalten.

Theresa!, sagt Josef. *Mach endlich die Zigarette aus.*

Schade. So gut steht sie mir zu Gesicht. Ich werf sie raus.

Josef: *Danke.*

Zähl ich bis zehn, bei zehn brennt schon die nächste.

Darauf Josef mit Nachdruck: *Lass das.*

Verzeih, Liebling, sag ich, und lege mich rasch neben ihn. Wie eine Katze schmieg ich mich. Dem wird er nicht widerstehen können. Wolfskatze ich.

Schritte, mehr Schritte im Stiegenhaus. Ist das Wera, Josef steht auf.

Ich schiebe meinen Pullover hoch. Versuchs nochmal. Reibe über den Schlüpfer mit der flachen Hand, unter dem dünnen Stoff meine Vulva, etwas nass. Möcht wieder in meine Erregung zurück, so wie nur Theresa Neges sie spüren kann, wenn sie sich selbst anfasst mit beiden Händen, die die gigantischen Hände einer Riesin sind. Sollen mich im hellen Licht die Menschen sehen, berührt mich nicht, leg einen Finger auf die Lippen, zur Seite schieb ich meinen Schlüpfer, zwei Finger auf den Kitzler gedrückt, der ist ein wenig angeschwollen. Macht mir nichts, über ihn vorsichtig mit dem Nagel, soll Wera nur kommen, soll sie an der Türe klopfen, fast lache ich, sorgsam ein Seufzen unterdrücken, während sich Josef im Badezimmer über den Zustand des Handtuchs beklagt, ich hör nicht zu, soll er doch kommen, wenn er etwas sagen will, ich drücke meinen Rücken gegen die Wand, damit die Lust nicht wegrutschen kann. Nein! Nicht wenn ich es mir selber mache. Wäre gut, wenn mein Finger kälter wäre, das ist er nicht, das ärgert mich, sind das Schritte, kommt da wer, steigt jemand diese Treppe hoch, dicht an der Wand, gegen die ich meinen Rücken presse, Schritte gehen, Schritte horchen, Schritte laufen, so feucht kann nur ich selbst mich machen. Ich atme, fall in eine kleine Stille, das Anhalten der Luft, ich schließ die Augen, meine Hand hält meine Vulva, um die krümme ich mich zusammen und kippe auf die Seite, weil ich komme.

31

Wera, auf dem Bett. Ihre Haare länger als früher, aber genau gleich an den Spitzen nach außen gedreht. Sie trägt eine kurze Jacke und eine lange Hose, wo hat sie die her, auch ich möchte solch eine Hose tragen, die sieht dramatisch aus, so weit, mit der kann ich Dinge von Regalen reißen, wenn ich an ihnen vorübergeh. Da fällt mir auf: Ein paar Bücher sind umgestoßen. Ein T-Shirt von mir liegt auf dem Boden. Gab es hier Streit? War hier ein Kampf?

Wera sagt nichts.

Blaue Trauben hat sie mitgebracht.

Zuerst sage auch ich nichts, dann aber schon: *Hallo.*

Ich sag es nur, weil Josef finster schaut.

Hab unser schönes Bett mit einem kleinen roten Tropfen Blut befleckt. Peinlich ist ihm das, das sagt er nicht, das seh ich ihm an.

Ich hebe meine Hand und meine Hand winkt Wera.

Wera: *Oh hi! How are you?*
Theresa: *O.k.*
Josef: *Glaubt dir kein Mensch.*
Theresa: *Es geht mir sehr o.k.*
Wera: *Would you like to taste some grapes?*
Theresa: *Ich mag nur die roten.*
Wera: *Theresa? Wait.*

Was denn?
There's a leaf in your hair.
Da ist nichts.
Come here. There. A small one.
Josef: *Ist schön.*
Wera: *Should I keep it?*
Theresa: *Weiß nicht.*
Josef: *Wo warst du denn?*
Theresa: *Zu Hause.*
Wera: *Should I comb your hair?*
Wieso?
It's tousled.
Weiß nicht.
Josef, zischend: *Jetzt sag doch einfach ja, sei höflich.*
So kämmt mir Wera die Haare. Es ist zuerst nicht angenehm, zu viele fremde Finger, die leis an meinen Strähnen ziehen, dann wird es angenehmer. Ihre Nägel glänzen gepflegt und ihre Haare sind fast flüssig, die greif ich nicht an. Es ist bestimmt leichter, sie in einer Schüssel zu fangen, als zusammenzubinden mit einem Band.

Tisch. Weißes Tischtuch, bodenlang.
Acht Teller, einer für jeden Planeten. Gasplaneten, Planeten aus Stein, durcheinander hingesetzt. Noch sind sie nicht hier. Aber die Türen stehen schon offen. Von Josef und Wera keine Spur.
James: *Piss off.*
So verschwindet Josef aus meinem Kopf. Auch Wera geht mit ihm.

Theresa: *Danke, James.*
Erdelchen, Sterbelchen, denk nicht so viel. And beware! The Candle. Zündest dir noch die Haare an.
Mag diesen versengten Geruch. Der ist wie Parfum. Weißt du, als Kind, da hab ich ...
Ha, die Story kenn ich schon. Hast ja erst vor ein paar Tagen dran gedacht in deinem cuten Köpfchen.
Ich zähle bis zehn.
Bei zehn: Beginn der magic séance!
Weißt du, wie viel Sternlein stehen an dem blauen Himmelszelt?
What?
Weißt du, wie viel Wolken gehen ...
Das ist crazy! Have you lost your mind?
Gut, dann meinetwegen ein Zauberspruch.
Beteigeuze! Listen: Bist du angefressen oder tot?
Nun präsentiere es! Ein Rebhuhn haben wir gekauft.
Gock. Gock.
Dieses fucking partridge steht nicht fest!
Ich halte es. Opfergabe, hiergeblieben!
Goock!
Nicht so fest. Ein totes Rebhuhn kann nicht locken.
Tatsächlich.
It works!
Der Saum des Tischtuchs hebt sich an in Wirbelung. Auch die Teller steigen kreiselnd auf. Der Venusteller verkehrt in der Luft, zäh gegen den Uhrzeigersinn gedreht, der Teller des Uranus ist auf die Seite gekippt und Neptun rotiert auf den Kopf gestellt.

Der Apfel, der da liegt, der schmilzt, die Paradeiser explodieren. Ich bleib intakt, auch James. Jedoch: Ich spüre einen Schmerz, der daher rührt, dass sich meine Haare ganz ungewöhnlich schnell verlängern.

Holy moly! Let's hope someone shows up to eat this fucking partridge!

Da beschwören wir die Elemente. Die Abfolge des Schalenbrennens: *Nach Wasserstoff kommt Helium, nach Helium Kohlenstoff, Neon, Sauerstoff, Silizium, Silizium wird zu Eisen!*

Mir persönlich mangelt Eisen. Eisenkern wird schwach!

What a disgrace!

Man darf kein Mitleid haben, nein, Mitleid haben wir nicht.

Go fuck Mitleid. Listen! Ich glaube, da kommt wer.

Da sitzt jetzt jemand.

32

Die Augen hab ich geschlossen, die Wände schauen blau für mich. Ich horche.

In mir drinnen klirren die Knochen.

Kälte im Zimmer. Eis an den Scheiben. Theresa Neges: nicht entzückt!

Warme Luft hat eine geringere Dichte als kalte Luft, dehnt sich beim Erwärmen aus, erhebt sich. Ich steige auf den Tisch zu ihr. Nehme den Mantel mit. Bevor ich ihn anziehe, zieh ich mich aus. Klamme Kleider. In der Nacht hab ich geschwitzt. Doch jetzt ist Morgen.

Auf dem Tisch stehe ich bequem und rauche Zigaretten. Wie schön mich diese kleine Flamme wärmt und nach der Flamme ihre Glut, die zwischen meinen Fingern schwebt. Da betritt das Zimmer ein Mann. Groß und schlank, sein Gesicht mittig versehen mit einer schiefen Nase.

Wie ist der von der Straße hier heraufgekommen in den siebten Stock. Ein Fremder im grünen Taborhaus, was könnte ich ihm sagen: *Schleichen Sie sich.* Ist gut gesagt. Allein: Ich glaub, der sieht mich nicht. Der schaut durch mich hindurch mit seinem Blick, vielleicht bin ich zu nackt. Schade. Der würde mir gefallen, hab lang mit niemand mehr geschlafen.

Fassung behalten! Dieser Befehl ergeht an mich.

Dies hier ist ein fremder Mann, aber ich bin in meiner Wohnung, in meinem Zimmer, in dem ist nichts als eine große Ruhe drin. *Begünstigt durch das Blau des Himmels und dessen Widerspiegelung im Wasser steht Blau für Ferne, Sehnsucht und Klarheit. Daraus folgend wird ihm eine beruhigende und mäßigende Wirkung zugeschrieben. Es fördert angeblich die Konzentration und hält wach.*

Nächster Befehl: Das Betreiben von Konversation!
Wie ist Ihr Name?
Theresa!
Was für ein Zufall! Ich lache fröhlich.
Bitte zieh dich an, zischt da der Mann, schaut finster. Reagiert schlecht auf meine Umgarnung. Der hat meine Zauberhaftigkeit ja wirklich nicht verstanden.
Ich trag einen Mantel.
Binde ihn wenigstens zu.
Soll der sich nicht aufspielen. Heute werd ich meinen Körper tragen wie das prächtigste Gewand. Es raschelt. Im Hintergrund ein Gesicht, das schiebt sich durch den perligen Vorhang. Eine Frau. Schaut blöd aus der Wäsche.
What's wrong with Theresa?
Sie steht auf dem Tisch.
I should leave.
Theresa! Du fällst gleich runter! Wera, warte …
Wie seltsam dieser Mann doch ist, fasst jetzt nach meinem Bein. Er hat auch einen zweiten Arm, an dessen Ende sitzt die Hand, in dieser ist ein Glas, bis zum Rand mit Saft befüllt, das hält er mir jetzt hin.

Ich nehme ein paar dunkle Schlucke und spüre deutlich: Meine Lippen und die Zunge sind jetzt von Beeren bläulich. Der Mann gibt mir sein Telefon, aus dem gelangt die Stimme einer Frau, direkt hinein in mein weit aufgesperrtes Ohr. Ist meine Tante Linde.
Linde!, ruf ich. *Linde, stell dir vor …*
Sie lässt mich nicht ausreden, erzählt eine Geschichte. Da nicke ich und setze mich mitten auf die Platte von dem Tisch. Ich horche. Lindes Stimme ist von Theresa Neges wegen ihrer beruhigenden Wirkung ja wirklich hochgeschätzt.

Ich habe eine Biene im Mund. *Brumm, brumm.*
Stimmübung. Marianne hat sie mir gezeigt: Ich soll mir vorstellen, eine Biene fliegt hinter meinen Lippen. Wie gut das für die Stimme ist.
Im Spiegel vom Lift, da seh ich mich. Den Josef hingegen nicht, der steht noch hoch oben am siebten Stock, bin ihm entwischt. Hihi. Ein Hemd und eine Hose von ihm hab ich an. Muss mich beeilen, der will mich verfolgen.
Türe öffnet sich, wie ich schon renne.

Draußen schneit es leicht.
Ich betrete das Café. *Es schneit leicht*, sag ich zu Milana. Sogleich in die Küche mit Fleiß, Theresa Neges fegt ungefragt den Boden. Versammle allerlei Brösel und Eierschalenstaub rund herum um meine Füße, ein kleines Sternentstehungsgebiet gebreitet über ein, zwei Fliesen. Diesen Haufen press ich feste,

Kohlenstoff zu Diamant, Diamant zu Staub, das murmle ich, werd mir hier in dieser Ecke einen schönen funkeligen Stein herstellen.

Rufe von Milana. Stimme von Juschik, *zwei Topfentort, zwei Apfeltort.* Der Chef schreit, *Tisch zehn beschwert sich.* Rasch renne ich ins Lager. Mit Torten in den Händen in den Gastraum zurück. Da steht Wera. Was tut die hier.

Ich nicke ihr zu, da steht der Chef.

Tamara, sag, kannst du die Torten bitte auf einen Teller stellen, die greift doch kein Mensch so an, mit bloßen Händen.

Jetzt betritt auch Josef das Café. Schnell weg, hinein ins Küchenversteck.

Milana: *Theresa!*

Irene: *Theresa, nicht jetzt das Waschbecken polieren.*

Das Verlassen der Küche. Milana weist mich an, zu welchen Tischen ich Tableaus tragen soll. Gleichzeitiges Geschehnis: zwei Frauen vor der Kuchenvitrine, die wissen nicht, welche Torte sich unter allen Torten erwählen. Ihre Verzweiflung lass ich nicht unbeachtet, da stell ich mich zu ihnen hin, berate sie: *Ich esse zur Nachspeise gerne Datteln.* Schauen die freundlich und bitten mich in einer fremden Sprache, ihnen alle Kuchennamen aufzusagen, trommeln Milanas Nägel schon wild den Tresen, während ich mich in die Kuchenschilder vertiefe. Diese Wörter kommen mir ganz sinnlos vor. Mohnschwarz. Rehbraun.

Da schaue ich lieber schüchtern und nehme die Tableaus. Anzahl: drei Stück.

Aus dem Nichts heraus das Auftauchen eines Lachens. Und ich: fall erschrocken über die Stufe, die Tableaus reißt es mit mir.

Haha, lacht es da noch lauter. *Haha,* lacht Irene, auch Milana lacht.

Seh ich mich um. Erfassung der Lage: Kaffee verschüttet. Darf nicht versickern! Dem pfeife ich. Soll er aus allen Ritzen im Parkett auf der Stelle wieder in die Tassen zurück. Jedoch: Dieser Pfiff gelingt nicht gut. So pfeife ich dem Pfiff, dass er sich schöner wiederholt. Etwas greller. Diesmal nun voller Erfolg, Kaffee wieder in die Tassen zurück. Ebenso Rückkehr des Wassers. So stehe ich da, bereit zu servieren, nur trifft jetzt mein Blick in großem Irrtum jenen Milanas und den vom Chef.

Schuldig seh ich meine Hände an und über die Beine meiner Hose weiter nach unten, zu den Füßen, die stehn nicht in den Schlangenschuhen drin, sondern in anderen. Schaller sagt, *feste Wurzeln wachsen aus den Zehenballen und den Fersen,* und ich sehe, wie sie sich hell und haarig durch meine Sohlen bohren, durch das Parkett, Decken und Keller, tiefer, Schotter, Erdreich, Felsen, unweit des Erdkerns wärmen sie sich und saugen etwas vom Gestein, das halb fest, halb flüssig ist. Dies verleiht Theresa Neges eine göttinnengleiche Unsterblichkeit. Bin riesengroß. Spüre alles, was ist. Das Rotieren der Erde. Das Drängeln der Gezeiten. Wie der Mond die Meere formt, mit seinem Silberlicht zieht er das Wasser dicht an sich. Auch spüre ich, wie er in Millimetern immer weiter von der Erde abrückt. Ebenso das Verlangsamen des Kreisens des flüssigen Erdkerns. Und dann spür ich auch noch die Drift der eurasischen Platte, in etwa so schnell wie Nägel wachsen. Ist ein angenehmes Gefühl, in Händen und Füßen ein zartes Ziehen.

Josef schaut mich an. Da fallen all die Wurzeln wieder ab.

Heute früh in der Wohnung war dieser Josefmann sehr blass, jetzt ist sein Kopf von erdbeerroter Farbe. Wie er schaut, weil ich ein einziges Mal noch zaghaft pfeife, genau gleich verdutzt, wie als ich ihn zum ersten Mal angeschrien hab. Irgendwie süß, so irritiert. In einem Einkaufszentrum. Ich schrei ihn an mit aller Kraft, weil er die Leintücher nicht ohne stolpern tragen kann.

Plötzlich Stille im Lokal.

Wie da alle Leute schauen, auf Josefs erdbeerroten Kopf.

Es geht gleich wieder, sag ich zum Chef, geh zu ihm hin. Will ihn zur Verbesserung meiner Verfassung einmal anheben mit ganzer Kraft.

Kann ich kurz?

Was machst? Fass mich nicht an.

Dauert nur einen Moment. Bitte die Arme ausstrecken.

Er schubst mich weg. Nochmal versuch ichs.

Ich muss Sie aufheben. Bleiben Sie ruhig. Ist gleich geschehen.

Irene zieht mich zur Seite.

Der Chef sagt nichts und auch Irene sagt zuerst nichts, dann schaut sie mich an: *Es reicht, verschwind.*

Da gehe ich schon über die Straße. Der Josef kommt mir nimmer nach, hat Angst, dass ich ihn fest an seiner Nase fasse.

In das Zischen der Autos mischt sich Lillys Stimme. *Mars, the Bringer of War.* Der kugelt sich rot.

Josefa. Sie arbeitet. Und arbeitet. Der Hof. Vieh. Hühner. Der Wein, Tabak. 1945. Ackermann, der ist im Feld. Zwei Feigen hat sie, die wachsen in der Frühlingswärme der Mauer vom Speicher haushoch. Die eine groß, die andre kleiner. Diesen Bäumen geht es da gut. Manchmal steht sie vor den Feigen, ganz bang, weil Krieg ist und so viele sterben. Und ihr kleiner großer Sohn. Dreizehn Jahre war er alt.

Der einbeinige Gendarm, der lebt allein in einer schiefen Hütte. Macht jeden Morgen seine Runde. Durchs Dorf. An manchen Türen bleibt er stehen. An andren nicht. Die Frauen werden blass, denken, *nicht, bitte nicht.* Eines Tages ist er dann da. Steht plötzlich mitten in diesem Innenhof. Efeu rankt sich. Sonne scheint sanft.

Sie hört Worte. Ein Schriftstück wird ihr überreicht. Das legt sie in die Schürze. Sacht. Ein Vogel pickt. Ganz geschäftig macht er das.

Wohin sich wenden. Der Getreidespeicher. Den betritt sie. Fensterlos. In ihm duftet der Weizen.

Sie schließt die Türe hinter sich. Staubige Luft. Da

steht sie. Die Klinke noch in ihrer Hand. Sie denkt: Jetzt weine ich. Aber sie weint nicht.

Lange ist nichts. Ackermann, flüstert sie. Und dann doch: Sie schreit.

Und schreit.

Wie lang ein solcher Schrei sein kann. Die beiden Feigen stehen vor dem Speicher reglos da.

Mama ruft an. Da heb ich ab. Die kann sich was anhören. Was hat sie gemacht.

Theresa, wo bist du?

Wien.

Merde, Theresa. Hör zu. Du gehst jetzt nach Hause. Und zu Hause nimmst du deine Medikamente. Dann legst du dich schlafen.

Wer sagt, dass ich nicht zu Hause bin?

Josef sagt, du bist fort. Du hebst nicht ab.

Ich war arbeiten.

Bitte geh heim und leg dich hin.

Sie haben mich rausgeworfen.

Soll ich Linde anrufen?

Wir haben schon telefoniert heute. War überaus beruhigend.

Theresa. Ich hab dich lieb. Ich komm nach Wien, sofort, wenn du willst. Ich mach mir solche Sorgen.

Nicht nötig, Mama. Kauf dir ein Eis. Das wird dich trösten.

Rufst du den Josef an, ja? Bitte, tu mir den Gefallen.

Sags noch einmal und ich –

Anklopfendes Pochen im Telefon. Da ruft doch wirklich dieser Josef an. *Sag ihm, wenn er noch einmal anruft, dann seht ihr mich nie wieder.* Das sag ich, flugs auf das rote Feld gedrückt. Schon ist Mamas Stimme weg. Armer Josef. Der kommt bestimmt mal ins Irrenhaus. Den müsste man wirklich wegsperren.

Eisgeschäft. Ich stell mich zur Kühlung meiner Wangen vor das Kühlregal.
Als mich jemand anspricht, gebe ich rasch die Wahl bekannt: *Bitte zweimal Kirsche.* Ich nehme das Stanitzl entgegen, trete vor das Geschäft, zerquetsche es.
Eis schiebt sich kalt durch meine Finger. Da spür ich das Herz in meiner Hand, wie es pocht und pocht und pocht und nach jedem dritten Schlag setzt in weiter Tiefe irgendeine Kraft noch einen Schlag dazu. Wummert wie eine große Glocke, dass der liebe Gehsteig wackelt. Und ich seh ein helles Leuchten hinter meinen Augen, da mittendrin in meinem Kopf. Wird heller. Heller. *Supernova*: Nova, weil man dachte, etwas Neues entsteht. Jedoch: Licht, erzeugt beim Sterben eines Sterns. Gammablitz: Im Moment des Zerreißens. Vermutlich Auslöser des *ordovizischen Massenaussterbens*. 443 Millionen Jahre ists jetzt her. Fünfundachtzig Prozent aller Meereslebewesen ausgelöscht. Freundlich lächelnd sehe ich die Passanten an.

33

Seichter Traum. Ich verspeise einen Lippenstift der Länge nach.

Lady Danger, süß wie rotes Marzipan.

Aus tiefem Halbschlaf wach ich auf.

Keine Straßenbahn, keine Schritte.

Empfindung, mich in einem Spitalsbett aufzuhalten. Aseptischer Geruch. Ich taste: die Fernsteuerung, seitlich unter jeder Matratze. Immer sind ihre Tasten abgegriffen, besonders das Symbol, das für Aufrichten steht.

So richte ich mich auf.

Das Krankenhaus weit weg.

In dieser Wohnung herrscht Finsternis, wenn ich durch sie gehe, sind meine Augen geschlossen, obwohl sie offen sind.

Geraschel auf dem Balkon. Den betrete ich.

Hinter Wolken: der Mond.

Am Geländer Wera. Hat die Spieluhr in der Hand. Dreht sie grob und dreht sie schnell, so harsch, so laut, sie kurbelt sie wie ein Spielmann an einem riesengroßen Leierkasten, aus dem krächzt mit Geschwindigkeit ein Lied, *Clair de Lune,* in den Ohren kreischt es mir. Da sehe ich, wie die Sterne, aufgeschreckt von diesem Lärm, ameisengleich über den Himmel wimmeln. Und der Mond, dem gehen durch das Geheul all seine Wolken verloren, in großer Verwirrung hat er sich verzogen, ist kein Mond mehr, sondern eine silbrige Banane. *Theresa Neges! Theresa Neges!*, dröhnt es in meinem Kopf. *Theresa Neges muss etwas machen!* Schwindel spür ich. Mach einen Schritt, da dreht es mich. *Ein brennender Ball!* Das rufe ich, die Arme hoch über den Kopf gereckt, *aus Plasma bin ich zusammengesetzt!*, die Füße tauchen mich an, immer weiter, rasch im Kreis, mach eine endlose Pirouette in die Richtung, die sich der Drehung der Spieluhr entgegensetzt. All meine Macht werf ich Weras Kurbeln entgegen. Was bin ich schnell, was bin ich stark, wie ich rotiere, heißer als alle Vulkane zusammen: *Ich bin der Stern.* Und alles bewegt sich rund herum um mich. *Planeten! Kleine feine Planeten!* Kreisen um mich, allein: *Fix bin ich! So fix wie nichts!*

Theresa Neges kreist nur um sich selbst, allein um ihren Mittelpunkt, der ist das Herz, das pulst, das pocht, das klopft. *Aus dem Weg!*, ruf ich, aufgepasst. Theresa Neges dreht sich! Geschwindigkeit unvergleichlich. Unendliches Gewicht. Alles, was ist: verirrt ohne mich. Soll Wera weiter schmalfingrig mit der Spieluhr rumoren, alle Materie hat mich zum Mittelpunkt, in schönster, größter Wirbelung. *Der Stern bin ich,* so flüstere ich.

Wera schweigt. Dann sagt sie: *Beteigeuze ist längst explodiert. Im Mittelalter wars.*

Ich schau hinauf. Da ist der Himmel.

Josef und Wera sind zu Hause. Sie sitzen am Tisch und unterhalten sich. Bemerken mich nicht. Wie ich da stehe. Ich hebe eine Hand, dann beide Hände, doch macht das keinen Unterschied.

Josef nimmt sein Telefon, versucht, jemand zu erreichen. *Josef,* möcht ich sagen, *ich bin doch da.* Was aber, wenn er nicht mich sprechen will, sondern irgendjemand andren. Er hält das Telefon ungeduldig an sein Ohr, sagt aber nichts, stattdessen legt er auf. Ruft wieder an, das Telefon liegt diesmal in der andren Hand, und Wera schaut ihm zu. Auf seine Arme, seine Hand. Ich kenn den Blick. Wie oft hab ich ihn selbst so angeschaut. Dennoch: Sieht schön aus, wie sie da sitzen. Weras Haare springen fröhlich. Vertraut sehen sie aus. Nahe, obwohl sie sich nicht berühren. Josef raucht. Augen tiefliegend. Seine Wangen sind schmal. Jetzt stößt er mit der Fingerspitze ihren kleinen Finger an. Er sagt: *Sie hebt nicht ab.* Wera lächelt. Aufmunternd. Er küsst sie auf die höchste Stelle ihres Wangenknochens, sodass sie blinzeln muss. Verlegen reib ich in der Hosentasche einen alten Brösel klein. Kann mich noch genau daran erinnern, wie das selber für mich war. Dreh ich mich weg. Leg eine Wange an die Wand.

Josef, sag ich, *was ist mit der Farbe?*

Da bemerkt er mich. Das hätt ich nicht gedacht. Dass er mich plötzlich hören kann.

Theresa?

Ja. Hier bin ich.

Wo.

Da. Ich fühl mich nicht so gut.
Möchtest du etwas trinken?
Nein.
Wo warst du?
Ich war am Flohmarkt.
Hast du etwas gefunden? Kann ichs erraten?
Versuchs.
Du hast zwei neue Hosen gekauft. Eine ist blau. Da bin ich mir sicher. Die andere weiß?
Fast. Eine ist blau.
Und die andere?
Rot. Aber was erzähle ich. Ich hab doch nichts gekauft. Verzeih bitte.
Macht nichts. Ist es dir schon aufgefallen?
Die Wände sind jetzt heller.
Ich hoff, es stört dich nicht.
Ich hab die alte Farbe nie gemocht.
Weswegen eigentlich?
Das war zu dunkel.
Ich hab es nie verstanden. Mir kam dieses dunkle Blau immer gemütlich vor.
So ist es schöner. Hat Wera die Farbe ausgesucht?
Ja.
Es ist wirklich schön.
Sie hat ein gutes Auge.
Ich auch.
Aber ihr seid ganz anders.
Wera ist eher still. Und ich bins nicht.
Wir unterhalten uns viel. Mehr als du und ich.
Das ist gut.

Ich meins nicht bös.
Schon gut.
Wie war das eigentlich für dich? Als ich fortgegangen bin.
Welches Mal meinst du denn?
Sehr witzig.
Es war so schlimm, konnt gar nicht glauben, dass das wirklich war.
Bei mir wars nicht anders.
Aber du warst auch erleichtert. Du kannst es sagen, ich werd nicht böse sein.
Ja. Im ersten Moment. Eine Nacht lang ruhig schlafen. Nicht geweckt werden durch dein Sprechen. Danach aber die Sorge, wie es dir geht, ob dir jemand etwas tut.
Wirklich?
Ja. Das war das Schlimmste. Dass dir jemand etwas tut.
Wie meinst du das?
Dass dir etwas zustößt.
Weißt du was, Josef? Ich hab heute ein neues Lied gehört. Eins, das ich noch nicht kannte.
Fünftausend Mal?
Fast.
Welches denn.
Ich habs vergessen.

34

Sonntagmorgen.
 Graue Häuser.
 Blauer Himmel. In dem Sterne in allen Farben, nur grüne gibt es nicht. Ich lache. Neben mir, obwohl fast Winter ist: dürres Gezweig mit gelben Blüten, winzig sind die. Rote Riesen. Weiße Zwerge. Rote Blumen, schwarze Löcher, gelbe Sterne. Alte Sonnen, die verbrennen, wieder reißt es mich vor Lachen, dass ich beinahe in die Büsche falle.
 Das Radio trag ich mit mir. *Mars, The Bringer of War* von Holst, laut aufgedreht. Ich höre es zum ersten Mal. Gefällt mir nicht. Da hatte Lilly wirklich recht.
 Aber Lilly ist jetzt still. Ich brauche ihre Worte nicht, ich höre die Musik. Werd es noch vielmals spielen hintereinander bis zum Abend, die Ohren an den Klang gewöhnen, sie langsam süchtig machen.

Zum Wilhelminenberg will ich. Dort: Das Perlmuttschimmern vom Perlmuttweg, das zieht die Sterne an. Ist nicht dunkel dort, gibt keine Finsternis über Wien, ein wenig davon nur unter den Praterbäumen, aber dort wohnen jetzt die Wölfe.
 Über mir: der Mond. Weißlich, fast durchscheinend hängt er im All. Um ihn herum unsichtbares Stern-

gedrängel. So früh am Tag ist noch kein Glitzern. Ich sehe die Wasserschlange nicht und nicht den Fuhrmann, auch Krebs, Becher, Rabe, kleiner Löwe, ganz im Tageslicht versunken. Am Handy schaue ich sie an. Taghimmel, Nachthimmel, für die App ist alles gleich, da ist auch ihre Helligkeit verzeichnet. *Die Helligkeit von Sternen auf der Erde wird mit einem Zahlenwert für ihre Magnitude (mag) angegeben. Je niedriger dieser Wert, desto größer ist die scheinbare Helligkeit eines Gestirns; sehr helle Objekte haben einen negativen mag-Wert.* Die Sonne -26,832 mag, Vollmond -12,73 mag, die ISS liegt bei -5, dicht gefolgt von Venus -4,67. Beteigeuze 0,58; die Plejaden 1,6.

Dauert nimmer lange, dauert nur noch bis heute Abend: Ein neuer Stern wird leuchten. Den niemand je gesehen hat. Unsichtbar noch. Aber später dann, wenn die Nacht hereinbricht über Wien, dann bricht er aus seiner Dunkelheit. Knapp über den Häusern Helligkeit, die sanft in meine Augen sticht.

Für Wochen wird sein Explosionslicht bleiben. Und dann verschwinden. Niemals mehr werd ich ihn wiedersehen.

Beteigeuze werd ich vermissen.

Ich atme.

Sehe nach oben.

Wie schön. Wie blau das alles ist.

Dank an Gerhard Flora, Birgit Schmitz, Alexander Fest, Angelika Klammer, Maria Ebner, Chanah Kempin.